致青春 002

暗戀・橘生淮南

〈上〉

八月長安　著

高寶書版集團

目錄
CONTENTS

目錄
CONTENTS

序章
他們家的孩子

Dear Diary:

人是否能操縱自己的記憶？

如果不能，那些自欺欺人的粉飾和安慰到底來自何處？

如果可以，為什麼在很多重要的事件中，我們能記得的，卻只有一些無關緊要的細枝末節？那鮮活得不容忽視、擋在歲月的鏡頭前的主角的臉反而變得模糊。

我是否真的見過他？

是否真的感覺到，媽媽握緊了我的手，緩緩地說：「洛洛你看，那個小男孩就是他們家的孩子。」

他們家的孩子。

鞭炮的紅色飛屑，俗氣而豔麗的彩帶，飄浮在嘈雜的人聲中。我不記得任何來往賓客，卻總能想起某個面目模糊的阿姨俯下身問我們這些小孩子——新娘子漂不漂亮？以後想不想當新娘子？

大家奶聲奶氣地拉長音，想——

可就是這些無關緊要的小動作、氣味、語氣詞，像一隻柔軟的手，輕輕地握緊我的心臟。那時候的一切感覺都隨著這些細枝末節重新活了起來，彷彿此時此刻靈魂仍寄居在那個矮小的身軀中，被擁擠的賓客推來推去，努力穿越喧鬧的喜氣，去拼湊一個新鮮而矛盾的世界。

那時的我眼中的那個世界仍然滿是混沌且無關緊要的零零碎碎。

就是那些無關緊要的事情。

恰恰就是這些無關緊要的事情。

這麼多年我念念不忘的，原來竟是這些，而不是那個人。

——摘自洛枳的日記

第1章　心魔

洛枳呆坐在書桌前，盯著面前嶄新的空白筆記本。

鋼筆橫躺在紙面上，筆蓋晾在一邊許久。她不知道第幾次拿起筆，終於決定先把日期寫上——然而畫了幾筆都是澀澀的，寫不出字來，只在白紙上留下帶著乾涸墨跡、讓人難堪的凹印。

擱筆太久了。

剛剛室友江百麗接了通電話就匆匆衝出門去，吃過的泡麵紙碗就放在桌子上，味道瀰漫在宿舍裡久久不散。洛枳呆呆地在紙上畫著道道，泡麵的味道越加刺鼻。

兩個人的宿舍，打掃房間的永遠是洛枳。對於這一點，她倒從來沒抱怨過。勤勞只是因為對髒亂的忍受能力低於他人，她忍不過百麗，只能幹活。

忍耐是一種大智慧。

上午江百麗坐在床上拿起塔羅牌照例進行「每月一算」時，死活讓洛枳也抽一張。洛枳抽完牌看都沒看就塞回給床上的「神婆」，低下頭繼續看東野圭吾的偵探小說。不知過了多長時間，洛枳突然聽見天花板附近傳來尖叫聲：「你到底有沒有聽我說話啊，我說，總之你要忍耐，忍耐！善於等待的才是智者！」

洛枳抬起頭，懶洋洋地瞥了她一眼：「自從和您同住一個宿舍，我已然被迫修練成智者了。」

後來上鋪的「神婆」又吵鬧了些什麼，她已經完全想不起來了。江百麗從高中開始學習塔羅星座紫微斗數，然而對命運的掌握好像並沒有改變她混亂的生活狀態，連她自己都感到不解。

因為你只待天命，不盡人事。洛枳默默地想。

洛枳並不相信命運。她怕自己信了天災，就忘了人禍。因為人禍是可以憎恨和對抗的，而天意不可違。人一旦相信了命運，還能有什麼指望？

不過有句話百麗沒說錯，善於等待才是智者，忍耐的確是必要的。

其實，沒人比洛枳更懂得這一點。

她抬頭看錶，已經不知不覺過了半小時了，她還在胡思亂想。

眼前的白紙，白得越發刺眼。

她忽地一下站起來，椅腳在水泥地板上劃出尖厲的悲鳴聲。

洛枳端起百麗的麵碗，小心翼翼地防止麵湯濺出來，慢慢走到廁所倒掉。回房間打開門窗通風，然後把百麗哭泣時扔了一地的鼻涕紙掃乾淨，洗手，深吸一口氣，重新擰亮檯燈。

彷彿進行了某種宗教儀式的開場。

她終於還是抓起了鋼筆，在演算紙上狠狠地畫了幾道，直到畫出了順暢的筆跡。

9月15日，晴

我遇到他了。很遠，第一眼是背影。第二眼是從天而降的大柿子。

然後筆尖就那樣停在了「子」字的最後一橫上，反應過來時，那一橫的末端已經洇開成了一個小藍點。

兩小時前，她正在學校的北苑散步。

初秋的北京擁有一整年難遇的好天氣，收斂了一身暴虐，流露出溫和開朗的模樣。

地上有斑駁的樹影，她和小時候一樣低頭認真地走，每一步都要費心思踩在地磚最中央的十字花上面——小時候和媽媽一起去家具批發市場給別人扛包送貨，媽媽在前面走，她在後面費力跟著，腳心和小腿都有種拉傷的酸痛感。媽媽回頭看她，眼睛通紅，滿是心疼，嘴上卻說：「你試著每走一步都踩在地磚最中間的那個小十字花上面。」她像玩遊戲一樣努力遵循著規則，忘卻了頭頂的烈日，盛夏漫長的一路真的就在不知不覺中走到了盡頭。

就這樣養成了習慣。

忽然起風，她下意識地停住，抬起頭。

前方兩三公尺處的岔路口拐過來一個人，正好走在她前方。

即使換了外套，仍然是她這輩子都不會認錯的背影：後腦勺立著幾根不安分的髮絲，端正的姿態，微昂的頭，挺拔卻不顯得裝腔作勢。

她正愣著，一個大柿子突然結結實實地落下來，掠過她的視線砸在了前方不到半公尺處。如果剛才她沒有止步的話，應該會正中頭頂。不過它的屍體仍然濺了洛枳一身髒兮兮的汁水——很慘烈，無論是柿子還是她。

前方的人聽到了柿子落地難聽的啪嚓聲，回過頭來。洛枳在他目光移到自己身上之前慌忙轉身，拔腿就跑。

竟然一邊跑著，一邊還在心不在焉地想，他會不會笑我？

她第一次讓他看自己的背影，竟然是這副落荒而逃的模樣。

她一直跑，一直跑，兩個臺階兩個臺階地跨上樓，推開宿舍的門，然後才想起來大口喘氣。氣息平穩下來，她就不慌不忙地換下慘不忍睹的外套和長褲。打開衣櫃，看到一片陰鬱的冷色調。

倒不是她不喜歡彩色，只是不協調。

高考前夕，全年級集體去坐落在繁華市中心的指定醫院體檢。洛枳把蓋了一大片紅戳的體檢表交給門口坐鎮的老師，背起書包，沿著全市最長的那條商業街散步，遲遲不願回家。

高考前種種繁雜的事項又完成了一項。她想，高中就要這樣結束了。

抬頭看到一家賣衣服的小店櫥窗裡，掛著一件明黃色的吊帶裙。

那樣絢爛耀眼的明黃色。

五月天擺出吊帶裙，仿若夏天囂張的預告函。

那天她心情不好，書包裡是大本的模擬試題和練習卷，那是高考散發的請帖。她並不害怕這場過獨木橋的考試，也不期待和興奮於即將從題海中解脫。洛枳更多的是困惑，困惑於自己這樣一步步下去，到底是離幸福更近了還是更遠了。

心中莫名的焦躁無法熄滅，任她像平常一樣規勸自己要忍耐、要安分，就是不管用。

她徘徊許久，終於還是衝進店裡，含含糊糊地對慵懶的店員說，要試櫥窗裡的那件裙子。店員上下打量了她一眼，不耐煩地起身。

她的胸口起伏，裡面是突如其來的勇氣。

狹窄的試衣間裡，她手忙腳亂地穿上了那件吊帶裙，只可惜肩膀上露著老土的白色內衣肩帶。剛打開小隔間的門，就看到對面的穿衣鏡中立著一個表情呆滯、臉色黯淡的女孩，從門後探出半個身子，瑟縮膽怯得可笑，紮著十幾年不變的老土馬尾，被明黃色襯托得好像營養不良的村姑。

她一愣，有些尷尬，然而心情奇蹟般地安定下來。

「你應該知道自己是誰，該做什麼，適合什麼。」

方才那些空洞的大道理無法說服在街上暴走的洛枳，然而一落在鏡子裡的村姑面前，突然就變得極有說服力。

她忍著店員的臉色，坦然地交還衣服，搭上公車回家，坐到書桌前打開書接著複習。誰也無法相信會有人用一件明黃色的吊帶裙來挖苦諷刺自己，十幾歲的少女，像個苦行僧一樣修練堅忍。

但是洛枳一向善於此道。

這次似乎有點不一樣。

她帶著一身髒兮兮的柿子汁水逃回宿舍，也因為心慌，和那天一樣的突如其來的心慌。

忘了在哪本書上看到的，上帝動動小指頭，一個人的命運就能急轉直下。至於上帝為什麼會動小指……也許只是覺得癢。就像洛枳覺得很煩的時候抬腳踩死了一隻安分地在地上爬著的小瓢蟲。沒有原因。

她剛才明明光顧著逃跑，為什麼現在卻能回憶起自己跑前的一秒，他的目光正從柿子的屍體挪移到她的腳踝。那時，男孩挑著眉半笑不笑，白皙的脖頸連到下顎，那麼好看的弧線。

她不是慌了嗎，這些又是怎麼看到的？

就算看到了，筆尖又為什麼無法移動？

洛枳高中時的確寫過一本很厚的日記，日記只有一個內容，字字句句只描述了一個人。後來不知道怎麼回事，在畢業那天弄丟了。

太久之前了，久到不知道怎麼再提筆，久到不再能熟練輕鬆地用大篇幅的文字去描繪腦海中留下的漂亮的下顎線和那憋著笑的驚訝神情，久到想不起來那時一大片水藍色筆跡鋪展在本子上所帶來的卑微的滿足感。

太久了。

她轉過頭，緊閉的門上掛著一面穿衣鏡，微微後仰一些，就能看到自己在鏡中的影像：略微蒼白的皮膚，尖尖的下顎，戴上隱形眼鏡後不再被埋沒的美麗眼睛——

的確太久了，久到她都沒發現自己已經不是那個村姑了。每個埋頭苦讀的高中女生到了大學都會經歷外貌上的蛻變。因為她很少與老同學聯繫，沒經歷過同學會上此起彼伏的客套驚叫「啊！你變得好漂亮」，所以，幾乎沒有察覺。

心跳快得過分。上帝勾動的小指讓她無論怎樣碎碎念都無法平息那種蠢蠢欲動的感覺。

現在的我，已經不是當時的村姑了，不是嗎？她想。

所以有些故事，是不是應該迎來轉捩點了？

畢竟，已經不再是那個用一條明黃色吊帶裙就能降伏心魔的年紀了。

第2章 歲月靜好

百麗和平常一樣猛地推門進屋時，洛枳剛收起日記，打算繼續寫統計學的作業。背後發出巨大的聲響，她習以為常地沒有回頭看。

百麗一屁股坐在床上，呼吸帶著哭腔。

無法結束的八點檔。洛枳嘆口氣，百麗這樣的女孩子，永遠傷心，卻永不死心。

手機發出嘟嘟的聲音，百麗開始撥號。

「我再跟你說最後一遍，我知道你早就煩了，但我還是那句話，明天你要是在馬路上看到我勾著一個男生有說有笑地走，然後告訴你那是我認的乾哥哥，你會不在乎？！」

也許會在乎。洛枳擺弄著筆尖心想，但是你在乎他是因為愛，他在乎你是因為霸道。

她發現自己沒辦法專心寫作業了，間斷地聽著百麗的電話，所以做題目的思路也斷斷續續的。

偷聽別人說話成了習慣。

洛枳只喜歡在背後看人，看人的背後。或許因為她第一次開始認識這個世界的時候，看到的就是繁華的背後。

每個人都需要在腦海中建立關於這個世界的資料庫，內容未必都要來源於親身經歷。洛枳喜歡閱讀別人的喜悲，用這種方式來避免折騰自己的神經。很多時候，就是抬頭的一瞬間或者擦身而過的幾秒鐘，陌生人的一個表情和一句零碎的話，足以讓她饒有興致地咀嚼半天。

所以，和百麗的住宿組合應該是天意。她想，演員總是需要觀眾的。

放下電話，百麗終於哭出聲來。

「別哭了，已經十分鐘了。」洛枳看了看錶，一邊寫字一邊說。

「我難受，今天延長時間。」

洛枳微微皺了眉頭回頭看她。百麗對她說過，每次自己哭泣的時間都不可以超過十分鐘，女人最重要的是保持適度的柔弱和適度的堅強，要見好就收，不能做出被人鄙視的舉動。

洛枳聽到這些言論後只是嘴角抽搐了幾下，然後每次都盡責地提醒她，十分鐘到了，請注意把握柔弱和堅強的尺度。

江百麗有很多「女人準則」，「十分鐘」這種小規矩只是其中之一，它們和塔羅牌一起指導著江百麗的人生。然而，江百麗的女性自立準則從來沒有實施過。她的每次哭泣都沒能成功地控制在十分鐘內，也沒有展現任何適當的柔弱與堅強，只剩下遭人鄙視那部分實踐得很徹底。

不過，被鄙視，往往就是因為太常見，以至於大家忘記自己稍不留神就會成為其中一員。畢竟，大部分女孩子如果看到自己的男朋友摟著另外一個女孩子的肩在路上大搖大擺地走，還大刺刺地說這是我剛認的妹妹，恐怕也會像百麗這樣大喊一句：「跟你的妹妹 起滾遠點！」然後華麗地撲到床上去哭。

洛枳想起剛才去倒百麗的垃圾桶時還看到周圍有些許散洛的煙灰，她掃了半天才掃乾淨。江百麗不是彪悍的邊緣少女，也並不喜歡吸煙，她只是這陣子突然迷上了某部小說裡恣意灑脫的女主角。可惜的是，人家倚著長長的酒吧吧臺，在幽暗的燈光下把煙圈吐得風情萬種，而她自己在練習的中途很可憐地被洛枳拎起衣領丟出了宿舍。

洛枳相信，這次失敗並不會給百麗造成心靈創傷，過一陣子她一定會假裝很痛苦地戒掉尚未沾染上的煙癮而迷上扮演酗酒女子。

看百麗和看電視是沒有太大區別的，唯一的遺憾是不能隨意轉臺。如果洛枳手裡有遙控器，她的第一個動作就是關電視。

洛枳其實很喜歡百麗的真實。很多人願意把自己包裝得灑脫淡定，然而在獨處的時候還不是像她一樣趴在床上大哭？

又或者，像洛枳一樣，看似什麼都不在乎，實際上最在乎的就是面子，甚至面對自己都不肯誠實。

想到這裡，她不由得抬頭看了看書櫃上露出一個角的嶄新日記本。

百麗忽然抬起頭，長時間的哭泣使她的聲音悶悶的，好像感冒了一般。「洛枳，你的電腦開著吧，能放段音樂嗎？沒聲音，光我在這裡哭好沒氣氛。」

每當百麗難過，就會格外害怕安靜。按她自己的話來說，跟洛枳這樣一個「靜物素描」一樣的人住在一起是需要勇氣的。

洛枳用指尖在電腦觸控式螢幕上畫了兩下，等休眠中的電腦螢幕亮起來，隨便選了個列表播放，響起的音樂居然是《輕騎兵》。她不禁無聲地咧嘴笑起來，現在這個場景，更沒氣氛。

然而無論如何，突然衝進屋的江百麗，毫不做作的哭喊聲，格格不入的交響樂，這些都為剛才慌亂的洛枳帶回了一絲活力。日光燈在頭上晃晃悠悠，什麼都不曾改變。

她看了一眼寫日記時被鋼筆墨水染到的右手食指，淡淡地笑了一下。

一個柿子，一個意外，什麼意義都沒有。慌什麼。

這個時常傳出哭聲和電話吵架聲的小房間，其實是個安靜的所在。她從小到大，從來沒擁有過這樣讓人內心安靜的空間。

就這樣下去吧，她想，所謂現世安穩、歲月靜好，大概就是說，什麼都沒發生，而你也什麼都不想要。

你什麼都不想要。洛枳再一次告訴自己。

第3章 有生之年，狹路相逢

第二天下午，洛枳拿起裝著報名表和成績單影本的透明文件袋，去法學院辦公大樓報名雙學位。

她沿著小路向前走，時時小心頭上的柿子，終於到了陽光明媚的開闊地帶。馬路上許多自行車來來往往，她忽然聽到身邊女孩子的驚呼，順著眾人的目光看過去——一個男孩子徐徐騎著單車，不扶車把，一手捧著康師傅泡麵一手拿叉子，邊吃邊騎，很悠閒穩健地在洛枳前方不遠處勻速前進。那緩慢的速度讓洛枳確定他不是來不及吃飯，而是故意的。

每每經過一個行人，他都會著笑臉眯眯地問：「吃了嗎，來一口？康師傅，就是這個味道！」背後不遠處一群鬼鬼祟祟的男生拿著手機錄影拍照。洛枳於是更加確定，他是打賭輸了特意來出洋相的。

她這樣想著，笑出了聲。男孩回過頭，望到一雙笑意盈盈的眼睛，手一歪，麵就灑了半身。小兄弟們紛紛拍手起哄。洛枳尷尬地咧咧嘴，快步逃離了現場。

她走得太急，抬頭時發現已經偏離了法學院的方向，走到了東門辦公大樓門前的小超市。她忽然覺得有點口渴，於是進去買水。

就那樣看見了盛淮南。

洛枳在那一瞬間甚至害怕地抬頭看了看假想中的柿子樹。

一個平時很少看見的人忽然在接連兩天內頻繁地撞見，她知道，一定是上帝勾勾小指開始惹是生非了——是福不是禍，是禍躲不過。

上大學一整年，這是第三次看見他。他們抓起了同一瓶午後紅茶——其實洛枳是故意去抓的，她不知道哪來的膽量，總之還沒想清楚就伸手了。然而，盛淮南只是道了個歉就鬆手了，順手抓起另外一瓶。她慌張地微笑著說「沒關係」的時候，他已經轉身朝結帳處走去了。她連他道歉的聲音都沒聽清楚，只是憑邏輯判斷那應該是一句「對不起」。

原來他不認識她。真的不認識。

她高中時在心中默默揣測了三年，猜想對方是怎麼看待她這個人的。畢竟，她一直以為自己算是個不大不小的名人——時至今日終於得到了朝思暮想的謎底。

什麼名人啊，不過只是個人名而已。

她對著冷櫃咧咧嘴，咧不開，就再咧一下，終於笑了出來。

不過這也許是里程碑式的一天，她第一次跟他打招呼——雖然是對著背影。

收銀員在她眼前晃了一下手指，她才回過神來，趕緊把手裡的紅茶遞出去。

那瓶紅茶是她和他有生以來最近距離的接觸，可是，完全沒有文藝作品中諸如「他手指微涼，拂過我手背時有乾爽的觸覺」一類的描述——她大腦空白，什麼都回憶不起來了。

紅茶在手裡擰了半天都擰不開，都走到法學院大樓前了，她的左右手心紅通通的，右手虎口印上了瓶蓋細密的豎條紋路，仍然沒能喝上一口。

從法學院辦完手續出來時已經三點了，她很喜歡這個時段，陽光燦爛但不耀眼。洛枳一邊走一邊打量著手裡的紅茶，再抬起頭，鬼使神差地又回到了東門辦公大樓前的超市。

鬼打牆嗎？她啞然失笑，無意朝門口的方向望了一眼，只一眼就看見一個穿著紅色夾克、梳著黑亮馬尾的女生，相當漂亮，不注意都難。

更惹眼的是她身邊的人。

洛枳因為「鬼打牆」而露出的自嘲笑容僵在了臉上。

盛淮南，穿著V領黑色羊毛衫，雙手插口袋，面無表情地對著女生，居高臨下般站在臺階上。而女孩則揪住他的袖子不知道在說什麼，看動作好像僵持不下。

這才真是鬼打牆，兜兜轉轉，竟然又看見了他。

洛枳一剎那有窒息的感覺，然後毫不猶豫，深吸一口氣邁步走過去，低著頭假裝沒看到前面的這齣好戲，在擁擠的臺階上撞到女孩子的肩膀，再抬起頭做出很意外的樣子說：「哦，真對不起。」

她一定是瘋了。她在做什麼？

盛淮南在這個時候很快地接上一句：「洛枳？」

沒等洛枳驚訝地點頭，盛淮南立刻微笑著對女孩子說：「我和同學有點事情要說，你先回去吧。」

能看出這個女孩子剛剛擰到盛淮南袖口上的自尊心在另一個同性出現時被收回了，她頓了頓，收斂表情，笑笑說：「嗯，那我們改天再說，陳師兄的表格我也寄給你了。」

估計是這句話前言不搭後語，盛淮南的臉上浮現出一絲尷尬的神情。女孩轉身離去，微微昂起的頭帶有一點天生的矜傲，目光沒有朝洛枳偏離半度。

洛枳在她走遠後回頭看盛淮南，笑了笑說：「哦，那個，原來……哈，你是不是應該謝謝我？」

剛說完，她就想把舌頭咬下來。鎮定，洛枳，你怎麼了？鎮定！

盛淮南看起來有一點吃驚，不過洛枳很高興看到對方沒有選擇裝傻，而是落落大方地點點頭，說：「那就請你喝咖啡吧。謝謝你。」

這才是盛淮南。

所以她也不能慌。

洛枳順勢點頭：「那就不好意思啦。」

只是好像並沒有感到很開心。

也許因為她期待已久的和他的第一次相遇，實在太假、太做作了。

不要多想，她一邊走路一邊告訴自己，就當作機會偏愛有準備的人——她準備的時間，的確太長了。

她果斷跟上他的步伐，轉身太急撞到了路人，急忙道了個歉，低頭挽起碎髮，手指碰到左耳垂，燙得嚇人。

坐在咖啡廳裡的時候，洛枳有點拘謹。她用手指攏了攏頭髮，後背一直保持挺直，又覺得好像僵硬了點，挪了挪屁股，終於在軟皮沙發中找到了一個放鬆的姿勢。這一套動作做完，急急忙忙抬起頭朝他微笑，看到的卻是盛淮南對著桌上的杯墊心不在焉的樣子。

洛枳的笑容凝固在臉上，她感覺有點尷尬，立刻偏頭躲開從側面照射進來的刺眼陽光。

絞盡腦汁都打不破沉默。這種時候，她應該說什麼？不是沒有人追過她，不是沒有和男生一起自在地聊天吃飯，但是此刻，對面是盛淮南。

對面是盛淮南。

這一切來得太突然，實在讓人措手不及，儘管是她自己造成的。

盛淮南從他的心不在焉中恢復過來，神態自若地開口說：「對了，你……認識我嗎？我叫盛淮南。」

他對她自我介紹。這輩子他第三次對她自我介紹。

第一次年代太久遠，她不敢回頭看。

第二次正式而官方，卻不是單單針對她。

那是高二時的八十八週年校慶大會，他作為學生代表，代表在校生上臺發言。自我介紹說的是：「大家好，我叫盛淮南，來自高二3班。」

小學到現在所有程式化而冗長的開學結業典禮上，學生代表們機械地慷慨陳詞，事先寫好的稿子唰啦啦地翻頁，然而只有這句話在洛枳的心裡翻不過去。她作為值週生站在臺下背陰處，看不到聲音的主人，但揚聲器就在她背後，少年清洌深沉的聲音猝不及防地在耳畔響起。她慌亂中抓緊身旁的欄杆，輕輕地吸一口氣，然後在觀眾席響起的一片興奮的竊竊私語聲中低下頭，臉上始終是淡淡的，沒表情。

「我認識你的。」她點點頭。

「哦，是嗎？」

她是不是應該繼續說是怎麼認識的？說他很優秀、很有名氣，大家都認識他？這麼煩的話，他會樂意聽才怪。

盛淮南好像貢獻了一個開場白之後也沒話可以講了，不過看起來他沒有覺得這種場面讓人難受，更沒有為了找話題而勞神，只是悠然地看著窗外，眼神裡的閒適和剛剛洛枳的做作形成了鮮明的對比。

那抹閒適突然刺痛了洛枳，這麼多年隱隱的疼痛在這一剎那變得尖銳起來。自己到底要畏首畏尾到什麼時候？

她放下杯子清清嗓子說：「高中的時候聽說過你，不過很少見到。我和周圍很多人都是這樣子，知道人家的名字，但是從來不認識，名字和臉對不上。不過，你真的很有名氣，走過路過的時候都會聽到人家喊『看，盛淮南』──所以我認識你。」

盛淮南笑了，露出好看的牙齒，說：「是啊，我也是這樣。在同一所學校三年，無論如何都會混個臉熟，有時候甚至會因為某件事兩個人就忽然說話了，比如在公車上踩到對方的腳了，沒有零錢了就朝看著眼熟的陌生同學借一點，或者……」

「或者食堂打飯、課間裝水的時候不小心灑到對方身上了，不打不相識。」洛枳接上，她看見盛淮南悠然的表情僵在那裡，這都在她的意料之中。

不打不相識。就像你和你的前女友。

這句話對盛淮南的殺傷力比洛枳想像的還要大。

她不知道為什麼要那麼說，明知道很可能會讓他反感。然而話出口，看到他的反應，她忽然有些開心，陰暗的開心，報復得逞一樣。

報復什麼？因為剛剛他比局促的自己更灑脫？

洛枳說不清。

好像空氣中飄浮著另一個洛枳，一邊對盛淮南怨毒地齜牙，一邊冷笑著睥睨著座位上那個洛枳的局促和做作。

她摸著手中的咖啡杯，思緒越飄越遠。

第4章 也算是圓夢

咖啡杯看著有點眼熟。

突然想起小時候，媽媽在一輕工業局瀕臨失業，帶著她到人事處的某某阿姨家裡送禮。她坐在阿姨家的小姐姐房間裡，端著一杯高樂高[1]，也是這樣一圈圈地攥著杯子。

「杯子好看嗎？」那個小姐姐撇撇嘴問。

她禮貌地點點頭。

「好看吧？買不起吧？這一套可貴了，打碎了讓你賠！」小姐姐一昂頭，哼了一聲就走出去了，把她自己晾在屋裡。

「好看個屁，」小洛枳對著天花板小聲說，「明明就像大便。」

「的確很像大便啊。」長人的洛枳不冷不熱地自言自語。手裡的咖啡杯是深棕色的，而且是螺旋狀。

盛淮南明顯有些招架不了，嗆了一口水，笑出了聲，驚醒了洛枳。

1 高樂高（Cola Cao）：一種可可飲品。

他喘了口氣，問：「你說杯子？形狀還是顏色？」

洛枳傻了一會兒，慢慢反應過來。

「Both.」她也笑得眼睛彎彎。

「其實我第一眼看到這個杯子時也這麼想，他們非說我低級。」

「你是想說我低級嗎？」洛枳哭笑不得。

氣氛不知道怎麼就緩和了。

他們隨便聊了聊共同認識的同學和老師，評價選過的公共課，天南地北，但是沒有聊八卦，始終是有禮貌而謹慎的態度，聰明的對答一來一回，滴水不漏。

既怕冷場，又怕言多必失。

光線裡的那個人，被光和影分割得明朗而深沉。洛枳面對著他，怎麼笑都不自然。其實他一直有些魂不守舍，有三分的注意力不知去向。她能感覺得到。

當他說喜歡小提琴曲的時候，洛枳很興奮，開始絮絮地跟他說自己小時候不好好練琴，還在家裡擺好琴譜和琴凳偽造現場騙媽媽的事情。說到一半突然止住了口，因為他的目光在一度度地偏離，他苦笑，然後搖頭，最後傻笑。

她停下來，很久，他仍然沉浸在自己的世界裡，擺出各式各樣的微笑。

那一瞬間，她有些憤怒和受侮辱的感覺，然而很快，視線裡充滿了被陽光渲染成金色的盛淮南，他安詳的呼吸還有嘴角不設防的幸福微笑。

她不知道自己是什麼感覺。費盡心思提起話題卻被忽略的尷尬和懊惱，被對方的英俊沉靜吸引得不知東南西北的快樂，還是單單能夠坐在對面看著他的卑微的幸福？
她一直注視著他苦笑，直到他驚醒，歪著頭看她，她也說不出一句話來。
他的樣子就像上課的時候玩PSP太入迷，一抬頭發現正被老師盯著一樣，尷尬，有點慌亂，又不敢貿然採取什麼行動——誰知道老師是剛剛發現自己不專心於是用目光提醒，還是點名讓自己回答問題？洛枳想，自己是不是應該埋怨一句「你到底有沒有在聽我講話」，至少給他個道歉的方向。
可她只是揚手喊服務生結帳。
「多謝你了，不要賴帳。」她笑得那樣真誠而開朗。
她最善於偽裝的就是真誠。
到此為止吧。她想。

「送你回宿舍吧。」盛淮南搔搔後腦勺，不好意思地笑笑說，「住哪棟樓？」
「不用了，其實剛才我只是出門轉轉。還不打算回去。」
話說到這裡，迎面走來一個黑黑的男孩子，打了盛淮南一拳說：「你小子偷偷摸摸和誰約會啊，這是第幾個了？」
「泡麵男？」洛枳想起，這個人就是馬路上邊騎車邊吃泡麵的那個男孩。
兩個男孩同時一臉迷惑地看著她，她擺擺手說：「走了，再見。」
「不是吧，我打擾你約會了？美女，你們繼續，我立刻消失！」
洛枳一直壓抑在心裡的怒氣好像終於找到了一個出口。她抬眼盯著男生那張嬉笑著的臉，輕輕抬手摀住鼻子，平靜地說：「我也覺得您應該消失，您出的汗都是紅燒牛肉的味道。」

盛淮南大笑起來，黑男孩被她的眼神刺得六神無主，愣了半天才揪住T恤前襟湊到鼻子下面聞了又聞：「我剛換過衣服了呀……」

許久他才傻笑一聲說：「抱歉哈抱歉哈！」就落荒而逃了。盛淮南這次集中了十分的注意力看著她，洛枳的眼神銳利而平靜。

盛淮南停頓了一會兒，好像認真思考著什麼，良久才說：「對不起。」

洛枳聳聳肩，面對黑男孩時的尖銳此刻消失殆盡。她有些疲憊，只是笑笑說：「謝謝你請客，再見了。」

她轉身走了很遠，突然又回頭。

盛淮南的背影依舊昂揚端正，幾根輕揚的髮絲，在她的視野裡微微晃動。

好像和高中時每天早上走在自己前方的那個背影有些不同，但是好像又沒什麼不同。

「盛淮南。」

洛枳清楚地聽見自己的聲音，她終於對著他的背影喊出了他的名字。

今天是歷史性的一天，儘管並不算快樂。

「謝謝你請我喝咖啡，不過，這頓咖啡算是我訛詐來的吧。其實我是故意去解圍的，我看你們僵持不下，就自作主張冒險逞英雄了，還好你記得我是誰，不然我真有可能要沒面子地扮花痴來搭訕你了。下次遇到這種事情最好不要在超市門口解決，人來人往的。雖然你很鎮定，但是對那個女孩子不好，她就算再衝動、再不介意，被那麼多人看著也會難堪的，事後回想起來，一定會非常後悔。當然，我沒有資格告誡你什麼，就是解釋一下我出現的原因，希望你別介意。」洛枳一股腦兒地倒出來，說完朝他坦然一笑。

這是她今天唯一真實自在的笑容。

盛淮南的笑容也明顯真誠了很多：「謝謝你。」

「不謝，」她笑笑，說，「是你自己機靈。你絕佳的反應能力一看就是多次實戰的累積。」

他的笑容更加燦爛，但並沒有反駁她，風馬牛不相及地冒出一句：「高中時沒認識你真是可惜。」

洛枳聽到這句話，斂起了笑容。

可惜的事情還有很多。她沒講話，俐落地轉身離開。

盛淮南站在原地看了一會兒她的背影，又雙手插口袋傻呼呼地看了一會兒，絲毫沒有注意到來來往往進出宿舍的女孩子都在用餘光偷看自己。然後，他吹了一聲口哨，聳聳肩轉身往超市的方向走——洗衣粉還沒買呢。

走了兩步，還是停下，掏出手機翻到聯絡人名單，輸入「L」，螢幕立刻顯示出一長串名單。他找到「洛枳」。

當時進校的時候，從學姐手裡借到了振華校友會的名單，把所有他認識的不認識的P大同學的電話和信箱通通記錄了下來。

反正總有一天用得到。

洛枳感覺到手機振動。「一條新訊息，來自盛淮南」。

「我從認識你的同學那裡要了你的號碼，這是我的手機號。盛淮南」

洛枳輕輕嘆氣。

其實她早就知道盛淮南的手機號碼，入學時跑到學姐宿舍借到了振華中學校友會的名單，當時臉紅著對學姐解釋自己想要多認識些從振華來P大的同學，以後可以互相幫忙——其實人家根本沒在意她說什麼，一邊啃著蘋果一邊順手從書架上抽出來遞給了她。

她卻只留下了一個人的電話。從來沒有用過這個號碼，但是在聯絡人列表中單列為一組。

一想到盛淮南去問其他人自己的手機號，她就有點開心——人家會不會揶揄地問他：「喂，打聽這個幹什麼，有企圖啊？」不過，那一瞬間的開心很快被深深的失落感蓋過。

就這樣認識了。

她等了那麼久，想像了那麼久，可是她現在並不開心。洛枳仰起頭看著秋日沒有一絲雲彩的高遠天空，心想，我就這樣圓夢了。

在她圓夢的時候，對方在心不在焉。

到此為止，算了吧。

難道真是一場「我愛你但與你無關」的戲碼？

洛枳一直覺得這是一句文藝而高明的藉口，挽回了包括她在內的無數人的面子。

她把那則簡訊保存好，手機放回口袋，沒有回覆簡訊。

只是，回到宿舍之後，她思前想後，還是小心翼翼地踩上椅子，將那瓶「寧死不屈」的紅茶悄悄地立在了櫃子的最頂端，幾乎觸到了天花板。然後，她跳下椅子，仰頭默默注視著被夕陽斜映照得通體晶亮宛若琥珀的瓶身，心裡溼漉漉的。

第5章　其實你真的挺混蛋的

到了吃晚飯的時間，洛枳走出宿舍直奔三食堂。雖然正是吃飯時間，不過週末人並不多。她心情抑鬱，沒什麼胃口，隨便點了一個菜，端著餐盤慢吞吞地尋找一個靠窗的單獨座位。

「洛枳！」

循聲望過去，百麗正和男朋友在靠窗的桌旁相對而坐。

大約一個小時前，江百麗腫著眼睛回到宿舍床上枯坐時接到了一通電話。

這樣敘述比較簡略。其實具體過程是：手機鈴聲響起，百麗掛斷；鈴聲再次響起，百麗再次掛斷；鈴聲第三次響起，百麗索性讓它一直響著一直響著……

然後，電話鍥而不捨地一遍遍打進來。

百麗的鈴聲設定的是某支韓國電子舞曲，難聽得要死。洛枳從書桌前皺眉回頭看，百麗正斜著眼睛看手機螢幕，好像正做著激烈的心理鬥爭。

洛枳決定給她一個臺階下。

「要麼關機，要麼接電話，好煩。」

百麗咬咬嘴唇，還是拎起手機去走廊接電話了。之後就沒有再回來，直到現在出現在食堂。

洛枳並不驚訝於這兩個人重歸於好的速度，她抬了一下飯碗以示禮貌，目光移開，繼續尋找座位。百麗卻接著招手，似乎一定要讓她坐到他們旁邊：「求你，過來一起吃吧。」她的男朋友嘴角向上挑了一下，皮笑肉不笑，看著窗外，對百麗的話不置可否。洛枳敏銳地聞到了二人間的氣氛，知道自己應該過去救場，於是點點頭。

百麗的男友叫戈壁，是個非常英俊的男生，眼角細長，鼻子硬挺，兩片薄脣精緻但又不流於女氣。相較之下，百麗的長相只能算得上是湊合。

他們是曾經匿名榮登學校BBS熱門帖第三名的一對極品，洛枳從報到的那一天開始就對他們避之不及。

江百麗是和戈壁一起出現在宿舍裡的。兩個人把行李箱往地上一扔，就靠在桌邊喝水扇扇子。洛枳正在鋪床，跪在床沿上扭身朝他們打了個招呼，報了姓名、籍貫，就轉過身繼續幹活。百麗從進屋開始就一直絮絮地跟身邊的男生嘮叨。撒嬌和發嗲雖然不大熟練，話卻極多。諸如，這間宿舍雖然小，但是難得只有兩個人住啦；最討厭掛蚊帳，可是北京的九月秋老虎仍然嚇人啦；西門附近居然只有肯德基沒有麥當勞，這可讓人怎麼活啦；礦泉水還是農夫山泉比雀巢好喝啦……洛枳憂鬱地想，自己應該改改先天順風耳的毛病，否則她愛偷聽的天性可能會讓她累死在這間宿舍裡。

突然百麗想起什麼似的叫起來：「對了，那個洛……」

「洛枳。」男聲接了下來。

「哦，是嗎，洛枳對吧？洛枳，我們兩個剛剛一起買了新的手機卡，你把你的電話號碼告訴我吧。」

洛枳正忙著揪住被套的一角把棉被往裡塞，頭也沒回地說：「抱歉，我還沒辦新號碼呢，我先記下你的吧。等我一分鐘。」

她掏出手機，百麗開始念手機號碼，她一一輸入手機中。

「把她最後兩位的35改成36，就是我的號碼。我叫戈壁。」

洛枳詫異地抬起頭，這才認真地看了一眼百麗身邊的「絕色」，此時他正斜倚著窗臺，朝自己意味深長地點頭微笑。

比這更震撼的是，一旁的江百麗絲毫不掩飾地冷下臉。

洛枳點點頭，扭過身重新找到被角繼續塞。

之後的兩個星期，百麗幾乎沒怎麼和洛枳講過話，洛枳則完全回應對方的策略。其間經常能在超市等地方看到他們兩個，她也連招呼都不打，直接裝作沒看見。或者在狹路相逢不得不抬頭的地方朝百麗潦草地點個頭就走，徹底忽略了戈壁的存在。

這段時間，奠定了她和百麗兩個人基本的相處方式。江百麗不是記仇的人，在兩週後轟轟烈烈的學生會迎新期間，戈壁遇到真正的「小狐狸精」時，她對洛枳已經完全沒有敵意和戒備了，反而自然地將洛枳的沉悶接受為個性使然，不會像之前的高中同學一樣指責她傲慢，或者不厭其煩地詢問她是不是不開心。

洛枳後來想想，覺得這可能就是傳說中的因禍得福。

「你就吃這麼點啊？」百麗打斷她的發呆，用筷子敲著洛枳的托盤裡僅有的一碗菊花燕麥粥和一盤清炒空心菜。

「我不餓。」她說。

「減肥？不是吧。」戈壁勾起嘴角，語音拖長，語氣有點挑逗。洛枳低頭禮貌地笑笑，沒有接話。

「真的胖起來的話，男生可就不是這態度了。我還不知道你們？前天的校園歌手大賽初賽，你們幾個男生把上臺的選手一個個笑話了一遍。就你那幾個哥們兒，長得比人家那些選手寒酸多了，說別人也不自己照照鏡子。」百麗咬著筷子頭，不以為然地說。

「喲，說得好像當時你沒參與似的。」戈壁笑，笑得傾國傾城，眼睛卻盯著洛枳。

「我……就是覺得把你的哥們兒都晾著不太好。」

「其實是你怕被我們晾著吧。」

「你沒完了是不是！」百麗嘴裡還叼著筷子頭，臉迅速漲紅了，斜眼瞪著戈壁。眼看兩人又要槓起來，洛枳愣了一下，開始認真地履行她坐在這裡的責任：「白麗，這是你買的？食堂做的麻辣鴨脖子好吃嗎？我聽說附近開了一家周黑鴨……」

百麗轉過來，說：「就剩兩塊了，你吃吧。我去買杯可樂，你要不要？」

洛枳還沒說話，她就直接衝出去了。

「這話題岔得可不高明。」戈壁冷笑。

洛枳低頭，咬了一口鴨脖子肉最肥厚的內側彎，不笑也不說話。

「前陣子聽說你也感冒了？」

她聽出戈壁特意強調的那個「也」字。

「嗯。」

「現在好了嗎？」

廢話真多。她眉頭微蹙，抬起頭看他。

「其實你真的挺混蛋的。」她的語氣好像在描述鴨脖子太鹹了一樣平靜。

戈壁還沒來得及反應，就聽到百麗在遠處喊：「來接我一下，裝了三杯拿不住。」

他沒有動，洛枳放下筷子去接過兩杯可樂。百麗徑直把手裡的一杯先放到了戈壁的前面。

之後，江百麗像是害怕冷場一樣不停地講話，洛枳隨著她胡亂地扯幾句有的沒的。戈壁還是沉默不語，較勁一般盯著喝粥的洛枳不放。

洛枳吃得很快，沒讓他們兩個等太久，三個人一起站起來收餐盤，百麗走到前面先送走了一些。

「我這是跟你第二次講話吧，咱倆沒仇吧？幹嘛老是拿話批評我？」戈壁半眯著眼睛，怒火中也有一點點做作。洛枳明明白白地把目光迎上去，看他駕輕就熟的笑容和姿態。

然而，她把到嘴邊的話都吞了下去。儘管只是第二次跟他講話，但她知道，戈壁這種人，最喜歡女生自恃伶牙俐齒地跟他玩個性、耍嘴皮子，所以忍一時風平浪靜。

「我沒聽說百麗和你是閨密啊？你倒挺護著她。」對方不依不饒。

我倒的確聽說你不識好歹，洛枳在心裡默念了一句，把餐盤往檯子上一推，拿出面紙擦擦手，衝百麗喊：「喂，我要去趟超市，先走了。」

她忘記繫緊外套，推開食堂大門的瞬間灌了滿懷涼風，走了幾步，偷偷朝他們離開的方向看過去。

江百麗沒穿外套，挽著戈壁的背影在秋風中顯得很單薄。洛枳有些悲哀，她印象中凡是看到他們兩個人在一起的時候，都不是十指相扣，永遠是江百麗挽著戈壁，緊緊地。

一週前，戈壁患感冒，晚上十點半打電話說想吃熱的東西。百麗就千里迢迢跑到校外的嘉禾一品去買豬肝菠菜粥和香煎豆皮，打包後放在懷裡送到他的寢室去。而他，卻一臉故作關心的表情，挑逗她的室友。

「聽說你也感冒了，現在好了嗎？」

混蛋。洛枳再次搖搖頭。

不過，她不會費力不討好地去告訴百麗這個男人不可靠，趁早分手最好。江百麗過去一年處理過很多戈壁的爛桃花，大風大浪都走過來了，仍然緊緊握著不死心，她就更沒必要畫蛇添足地去考驗人家的耐心。

洛枳也許算是旁觀者清，但江百麗未必是當事者迷——只不過她樂意。

忍耐是一種智慧，江百麗自己說的。

第6章　憑什麼甘心

百麗衝進門時，洛枳正坐在椅子上盯著地上陽光投射下來的方方正正的光發呆，猛地被對方的大嗓門嚇得回過神來。

「幹嘛不出去？社團招新人呢，人特別多，動漫社還有cosplay演出。」

自從那次見到盛淮南後，已經過去兩個星期了。九月底，秋老虎已經過去，天氣轉涼。今天雖然陽光燦爛，卻格外冷，洛枳又趕上「每個月那幾天」，手腳冰涼。她把脖子縮進毛衣領子裡，雙手捧住熱水杯，縮成一團，眼神呆滯。儘管這時候外面可能反而比陰冷的屋子要暖和得多，但她就是不想動。

戈壁是團委社團聯的部長，這幾天各個社團熱熱鬧鬧地招新人。他作為上級，要忙的事情很多，可是手下的大一小幹部剛剛被招進來，工作還沒有上手，大二的老部員因為沒有頭銜可混，早就紛紛離開了。這樣青黃不接的時刻，江百麗成了沒有身份的主力，當仁不讓，每天都忙得風風火火，兩個人大約一個多星期沒有吵架，讓洛枳很驚奇。

百麗把洛枳從椅子上拖起來，機關槍一樣嘮叨起來：「一會兒幾個小幹部要過來討論一下晚上的party。你不是最怕吵嗎？出去轉轉吧。你看你，不到十月份穿什麼毛衣啊，你是不是北方人啊，真丟臉。」

百麗剛說完就接起了電話。

「晚上真的要請我吃？我懶得出門了，叫外賣吧。我還有PAPA JOHN'S（棒！約翰）[2]的打折卡呢，七折學生卡，前陣子，你們那位劉靜大美女拉攏大家辦的卡啊，忘啦？……總之等你的那幾個幹部來了，我讓他們捎給你吧，不許賴啊，你說要請的。」

她嬌笑著一屁股坐上了洛枳的桌子：「嗯，他們一會兒過來，你們開完會了嗎？……哎喲，煩死了！我知道了啦！」

洛枳無奈地抬頭看了看正熱火朝天地對著電話放電的江百麗，慢吞吞地脫下冬天的毛衣，披上外套邁出宿舍門。

她漫無目的地亂走，一路仰頭注視金黃色的銀杏葉和透過縫隙灑下來的耀眼的午後陽光，五指張開伸向天空，任由陽光的碎片刺痛自己的眼睛。

百無聊賴，有點懊惱沒把雅思單字書帶出來，想起江百麗的甜膩撒嬌，又懶得返回去。

洛枳正對著大樓前的一排自行車發呆，餘光感覺到有人看自己。

某個陌生女孩正朝她微笑。女孩戴著淺藍色金屬框眼鏡，眼距有些寬，穿著發白的牛仔褲和淺紫色長袖T恤，褲子並不合身，大腿部分都繃緊了。

洛枳忽然記起她是自己的高中校友，名字似乎叫鄭文瑞。

---

2 PAPA JOHN'S（棒！約翰）：世界三大披薩連鎖品牌之一。

「發什麼呆呢？」鄭文瑞開口問。

「沒，就是想想……然後我應該做點什麼。」對方熟絡的口吻讓她有點不適應。

「吃飯了嗎？」

「現在太早了吧，打算回宿舍收拾一下再去吃。」

「那就一起吧。」

她驚奇地揚眉，下意識地點點頭說：「好。」

洛枳並不認識鄭文瑞，但只要是振華高中那一屆的學生，應該都記得高三3班那個穿著短袖T恤和七分褲，腳踩一雙繫帶涼鞋做課間操的女孩子。

在寒冷的三月天。

所有人都像得了頸椎病一樣轉頭朝她的方向看。洛枳只知道這個女孩子成績很好，現在在P大電腦系讀書。對於那一次她的瘋狂舉動，洛枳也理解為資優生的怪癖——誰沒有怪癖呢？她自己就有一大堆。

然而，鄭文瑞和她甚至從來沒說過話，這個邀請顯得尤為詭異。

鄭文瑞在烤肉店一坐下就輕聲問她：「想喝點酒，你不介意吧？」

原來她只是隨便抓一個人陪著借酒消愁而已。這樣想著，洛枳放鬆了很多。

烤肉上桌，啤酒也上來了，於是兩個人開始沉默著吃飯。鄭文瑞一杯杯地喝酒，偶爾抬起頭，對著洛枳拘謹地一笑。

奇怪的安靜氛圍持續到鄭文瑞喝多了。

「我曾經很普通。」

開場白和這頓飯一樣莫名其妙。洛枳連忙從發呆中回過神來，點點頭，表示自己在聽。

「為了接近他，我努力學習，進了全班前五。」

洛枳張張嘴，不知道應該接一句什麼話。……你真了不起？

或者，他是誰？

「但是沒用的。所以，我後來做了很多特別糗的事情來懲罰自己。」

鄭文瑞說完，抬起頭，眼睛有些紅，略帶執拗地盯著洛枳。

洛枳心中一慌。她並不覺得這是什麼聽八卦的好時機，也沒有興趣。對於這頓莫名其妙的飯約，她只剩滿心後悔。

「比如……比如什麼糗事？」洛枳到底還是硬著頭皮問了一句。

鄭文瑞沒回答，一邊嘴角上揚，撇出一個冷笑。

洛枳有些尷尬地補救了一下：「我是說，你為什麼要這樣做呢？」

「為了毀掉自己在他心裡的形象。」鄭文瑞回答道。

洛枳被這個答案吸引住了，愣了一下，轉而低頭盯著已經冷掉的一片烤五花肉上面凝出的白色油脂。

她想到的是自己。她何嘗不好奇自己在盛淮南心中的「形象」，抓起同一瓶紅茶時的毫無印象，第一次喝咖啡時的心不在焉，她的形象到底如何？是不是也被自己在咖啡廳時的做作和惱怒通通毀掉了呢？

洛枳嘆口氣。

「既然變得再優秀也沒有辦法接近他，不如乾脆徹底毀掉一切接近的途徑，也許這樣我就死心了——我可能就是這樣想的吧。」鄭文瑞打了個飽嗝，嘿嘿笑起來，把杯子裡剩下的酒一口喝掉，繼續說。

洛枳聞言笑了一下。這個想法倒挺特別。

「但我還是不死心。都這樣了，我還不死心。」

怎麼可能那麼容易。洛枳沒說話，繼續低頭微笑。

「你想知道我為什麼喜歡他嗎？」

洛枳抬起頭，一愣。

「因為他完美。因為他和我只隔著一條走道，每天坐得端端正正地看書解題，上課時偷偷打掌機遊戲，被老師叫起來還是能回答出所有的問題；因為他走路帶風，身上有清香的衣物柔軟劑的味道，打球回來滿頭大汗都沒有什麼異味，我鼓起勇氣把紙巾遞過去，能聽到他特別好聽的聲音說『謝謝』，還有笑起來彎彎的眼睛……」

「我沒什麼理想。家裡的期望都在我弟身上，我考上這麼好的大學，爸媽都當成意外驚喜。我家人都很平庸，吃個晚飯都能為雞蛋漲價吵起來，我看見他們都覺得丟臉，想躲得遠遠的。但他，他是我遇過最美好的人，跟我以前遇到的所有人都不一樣。」

「是，我知道我不好看，我配不上他，可是上天本來就不公平，難道我自己也要死心？我憑什麼要喜歡那些不如他的人，就因為比他差的人才跟我比較配？我憑什麼要想開點，憑什麼要退而求其次？！」

鄭文瑞越說越激動，淚如雨下，較勁一樣地死盯著面前的那盤烤肉，繃緊的身體微微顫抖。洛枳一開始面對她沒頭沒腦的抒情時憋著不敢笑，覺得她活像在演戲。然而聽到這裡，不覺也有些唏噓。

是啊，為什麼要放棄？老天折磨人就在於它不懷好意地給你展示什麼是美好的，然後看著你中意垂涎到瞧不起其他所有，再把它收回，告訴你，別做夢了，其實這跟你都沒關係。

所以我們才不放棄。

上帝明目張膽地不公平，但凡人保留偏執的權利。

洛枳想著，不自覺嘴角也有些苦澀。

何況現在她已經知道了，鄭文瑞說的「他」就是盛淮南，雖然自始至終誰也沒有提起他的名字。

她愛他，但是他不愛她。這是很無聊的話題，而且歷久不衰。鄭文瑞高一時就喜歡他，表白，被拒。後來他有了女朋友，她發誓死心。再後來到了大學，他和女朋友分手了，她鼓起勇氣再次表白，又被「很溫和的笑容」給拒絕了。

洛枳所做的事情就是在適當的時候微笑或者嘆氣，配以搖頭點頭等動作，還有關切安靜的眼神。

鄭文瑞說，暗戀太痛苦，當得知他有了女朋友的時候，她讓全校師生看著自己穿得很單薄地做課間操，這樣被嘲笑，讓她覺得自己罪有應得，自虐很快樂。

那是她高中最後一次犯傻。

但不是今生最後一次。

她說，本來以為忘記了，放下了，可在大學還是不自覺地認真研究了他前女友的特點，把自己塑造成了一個活潑、潑辣的女孩。

洛枳哭笑不得，卻在心裡泛起一種很溫柔的情緒。這個怪女孩好像不懂得贏得他人好感的策略，可是她不願意嘲笑對方的愚蠢招數。

姐妹淘經常聚在一起七嘴八舌地商量怎樣幫助閨密拴住或者玩弄一個男孩子的心，然而洛枳更欣賞這個孤軍奮戰的蠢孩子。

心懷孤勇，不知道說的是不是這個意思。

當然她必須承認，喜歡看悲情英雄，不能說沒有一點點幸災樂禍的陰暗心理作祟。

後來鄭文瑞徹底醉了，不再偶爾說些遮遮掩掩的、諸如「其實我醒悟了，現在也不是很在意他了」之類挽回面子的話，而是伏在桌子上小聲地嗚嘸。洛枳終於長舒一口氣，把目光移向右側的玻璃，表情放鬆而冷漠。北京秋天的晚上有些淒涼，烤肉店內外的溫差讓窗子上結起了密密的水珠。

洛枳試探性地拿起了一杯酒，一口灌下。

大家都是不被愛的人，自己沒那麼彪悍勇敢，只能喝酒略表敬意。

世界上總有那麼一種人，對於庸庸碌碌的普通人來說，他們的存在簡直是一種諷刺。

比如盛淮南。

「對了，你跟他前女友是同班同學吧？」

洛枳嚇了一跳，本以為對面的人已經睡死了。

「是。」

「關係好嗎？」

「不熟。」

「那現在還有聯繫嗎？」

「沒有。」

鄭文瑞突然咯咯咯地笑起來：「騙子。」

第7章 我最希望看到的

洛枳快速地瞥了她一眼，沒有講話，目光漸漸冷下來。對面的鄭文瑞仍然保持著用側臉緊貼桌面的姿勢，咯咯咯地笑個不停。

「騙子。」她又說。

洛枳轉過身叫老闆結帳，鄭文瑞突然大聲地說：「她不配！騙子！」

洛枳揚在半空招呼老闆的手縮了一下。她？

反正不是說我——洛枳心裡舒服了一點，但仍然擔心鄭文瑞繼續胡鬧起來吸引其他食客的注意，還是硬著頭皮喊老闆結帳。偏偏此刻生意好得很，沒有人理她。

「都是裝的，都是裝的！」

「別喊了。」洛枳皺起眉頭。

「她要回來，她後悔了。我昨天才知道的，她後悔了。」鄭文瑞的眼淚一個勁地往下掉，洛枳忽然明白了鄭文瑞醉酒的原因。

「她」回來了。所以，擺在鄭文瑞面前原本就渺茫的希望直接轉成了絕望。

洛枳本想告訴鄭文瑞：「她」回不回來，你喜歡的人都拒絕了你，這原本就是兩碼事。不過最終還是忍住了——剛才鄭文瑞哭訴了半天，就是憤恨別人總是勸她知難而退趁早放棄，自己何苦一心往槍口上撞？

洛枳的沉默不語引來了鄭文瑞的不依不饒，通紅的眼珠緊盯著她，說：「你怎麼想？」

「我有什麼想法？怎麼會？」

「我不信。騙子。」

洛枳終於承認，自己今天答應跟她吃飯簡直是一件愚蠢透頂的事情。

「說，你快告訴我，我知道你不可能沒有想法。你不喜歡他嗎？他那麼好。」

「他好，所以我應該喜歡？」

「你不喜歡他嗎？」

她只是執拗地重複著同一個問題。

洛枳微微有些眩暈，這麼多年，終於有一個人清清楚楚地問她，是不是喜歡盛淮南。然而問話的居然是這樣一個喝醉了的偏執狂，場景偏偏是鬧哄哄的充滿油煙味道的烤肉店，真是煞透了風景。

她自然是不會回答的，裝傻的話幾乎要脫口而出——「他是誰？」

反正鄭文瑞一直遮遮掩掩沒有說自己單戀的是誰，乾脆將對方一軍，然後趕緊結帳撤退。

但是她猛地把那個問句咬緊吞進了肚子。

剛剛，鄭文瑞問她是不是他前女友的同班同學，她毫不遲疑地給了肯定的答覆，顯然等於承認了自己透過鄭文瑞的描述猜到了男主角的身份。這會兒要是再裝傻，恐怕沒可能了。

失算了。

洛枳打起精神認認真真地看著對面那個紅著眼睛等答案的女生，霎時覺得背脊發寒。

這個人真的醉了嗎？

「你是喜歡他的吧？」鄭文瑞仍然緊咬不放。

洛枳的手機在千鈞一髮之際響了起來，她連螢幕都沒看就接起來。是百麗，忘記帶鑰匙，樓長不在收發室，沒辦法借備用鑰匙，所以希望洛枳快點回宿舍。

洛枳抓住機會東拉西扯了好一會兒才掛了電話。對面的人又癱倒在桌子上了，剛才的那個話題就此不了了之。

結帳的時候鄭文瑞仍然沒有醒。洛枳付了錢，把她叫醒，連拖帶拉地弄出了餐廳。靠在自己身上的鄭文瑞一身酒氣，絮嘮叨叨地低聲說著什麼，身體又重得不得了。洛枳歪歪斜斜地艱難前進，覺得自己簡直倒楣到家了。

「你自己能上樓吧？」她記得電腦學院的女生宿舍跟自己的宿舍挨著，所以直接把鄭文瑞帶到門口。

「嗯。」鄭文瑞又開始咯咯咯地笑。一小時前那笑聲聽起來像母雞，現在聽起來卻像巫婆。

「那就這樣吧，快上樓吧，再見。」

「洛枳……」鄭文瑞靠在大門上半瞇著眼睛叫她。

「怎麼？」

「我不會讓她第二次得逞的。不只是她，任何人都不會得逞的。」

洛枳沒說話，控制著不讓自己的表情顯得太厭惡。

「我知道你覺得我卑鄙無聊。嘿嘿，反正大家都是騙子，其實誰也不比誰高尚。但是你要是以為我是為了讓他愛上我才去阻撓他們倆的，呵呵呵，那你就錯了。我知道他不會喜歡我的，就算世界上只剩我一個女人，他寧可變成gay都不會喜歡我，」鄭文瑞笑著，眼睛有一剎那亮晶晶的，轉瞬又暗下去，「不過，我所希望的，並不是他喜歡上我，而是——」

她刷了門卡，推開了半扇門。

「我最希望看到的是，他誰也喜歡不上。」

門在洛枳眼前「吧嗒」一聲上鎖。她目送著鄭文瑞歪歪斜斜的身子消失在門廳的轉彎處。

這樣恐怖的一個願望。

在忌妒的人眼中，幸福不在於得到，而在於別人得不到。

她默默地站了一會兒，轉身離開。

第8章 弱水三千，任你潑

雙學位的課程大多安排在每週六和週日的上午，洛枳因為週五晚上看美劇看到深夜而起晚了。她一路氣喘吁吁地小跑著衝向教學大樓，書包在屁股後面一顛一顛的，讓她覺得自己像一匹挨鞭子也跑不動的老馬。

洛枳從後門溜進去，很小心地關門，生怕弄出一點聲響。

還好是很大的階梯教室。雖然現在的老師早就看慣了學生遲到早退，甚至宣布要點名了還留出一段空隙來，讓學生有充足的時間傳簡訊趕緊把朋友叫過來，她卻仍覺得難堪。

洛枳悄悄按下折疊椅，坐到了最後一排，一抬頭，看到了盛淮南，就坐在自己的正前方。

還沒來得及想別的，她就又聞到很清香的 Ariel 洗衣粉的味道慢悠悠地飄過來。洛枳啞然失笑。

高中時她曾經和盛淮南擦身而過，聞到過這種味道。她後來站在家樂福的洗衣粉貨架前，拿起每一種品牌的每一種香味，偷偷摸摸地湊到鼻子下聞過去，像隻剛修成人形的神經病警犬。

後來，她只用這個味道的洗衣粉來洗衣服。可人是無法聞到自己衣服上的香味的，那些香氣只能有一個發源地，只能在偶然的相遇中沾染，她獨自一人怎樣刻意去浸泡都毫無意義。

比如此刻。

洛枳石化一般盯著他微垂的後腦勺。原來故事還沒有結束。一種單純的喜悅從心中升騰起來。

沒有人不希望上天站在自己這邊，她也一樣。從高中開始，一切巧合都能被她賦予某種特殊意義。

而這一次，那個從天而降的大柿子，就像是《命運交響曲》裡的那一聲鑼響，預示著一切的開端。

現在她又遇見了他，在這個課堂上，她還會遇到他很多次。

這堂法律導論課忽然變得極有意義。

盛淮南身邊的男孩子好像就是那天在咖啡廳門口落荒而逃的那位。乾淨立體的側臉，黑黑的，笑起來很溫暖。

「這門課教材怎麼他媽的這麼厚啊，我昨天去教材中心買的時候才覺得不對——期末考試居然是閉卷，這不得背到吐出一盆淩霄血啊！」男生怪叫了兩聲，在鬧哄哄的教室中聽得不是很清楚。

盛淮南沒有說話。

那個男孩子又抱怨了幾聲，然後忽然伸手勒住了盛淮南的脖子，說：「你他媽的能不能別玩了！這又是什麼啊？」

盛淮南的聲音很好聽，那種語氣比和女孩子說話時要隨意粗獷些。

「《逆轉裁判4》，高中時只玩過前三部。懷舊一下。」

「懷舊個屁，你有沒有在聽我說話！」男孩子仍然卡住他的脖子搖啊搖，手肘向後一拐，碰翻了後面洛枳的水杯——還好桌上沒有放書，只是幾張演算紙，剛剛從書包裡掏出來。不過，她本人就比較慘了，進門前剛剛接的熱水沖咖啡，濺了一身。

衣服倒不要緊，關鍵是，很燙。

她倒抽一口涼氣，身邊坐的女生大叫了一聲，吸引了周圍人的大半目光。

那個男孩子顯然嚇傻了，連句「對不起」都說不出來，只是回頭張大嘴盯著洛枳。她手忙腳亂地翻著書包，突然前排伸過來一隻手，遞著一疊紙巾。

抬頭．看，是盛淮南，他正嘆氣說：「對不起。」

洛枳寬容地笑笑，接過紙巾道謝，然後一邊擦衣服，一邊用紙去吸收桌子上的「汪洋」。收拾得差不多了，她哭笑不得地看看自己沾了很多紙屑的淺藍色襯衫，世界地圖一樣狼狽。洛枳抬起頭望了望那個「石化」了的男生，舉起一根手指在他眼前晃晃，說：「該回魂了，別害怕，我不會哭著讓你賠的。」

那個男孩子終於恢復了神志，急急忙忙地說：「對，對不起。」

可能還停留在上次她留給他的心理陰影中，這次怕得直接結巴上了。

她有點無奈，只好一個勁地擺手說：「沒事沒事，真的。」

盛淮南眉頭微蹙，表情複雜，半天才緩緩地說：「你不疼嗎？這麼燙的水。」

「啊，有點。」她還是笑，「沒事了，我皮厚，聽課吧。」

坐回座位的時候，洛枳輕輕摸著自己的小腹和大腿，其實真的有點疼，不過她反應過來的時候，鄰座已經幫她尖叫過了。

這樣倒也好，不用費心去想如何和他打招呼了。

講臺上的老頭子還在嘮叨法律導論的課程結構和學習的必要性，但是所有的單句都左耳進右耳出，沒有意義。

她出神地盯著黑板上方的投影螢幕，嘴角慢慢浮上一抹笑，狡黠而溫柔，臉龐都成了蜜色。

餘光感覺到別人的視線。原來，單手托腮、皺著眉頭的盛淮南正斜倚在桌子上回頭打量她。

洛枳有點窘，歪了頭，想張口問他怎麼了，卻看到他也有點不好意思地一笑，很快轉過去了。

張明瑞看見盛淮南出神的樣子，也回頭去看。

「喂，還魂了！」他趴到盛淮南耳邊說。

盛淮南懶洋洋地瞥了他一眼，低頭翻開課本看目錄。

「看上了？我覺得不錯。內外兼修，平易近人，性價比肯定特別好。」

「滾。你這兩天看廣告看多了吧，你以為是幫老大買電腦啊。」盛淮南皮笑肉不笑地一咧嘴。

「少跟哥們兒裝。要不然你看什麼啊？」

盛淮南愣了愣，沒有說話。

洛枳很快知道了盛淮南欲言又止的原因。

老師剛宣布休息十分鐘，他就轉過來問：「你真的不疼？」

洛枳被他氣笑了：「你好像特別希望我喊疼。」

肇事者反而事不關己地來看熱鬧，笑嘻嘻地說：「美女你別理他，他有熱水情結。我要是沒記錯，當初他認識初戀女友，就是因為他不小心一杯熱水潑到那個女孩身上，把人家燙得齜牙咧嘴，他被罵了個狗血淋頭。我們少爺不巧是個受虐狂。弱水三千，就等著一瓢來潑。」

盛淮南這次沒像在咖啡廳那樣反應明顯，只是一副對舊事重提已經習以為常的樣子，好像早就料到對方會揭短，輕輕地笑，不否認，也不生氣。

洛枳愣了一下，立刻轉頭看著那個男孩子，說：「你想暗示我什麼嗎？你也潑了我一身熱水，我現在是不是該把你罵得狗血淋頭呢？說不定我們之間有緣分？！」

男孩窘住，滿臉通紅，而盛淮南已經笑得趴在桌子上直不起身了。

「你真的沒看上她？」老頭子繼續講課，張明瑞裝作不經意地問，卻沒有笑。

「你老問這個幹嘛？」盛淮南低頭認真地抄著筆記。

張明瑞的筆尖停頓了一下，抬起頭看一眼講臺，蓋上筆蓋，很隨意地問：「你們是高中同學？叫什麼名字啊？」

盛淮南迅速地看了他一眼。

「要我介紹一下配置和型號、預算多少嗎？」他笑嘻嘻地看著漲紅了臉的張明瑞。

張明瑞臉紅的樣子很少有人能看出來，因為他太黑了。

「經濟學院國貿系，洛枳，洛陽古城的洛，枳，呃……『橘生淮北則為枳』的枳……好像是吧。」

盛淮南多此一舉地解釋了洛枳的名字之後，生澀地停頓了一下，「而且是我們高中校花——至少是綜合排名上的校花吧，有才有貌有德，聽說還單身，可行性上來講，你有戲。」

張明瑞勉強笑了一下，沒有搭話。

「喂，怎麼不說話，腦子裡想計畫呢？」盛淮南笑道。

他還是沒有回答。盛淮南第一次在自己面前絮嘮叨叨地說了這麼多，一個勁兒打趣，然而無論如何他都只能勉強地一笑。

盛淮南也不再講話，兩個人安靜地抄著筆記。

張明瑞並不是個太過粗神經大大咧咧的男生。他清楚地聽到，有些東西在他們的沉默中慢慢死掉了。

下課後，洛枳正在整理書包，看到那個潑水的男孩轉過來面對著她。

「請你吃霜淇淋，賠罪。」

洛枳很驚詫，她看見盛淮南的臉上同樣寫滿了意外，然而只是很短的一瞬間，隨即他就把書包往肩上一揮，朝她眨眨眼，笑著在張明瑞耳邊用不大不小的聲音說了句「別給哥們兒丟臉哈」，然後很快地離開了。

「我叫張明瑞。」男孩子的臉頰仍然緋紅。他長得黑黑的，五官很舒展，看著也挺討人喜歡。

洛枳用了幾秒鐘來消化這個局面，然後嘆氣說：「如果是為了這件衣服和那杯咖啡，那麼我覺得沒必要賠罪，我不介意。如果是為了潑開水的緣分……」

他的臉更紅了。

「那麼就更不必要了。」她用玩笑的語氣說，「我和盛淮南高中不熟，但是傳言聽過一些。他和那個女孩子的感情開端很有趣，不落俗套，可是最終結局不過是一拍兩散。同樣的開頭套路，不吉利，我看咱們倆還是算了吧。」

笑歸笑，距離感擺在眼裡，她相信他看得到。

「哈，沒事，沒事，你別誤會。」男孩很窘迫，洛枳有些不忍，但是她不想讓事情發展得太過離譜，還是一開始就說清楚比較好。

而且，盛淮南一副媒人的樣子走掉，她看了有點心煩。

「你是那天我遇見的女孩子吧，嘴巴還是那麼厲害啊。盛淮南剛才跟我說，你是他們高中的校花，才貌雙全，果然，果然名不虛傳啊。」

洛枳知道，這不過是盛淮南在張明瑞面前的說辭。

「你被騙了。不是我。」

他一愣：「啊？」

「校花當年被他潑了一身熱水。」她不想再繼續，拎起書包朝他說了聲「回頭見」就往後門走。

剛走幾步，忽然聽到背後一聲很低落的呼喚。

「洛枳，是吧？」

她回頭看他：「對，盛淮南告訴你的？」

「你喜歡盛淮南吧。」張明瑞眼睛盯著桌子，不看她。

她最近是撞鬼了嗎，怎麼一個兩個都來問她是不是喜歡盛淮南，還全是八竿子打不著的陌生人。

「你最好適可而止。」她既不否認也不承認。

眼看他被自己噎得滿臉通紅，她又放緩語氣輕聲說：「你別誤會，不是所有跟帥哥說話的女生都是在裝熟。」

雖然她的確是。

「你肯定也喜歡盛淮南。」張明瑞就跟中邪了一樣。

「也？」洛枳聞言怔了怔，隱隱約約從他的表情中看出了一點什麼，笑了，「張明瑞，你是不是喜歡過某個女孩子，可是，她卻喜歡盛淮南？」

張明瑞表情微變，張張嘴卻沒說出話來，只是低頭把臉轉過去。

洛枳咋舌，他居然連撒個謊掩飾一下都不會，真讓人不知道說什麼好。

周圍人都走光了，就剩下他們兩個傻站在那裡。洛枳想了想，還是走過去，略帶歉意地說：「請我吃霜淇淋吧。當我什麼都沒說。對不起。」

他回過神來，立刻傻呵呵地笑了：「好。」

洛枳承認，這麼輕易就轉換思維模式，他的確是個很可愛的人。

出校門不遠，DQ和哈根達斯並肩而立。張明瑞在門口躊躇了半天，洛枳率先進了DQ的門。

「我就知道你不是那種特物質的女生！」他跟在後面笑嘻嘻地喊。

他們都叫了「抹茶杏仁冰炫風」。店員好像是新來的，在給每位點了冰炫風的顧客演示「倒杯不灑」的時候，表情和動作都小心翼翼的，彷彿全然不相信自己所說的。

她美美地咬上一大口。

「剛才邀請你實在太冒昧了，對不起。」張明瑞說。

「可我還是來了。」她笑。

兩個人聊了聊剛剛的法律導論課，洛枳琢磨了一下，問他：「為什麼選法雙？……你們學生物的不是選數學雙學位的比較多嗎？」

「我們壓根兒就不想學雙學位啊，重要的是GPA和GRE啦。會選法雙，其實就是那天路過看見宣傳板，盛淮南忽然說想要看看文科生過的是什麼樣的日子，所以就拉著我一起選了。反正如果中途修不完想要放棄，就把已有的學分轉成選修課，倒也沒什麼損失。」

想知道文科生過什麼樣的日子？洛枳笑笑說：「哦，是這樣啊。」

一下子兩個人都沒什麼話講了。沉默了一陣子，張明瑞慢慢地開口說：「你猜對了。我喜歡的女生接近我，是為了盛淮南。我瞎高興一場，特傻。」

「你不必告訴我的。」她溫和地笑著說。

「就當我發發牢騷吧，我沒跟任何人說過。」張明瑞的表情有點難堪。

「那為什麼偏偏告訴我？」

「這很重要嗎？」

洛枳笑了一下，沒有再糾纏，用小勺使勁挖著霜淇淋。

「這件事不怪他，所以我不想告訴別人，不希望他難堪。盛淮南拒絕得很明確，沒有曖昧，而且的確是那女生……自作多情，」張明瑞最後一句說得有點不忍，「也的確是她利用我，跟盛淮南沒關係。」

洛枳聽到這裡，心中一動，這才認真地看了看他。

「張明瑞，我覺得……你是個很不錯的人。」

「嗯？」

「你沒有遷怒於他，和盛淮南依舊做好朋友，這真的很難得。雖然表面上盛淮南沒有責任，但如果換成別人，可能自此之後都會疏遠他。畢竟，有沒有錯不是重點，面子上過不去才是第一位的。你還能繼續和他做朋友，而且不把這件事情告訴別人，所以我說你是真的明事理，真的大度。」她很誠懇地說。

「真的嗎？哪有那麼好。」張明瑞不自在地摸摸後腦勺。

「就衝這個，」洛枳指指手裡的暴風雪，「你就算大好人。」她甜甜地一笑。

「其實沒你說的那麼好，」張明瑞苦笑一聲，「我約你，當著他的面，但是之前都沒跟他商量。可能是我怕了吧。」

洛枳愣了，那你到底幹嘛約我，跟他示威？她沒有說話。

「追他的女生挺多的，但他還是一個都沒答應。我們宿舍的兄弟都覺得他可能還掛念前女友吧，雖然表面看不出來，還是該學習學習，該打遊戲打遊戲，社團、學生會照樣風生水起，但是吧，我總覺得……」張明瑞躊躇了很久，臉上掛著害怕洛枳譴責他說人長短的表情。

「會好的。只要時間夠長。我們這些旁人不要操心比較好。」她當即打斷他。

張明瑞聽到她事不關己的口氣，驚訝了很久。

「嗯，希望吧。」他擦擦額頭的汗。

他把洛枳送到宿舍門口，臨別時忽然冒出一句。

「對不起，今天好些話都說得挺沒大腦的。」

洛枳只是笑，不置可否。

「其實……別介意啊，我覺得你倆挺配的。」張明瑞試探性地看了洛枳一眼。

洛枳眨眨眼睛，笑了：「你這算是在誇我？」

張明瑞怔怔地看著洛枳清秀的背影消失在轉角。

他為什麼要請洛枳吃霜淇淋？他想幹什麼？

突然收到一則簡訊：「預祝凱旋。」

張明瑞有點意外。盛淮南和所有人關係都很好，會在宿舍討論女生的時候冒出一句總結性的妙語，讓大家對他的透澈理解很崇拜。然而他們幾個哥們兒集體出動幫老六追女生的時候，盛淮南只是懶洋洋地倚著窗臺吃洋芋片，從來不參與。

尤其是那場尷尬的三角戀之後，盛淮南更是很少關心別人的緋聞。

今天還真是很少見的熱心腸。

張明瑞想起法律導論課上盛淮南對洛枳進行的做作的熱情介紹，還有不斷打趣自己時的嘮叨——是因為前車之鑑，所以這次急於把洛枳推給自己，然後撇清嗎？或者還有別的原因？

課堂上，他們兩個重歸沉默之後，張明瑞忽然希望盛淮南還是繼續說下去比較好。

好像一停下來，沉默就會把感情吞噬。

友情也會死掉嗎？

第9章　一視同仁的路人甲

洛枳慢吞吞地往宿舍走，抬眼看見戈壁正捧著一大束玫瑰花站在門口。

對方也看見了她，她只好禮貌地點點頭打個招呼。

戈壁倒是非常大方地朝她笑：「美女，百麗在宿舍嗎？」

「在睡覺。」

「怪不得我打電話她都不接。那你幫我把花帶上去吧。」

洛枳點頭，伸手接過戈壁遞過來的花，沒想到她抓牢了，對方卻不鬆手。

「希望她別生我的氣了。我可是這輩子第一次站在樓下捧著花傻站著，她再不領情，我可不幹了。」

洛枳鬆手後撤一步，遠離了那張俊臉，說：「那我趕緊上樓去叫她下來看。」

她正要走，戈壁在背後幽幽地說：「你真是我見過的最乏味的女生。」

洛枳哭笑不得，什麼都沒說就刷卡進門。

「冷美人跟大冰塊是有區別的，你段數不夠，還需要再修練才能把欲擒故縱用好，現在這個樣子是不行的。」

她噗哧一聲笑出來，頭也不回地說：「誰要擒你？」

轉彎的時候，聽到背後傳來一聲低低的「靠」。

江百麗與各色女生鬥智鬥勇之後總會趴到床上痛哭，和剛才戈壁自詡萬花叢中過的驕矜自然形成了太過強烈的反差，洛枳的心中不覺有些苦澀。

洛枳回到宿舍搖醒了百麗，話還沒說完，百麗就掀開被子連跪帶爬地衝下了梯子，光著腳站在亂糟糟的桌前尋找洗面乳。

「哦，對了，」百麗指了指洛枳桌前，「昨晚回來的時候看到信箱有你的信，幫你拿上來了。」

洛枳從自己的桌上拿起那兩個新信封，沒有寄信人地址，收信人一欄「洛枳」兩個字寫得俊逸至極。

只可能是丁水婧。

丁水婧是高中時少有的幾個和洛枳熟絡的同學，在南方著名的Z大國際政治學院念到大一下學期的時候，突然決定退學，以美術類特長生的身份重新參加高考。這個決定幾乎震動了所有人。

「所有人」裡並不包括洛枳。大一時兩個人斷了聯繫，如果不是丁水婧的一封信，她可能永遠不會知道她退學的事情。

她總是這麼孤陋寡聞，甚至連「鄭文瑞喜歡盛淮南」這種「全校人都看我的笑話」的大新聞都不知道。

丁水婧回歸高中生的生活，不在畫室裡就在教室，很少有機會上網，於是便愛上了中國郵政——雖然洛枳不能理解她為什麼不直接傳簡訊。大多數信件都是丁水婧上課時趴在桌子上的塗鴉，她也許覺得寂寞，也許只是打發時間。信裡也沒有什麼重要的話題，時長時短。

兩封信相隔一個多星期。洛枳沒有看信箱的習慣，所以第一封信就委委屈屈地在樓下收發室躺了一個星期。

知道嗎？今天地理老師居然把你筆記裡的區域國土整治那部分複印了發給全班。真是漠視知識版權的人哪。

演算紙上只有這麼一句。

郵票便宜也不能這樣啊。

洛枳嘴角抽筋地拿起第二封，胡亂拆開，裡面仍然只有一張演算紙，一面是信，一面是亂七八糟的解析方程式。

洛枳，只有對你我才會用這種隨手抓來的演算紙寫信，反正你不會在乎，倒也真是省錢啊。別人都用漂亮的硬板信紙給我寫信，我卻連你的演算紙都沒見過，你就從來沒想過回一封信給我？

說實在的，我很想知道，你的心裡，到底有沒有在乎過我們這些人？

我真的想知道。

你和我認識的另一個人很像，你是對誰都淡淡的無所謂，淡到讓我覺得自己從來沒有存在過；那個人卻是對誰都很好，好到讓我誤會這是愛。我不知道你是不是真的覺得別人都無所謂，但是我知道，那個人，真的不是愛我。

她愣了幾秒鐘，又把信重新看了一遍。

長期收不到回信，丁水婧終於惱了。

洛枳很想問，不被自己所在乎的「我們這些人」指的究竟是哪些？

丁水婧每天泡在小說雜誌中，卻只要稍稍努力點，成績就能保持在全班前十，而且人緣極好，八面玲瓏，無論是洛枳這種好學生還是葉展顏那種知名人氣美女，甚至是那個八卦又毒舌的許七巧，丁水婧都能和她們做出一副知己至交的樣子來，傾聽別人的複雜心事。

洛枳很少跟她說什麼。雖然見面會主動打招呼，會象徵性地跟她抱怨幾句諸如「數學題很難做」「歷史老師留那麼多考卷簡直是羊癲瘋」一類的話，兩個人每天還可以順道走上一段回家的路。很多人把丁水婧當成傲氣冷漠的洛枳少有的幾個朋友——但她並不是，兩個人心裡都清楚。

在志願表上填上以她的成績能選擇的最好的專業和學校，自此丁水婧在大學也定能逍遙，而且在大學這個嶄新的天地中，一定會比洛枳這種書呆子還要出色得多——所有人都是這樣想的，直到丁水婧莫名其妙地退學，去學畫畫。

那天，丁水婧給洛枳寫了第一封信，洛枳才知道這個盡人皆知的新聞。她的信裡滿是委屈和困惑，語氣絕望得彷彿洛枳是她精神世界唯一的救命稻草。

當然還有一點點遮掩著的隱情——「我想，我終於能證明，我並沒有逃避什麼或者嘲諷什麼，雖然他也許並不會等待我的證明。」

可是洛枳沒有細究這句話的含義。這種故意露出來的尾巴，從來就不會引起她的興趣。

惻隱之心和對一直以來丁水婧聰明大腦的欣賞讓洛枳給她回了一封信。也只有兩句話。

好好加油。對你的選擇，我表示敬意。

木已成舟。她都退學了，還在一旁指著她說你不應該這樣那樣，實在是很缺德的行為。何況，洛枳真心希望，這個得過且過的聰明腦袋能夠勇敢地為了夢想奮鬥。

她沒有想到，丁水婧從此會喜歡上寫信給她，雖然她後來沒有再回覆過。

那些胡言亂語，重點在於寫信人自己心裡舒坦，回不回也許並不重要。

其實她們之間斷了聯繫很久了。本來在高中時洛枳只是馬馬虎虎地交朋友，維持表面的和平而已。等到上了大學，脫離了同一個教室低頭不見抬頭見的關係，她就更加深居簡出，消匿了蹤跡。

回想起來，又似乎不僅僅是大學的問題，洛枳和丁水婧在高三的下學期就疏遠了。

第一次模擬考之後，洛枳煩躁地縮在角落亂翻愛倫．坡的短篇集。丁水婧走過來，突然問她：「為什麼剛才葉展顏叫你下樓打排球，你理都不理人家？」

「她可生氣了，說你不給她面子。」她接著說道。

「有嗎？」洛枳十分疑惑，確信剛剛並沒有人叫過她。她今天有點魂不守舍，書也看得不用心，應該不至於沒聽到別人喊她。

但她仍然努力維持著禮貌的笑容：「可能我沒聽見吧。看小說太入迷了，一會兒我跟她道歉。」

丁水婧卻是醉翁之意不在酒。

「我們都想跟你成為朋友的，可你太不合群了。咱們班同學其實都覺得你太傲太冷了，除了你的考卷，你誰都瞧不起。」

丁水婧的話裡第一次沒有了嘻嘻哈哈的圓滑語氣。

這個沒來由的指責讓洛枳原本陰鬱的心情更是緊急集合。她收回禮貌的笑容，淡淡地說：「你看張敏怎麼樣？」

丁水婧愣了很長時間，慌忙在教室裡搜尋了一下張敏的身影：「……挺好的啊，怎麼了？」

洛枳餘光看到張敏正低著頭坐在角落翻著新發下來的無聊校報，淺紫色的羽絨衣髒兮兮的，把她土黃色的皮膚襯托得更加憔悴。

「你跟她很熟嗎？」

「不熟，問這個幹嘛？」丁水婧也皺了眉。

「你覺得我和張敏之間有區別嗎？除了她成績不好之外，我們都喜歡看書，都願意窩在角落，都不愛說話，不愛逛街，不愛K歌，為什麼你不說張敏驕傲？或者你為什麼不能像忽略張敏的存在一樣忽略我？我覺得我從不說別人壞話，力所能及的時候也熱心幫助同學，怎麼說也不至於被扣上這麼大一頂帽子吧？」

「我們只是……」丁水婧沒話了，想了想又說，「我們只是希望你能開心，所以想要讓你加入的，是為了你好。」

「如果單純是想要讓我開心，想要『拯救』我，為什麼柰展顏看到我不出去打排球的時候不是為我感到擔心難過，而是覺得我瞧不起她讓她面子受損？」

洛枳記得丁水婧啞口無言地盯著她，而她自始至終只是聲調平平，眼睛盯著手裡的書。後來丁水婧怎麼離開的，她都想不起來了。

那似乎是高中三年，洛枳唯一一次露出咄咄逼人的一面，真正像個十八歲女孩一樣咄咄逼人。

如果那天她心情稍微好一點，可能面對丁水婧來勢洶洶的指責，只會笑著敷衍一句「哪有啊，幹嘛說得那麼嚴重，一會兒她回來我就去道歉」。

可她那天剛好情緒失控。

洛枳始終不清楚為什麼丁水婧要這樣執著地和自己「做朋友」。也許每個人都有自己的驕傲和執著，比如洛枳對成績、丁水婧對人緣。

她也許應該慶幸自己還有點本事被人家瞧得起，不像張敏，存在感全無。

洛枳沒興趣跟她討論自己生命中到底有幾個人不是過客——是不是又怎樣。丁水婧自然有很多漂亮的信紙，少了她的一封回信，雖然略有缺憾，但是不失為另一種圓滿。

這樣想著，她又有點意氣用事地抽出一張白紙，寫上：

你背後的方程式解錯了，那個應該是雙曲線，不是橢圓。

所以可見，你的信我都好好看了，無論正反面。

第10章 高級保母

十一黃金週轟轟烈烈地來了。洛枳沒有回家，而是留在北京繼續做家教兼職賺錢。9月30日晚上熬了一通宵，完成了一萬多字的翻譯，從兢兢業業到簡練對付，終於撐到最後，迷迷糊糊地寄到指定信箱，立刻癱倒在床上不省人事。

一覺到晚上才醒過來，她餓得胃痛，正艱難地拆著麵包的包裝袋，手機在床上嗡嗡地振動起來。

「Tiffany 媽媽來電」。

洛枳從大一開始做家教，只不過她的家教工作有些特別，說白了就是看孩子的小保母——美籍華人的兩個孩子，一對兄妹，哥哥上五年級，妹妹上四年級，兩年前剛回國，在上海讀了一年國際學校，又隨媽媽轉到北京分校繼續學業。

那天有司機開著保時捷凱燕來學校接她，用了一個半小時才到達順義別墅區。Tiffany 的家精緻得好似童話故事裡的糖果小屋。她剛下車就看到一個男孩子牽著漂亮的黃金獵犬打開院子的白色柵欄朝她跑過來，身後一個小女孩追出來，白嫩甜美，好像日本動畫片裡走出來的蘿莉。

然後他們停在她面前，女孩子笑的時候露出深深的酒窩。

「I'm Tiffany, and who are you?」

洛枳嘴角抽搐，被雷得七零八落。眼前的一切彷彿是偶像劇取景框，也許是她孤陋寡聞小家子氣，可是，活生生的一切突然擺在眼前，任誰都有點緩不過神來。

無論多麼震撼，她表面上還是裝出一副淡定的樣子，低下頭，笑得甜美和善地說：「I'm Juno.」然後抬起頭，朝那位站在薔薇花牆前的美麗又蒼白的媽媽點點頭。

孩子們的音樂教師在純白色的三角鋼琴前演奏拉赫瑪尼諾夫協奏曲，她被孩子拉去和黃金獵犬一起在大草地上扔飛盤玩。晚上坐在院子裡面ＢＢＱ，菲傭圍著一家人團團轉。

原來，小說裡那些高幹和富二代的生活真不是蓋的。

洛枳嘆氣，心想這也許還不算太離譜，至少她還沒看到莊園城堡和英國管家。

一下午的時間，她中英文混雜地講話，幫助孩子糾正作文文法，給他們講解媽媽安排的必背唐詩的含義，陪 Tiffany 練小提琴，最重要的是，陪他們玩。

其實洛枳並不親近孩子。她對嬰兒有恐懼症，凡是年齡比她小三歲以上的孩子，她都搞不定。親暱地哄逗不是她所擅長的，更不知道應該怎麼跟他們打成一片。其實孩子都很喜歡她，但也只是喜歡而不是親近，他們會用怯意好奇的眼神望著她，小心翼翼地遞給她一片水果，圍在她身邊聽故事，然後撲到別人懷裡撒嬌。

可是她不得不努力討好這兩個小孩，希望他們能喜歡她。這是一份工資很高的工作，技術含量卻不高。她希望能得到這份工作，所以她要把自己的才華和親和力通通「無意中」展現給一直在周圍悄悄觀察著的女主人看。

後來，據說她擊敗了二十多個候選人，成了榮耀的「豪門家庭教師」……

洛枳不知道自己是不是應該把這一筆寫進簡歷。

就這樣過去了大半年，她和Tiffany兄妹越來越親近，也不必像第一天一樣在他們面前偽裝活潑親切。她慢慢地回復到自己本來的樣子，仍然盡心盡力地給他們講課，但是陪他們玩的時候總是有點心不在焉。

現在她已經對落差感習以為常，不至於每次從Tiffany家回到破舊的宿舍後都悵然若失，感慨萬千，好像自己剛穿越回來一樣。

Tiffany媽媽的電話是從美國打來的，對方問洛枳可不可以明天帶兩個孩子去歡樂谷玩。洛枳推託，假日歡樂谷裡人一定很多，兩個孩子在美國、東京、香港的迪士尼樂園都玩遍了，對於歡樂谷應該不會有太大的興趣，更何況不安全，她怕出事。

電話那邊卻一再請求，洛枳覺得有些稀奇。

「阿姨，出什麼事了嗎？」

洛枳每次開口叫她「阿姨」都會覺得彆扭。她看起來太年輕了，不染凡塵的樣子。

「洛枳，其實Jake跟我們鬧了點彆扭，他準備離家出走被我們發現了，最近對班上同學和他妹妹也一直都特別凶。本來說好了『十一』這些天你不用過來，我帶他們來美國，但是他偏不跟我走。現在家裡只有Jya看著他們，我不好意思天天麻煩你。你明天一天陪他們出去玩玩，散散心，好嗎？到北京一年了，他們還沒怎麼出過門呢。」

洛枳再怎麼覺得蹊蹺，也不好意思拒絕了。

「那明天早上，八點出發吧。我記得歡樂谷應該是九點左右開門，去得越早越好，要不然什麼都玩不了，只能排隊。」

「好，明天早上八點在你們學校的東門口，小陳去接你。讓他陪著你們，也好有個照應。其實，Jake 不想帶著他妹妹一起去，只想單獨和你出來。他們現在總吵架，你幫我勸著點。」

「我盡力，您放心吧。」

一大早，洛枳迷迷糊糊地站在東門口吹冷風。晚上又是一點多才睡，原本只是隨手翻翻剛買的《第十三個故事》，沒想到居然著了迷。

車燈閃了兩下，洛枳張開眼，已經看到後排座位上 Tiffany 揮舞的小手。

「Juno，here（Juno，在這兒）！！！」

站在洛枳不遠處的一對情侶一臉訝異地順著 Tiffany 的召喚看向她，她連忙低頭鑽進車裡。

洛枳一路上用盡手段，想不動聲色地知道兩個孩子到底鬧什麼彆扭，沒想到，無論怎麼觀察，磨人精 Tiffany 都是一副與平常毫無二致的調皮樣子，而 Jake 倒是沉默了很多，極少回話。

「Juno，Franzisca 說那個紅豆雙皮奶特別好吃，下次你還來為我們做好不好？哥哥也喜歡吃，對不對？」

Jake 看著窗外，含混不清地嘟噥一句：「嗯。」

沒有塞車，不到半個小時就能從車窗看到歡樂谷高大的假山和各種高空遊樂設施了。司機小陳去停車，洛枳帶著兩個孩子先下車，並告訴他在正門口的紅色氣球下面等他。Jake 突然大聲地說：「陳叔叔，你要是跟著進去，我就不玩了。」

帶著小陳原本是兩個孩子跟家裡大人妥協的結果，但是 Jake 臨時翻臉，反正小陳又不是他媽媽，拿他們沒轍。洛枳左哄右哄，他硬是不鬆口。

最終洛枳朝小陳使眼色——在遠處慢慢跟著不就得了，反正他們今天肯定大多數時間都耗在排隊上。

進了門，洛枳輕車熟路地帶著他們直闖「螞蟻王國」，那裡有小朋友喜歡的輕鬆的遊樂項目、兒童餐廳和4D電影院。

孩子很少像大人一樣到處對比抱怨，兩個叱吒迪士尼樂園的小孩子在歡樂谷仍然興奮地不得了。Jake 的興致也高漲起來，Tiffany 坐在小青蛙樂樂蹦上尖叫不已，揮著手讓洛枳在底下幫他們照相。

就這樣折騰到了中午，看完一部把洛枳雷得通體舒暢的名為《螞蟻王國》的4D兒童電影之後，他們在小餐廳坐下，準備吃午飯。

洛枳把他們留在座位上，拿起錢包去排隊。Jake 還在後面一個勁地喊：「霜淇淋要香草和巧克力混合的！」

「我靠，你真要我們這一大幫人跟小朋友擠一塊兒吃飯啊，泯滅人性啊！」

排在隊伍中的洛枳有些不耐煩地回頭去看那個大喊大叫的人，沒想到卻聽到一個熟悉的聲音應答。

「那有什麼辦法，這裡比剛才那裡人少多了，午飯種類又多。你這麼有氣節，剛才弟妹說螞蟻火車挺可愛的時候，你幹嘛嗲聲嗲氣地說你想坐啊？」

大家起哄，已經有很多家長用戒備驚訝的目光觀察這群突然闖進來的年輕人了。

第11章　豔遇猝不及防

不期然，盛淮南說完話抬起頭去看牆上的菜單，正好對上洛枳苦笑的臉。

正巧 Jake 身邊的一大排座位都空了下來，剛才那個大叫的男生牽著一個穿著粉衣服的女孩子坐在了那裡，還轉身招呼另外兩對情侶。只有盛淮南站在原地看著洛枳笑。

「真是巧啊。」他走過來。

洛枳不自覺地摸了摸耳垂，低頭笑：「是啊。我帶弟弟妹妹來玩。」

「我們宿舍的二哥、老五、老六攜嫂夫人和弟妹駕臨，把我也拖過來了。你的弟弟妹妹坐在哪裡？」

洛枳指給他看，發現剛才大叫的那個男孩正跟 Jake 說話。

正好此時輪到她買東西。她點完單，端著餐盤回座位。盛淮南一手一個甜筒霜淇淋，跟在她後面走過去遞給兩個孩子。

「喏，你們的霜淇淋。」

兩個孩子看了一眼洛枳，洛枳點點頭，於是他們接過來，仰起頭朝盛淮南規矩地點點頭：「謝謝哥哥。」

「不許吃。」不知道排行是老幾的那個男孩劈手奪過盛淮南遞給 Jake 的甜筒，「我問你叫什麼名字，為什麼不說話？不告訴我，就不給你。」

洛枳無奈，這套辦法對付五歲小孩子還差不多，他們一個上五年級，一個上大二，搞什麼啊。

「Jake.」Jake 冷淡地回了一句。

「早說不就行了，Jack 對吧。」男生咧嘴笑笑，把霜淇淋遞過去。

「Jake.」Jake 還是冷冰冰的同一個表情，接過霜淇淋就扭過臉不看他。

「什麼？」男生很尷尬，他身後的女朋友笑得有點僵硬，想要開口說什麼，但是張嘴半天都沒有動靜。

「j-a-k-e，他叫 Jake。」洛枳在一旁把餐盤裡的東西分成兩份整理好，分別放到兩個小孩面前，「正在鬧彆扭，你別介意。」她朝他安慰地笑笑。

「誰鬧彆扭了？！」Jake 突然仰起頭，滿臉通紅地瞪著洛枳。

「你。」洛枳輕輕地說，收斂笑容看著他。小孩子哪裡是對視的贏家，過不了幾秒就低下頭嘟囔起來。

「先吃飯，別任性，一會兒帶你去玩路上看到的那個浮在水面上的大氣球。」洛枳輕輕地拍了拍他的肩膀。

Jake 還是彆彆扭扭地拿起了叉子。

洛枳這半年來一直在冷眼旁觀他和家裡菲傭以及妹妹的戰鬥，掌握了無數竅門，降伏他自然很輕鬆。畢竟對付小孩子，最好的辦法就是不跟他糾纏。

盛淮南適時地插話進來。

「對了，我介紹一下，這是洛枳，我高中同學，現在在咱們學校經濟學院。這是我宿舍的五弟和弟妹、六弟和弟妹，二哥和……哦，二嫂出去打電話了。總之三對異地戀，她們趁假期來北京玩，正好一起到歡樂谷來了。」

「真是巧啊。」洛枳笑。

她的座位和他們中間隔著兩個孩子，但是洛枳隱約聽到，幾個人湊在一起正在揶揄盛淮南和洛枳。只要看到單身男女說幾句話，大家就能一臉曖昧地笑起來打趣，大多數時候只是為了暖場和尋找話題。

吃飯時 Tiffany 的嘴永遠閒不下來，洛枳一邊應對著她稀奇古怪的問話，一邊時時記得把 Jake 拉進話題中。

洛枳依稀感覺到，在家裡，Jake 一直不討人喜歡。

「你的弟弟妹妹怎麼在北京？」突然，盛淮南站到了她的背後。

「其實我是他們的家庭教師。」

盛淮南很好奇：「哦，教什麼？」

「英語，數學，小提琴，講故事，背唐詩，還有欣賞 Tiffany 私人衣櫥時尚秀和……遛狗。」洛枳說到最後自己也有點不好意思了。

他笑了，眼睛閃著光芒看她。她慌亂地用面紙擦了擦嘴角，難道她吃到臉上去了？

「下午和你們一起玩，不介意吧？」

洛枳看了看喧鬧的另外幾個人，微微皺了皺眉頭：「恐怕玩不到一起去。」

「我是說，只有我，和你們一起。」

她驚訝地抬頭望著他，盛淮南攤開手，無奈地說：「非常六加一，比我當初想像得還痛苦。」

洛枳笑了，眼睛眯成月牙兒，低下頭問 Jake：「下午我們帶上這個哥哥一起，好嗎？」

在 Jake 轉身看他的瞬間，盛淮南展開一臉讓人如沐春風的無害笑容，洛枳也看得有點呆。Jake 沒有拒絕，酷酷地點頭說：「沒意見。」

告別了一臉八卦兮兮的眾人，盛淮南雙手插口袋，笑眯眯地問 Tiffany：「下一站想去哪裡？」

Tiffany 把小腦袋埋在地圖中，過了一會兒，抬起頭大聲說：「『飛蟻戰隊』還沒有玩呢，剛才排隊的人太多了。」

洛枳仰起頭去看那個用繩子掛著很多小椅子的轉盤，鬆了一口氣，很好，這個大人也可以玩。

然而始終不講話的 Jake 突然一臉固執地說：「幼稚。我要玩『太陽神車』。」

太陽神車啊，洛枳笑，就是那個始終在高空中蕩來蕩去的大飛盤嘛，全場尖叫聲最集中的地方。

Tiffany 喊起來：「不要，哥哥，那個好可怕的！」

「你好煩。你玩你的，我玩我的。」

場面一下子僵下來，Tiffany 撇著嘴，「金豆豆」一顆一顆掉下來。

「我就知道哥哥不要我。」

轉身，跑掉。

這又是哪一齣？洛枳立刻抬腿去追，Tiffany 可是名副其實的淚奔。

她一把將Tiffany摟在懷裡：「大小姐，消消氣。」

Tiffany哇哇大哭，洛枳一手抱著她，一手伸到背包裡努力地掏出面紙，然後蹲下身子給她小心地擦。

「哥哥不理我，我為了陪哥哥都不跟媽媽去美國玩了。他老是不理我，說別人都喜歡我不喜歡他，說我們都笑話他，還說自己不是媽媽親生的……」

洛枳有點頭皮發麻，她不想把這個話題繼續下去。

「哥哥是不是跟班上的同學打架了，所以在家裡亂發火啊？」

「沒，他是在家裡不高興，跑到班上去出氣。」

囧，這個丫頭哭成淚人兒了，腦子倒還清楚。

「哥哥還跟設文叔叔吵架，叔叔送給我們的東西他都扔了，叔叔對我們那麼好，哥哥就是……」

洛枳好生哄著，什麼都不想打聽，但大腦開始無責任地發揮想像力。是不是他們的媽媽要再婚了，這個小男孩因此開始亂發脾氣？

設文叔叔……她記得Tiffany給她看的相簿裡基本都是一家三口盡享天倫的照片，世界各地其樂融融。僅有一張她媽媽和一個年輕男人在海岸上的留影讓洛枳很難忘——看到照片只想到四個字：一對璧人。

沒有親暱，只是並排而立。那個英俊男人的深灰色襯衫被海風吹得皺起，Tiffany的媽媽卻是清爽的短髮，靠在欄杆上，白色裙角飛揚，被落日層層暈染，美麗得不像凡世的女子。

Tiffany的媽媽以前毫不避諱地告訴過她，自己離婚了，單獨撫養兩個孩子。

「Tiffany 話很多，總是閒不住，聰明，但都是小聰明。至於 Jake，我很對不起他，家裡到處都是女人，也沒時間管他，很少讓他見識什麼，所以養成的性格有點像小賈寶玉，上學的時候也只和女孩子玩。本來想找一個男生做家教，但是我常年不在家，你也知道，終究不大方便。我希望你不要慣著他，多跟他講道理，讓他有點男孩子氣。其實在美國時，我有個好朋友曾經想改變他，結果還是失敗了。」

洛枳回想起 Tiffany 媽媽曾經跟她說過的話。那個在美國的好朋友，是這個設文叔叔嗎？

不過「賈寶玉」這一點，洛枳倒是很贊同。Jake 曾經吵著要聽她講故事，她本來想講一個恐怖點的小故事嚇嚇他。

「突然樹林間有一道光閃過。Mariamne 小心翼翼地跟過去，突然看到——」

「什麼？」Tiffany 縮著脖子不敢聽。

「It must be a fairy！（肯定是個仙女！）」Jake 在一旁興奮地叫道。

仙女……她當場被十一歲的芭比娃娃愛好者 Jake 同學噎得啞口無言。

洛枳若有所思地看著仍然停不住嘴的 Tiffany，知道整件事的癥結不在她身上，所以也沒有安慰她，只是拍著她的後背，任她抱怨，反正她的性子總是這樣，哭過就好。

洛枳不想熱心地搞清楚來龍去脈，雇主家的事，知道得越少越好。

轉頭看了一眼，盛淮南正半蹲著身子和 Jake 說話。

洛枳好像還沒有完全體會到自己已經和他單獨在一起這一重大事實，而且是在這個戀愛萬能的遊樂場裡。

他們就這樣遇到了。北京有這麼多人，她竟然遇到了他。她本不是運氣這麼好的人哪。

洛枳眼中的世界微微晃動。

秋日的午後陽光照在身上，她懷裡依偎著一個脣紅齒白的漂亮小女孩，遠遠地看著盛淮南笑眼彎彎、好脾氣地勸慰著另一個酷酷的小男孩。

好像，好像一對調解子女糾紛的年輕夫婦。她何曾奢望過這樣的情景。

不知道傻看了多久，盛淮南好像感覺到了她的注視，轉過頭來看她。洛枳慌忙低下頭，耳朵像被火苗燎到一樣，不用照鏡子也知道是什麼顏色。

她很少臉紅，但是，害羞的時候，耳朵會在第一時間燒到緋紅。

「洛枳，這樣吧，你帶他們兩個先去玩飛蟻戰隊，我去幫 Jake 排太陽神車的隊伍。估計我排隊要一個多小時，你們多看看有沒有什麼想玩的，全部玩完了再來找我也行。電話聯繫。」

他走過來對洛枳說著，眼睛裡卻有捉弄的笑意，好像在笑她剛才的窘迫。

他說完，低下頭問 Jake：「好嗎？」

Jake 溫順地點點頭。

「那去跟妹妹道個歉。」

Jake 又恢復了原來的害羞和扭捏，在盛淮南的再三鼓勵下，他走過來，對 Tiffany 說：「別哭了，我錯了。」

「你跟他說什麼了？」洛枳歪著腦袋問盛淮南。

「我們男人的祕密，對吧？」他低頭和 Jake 相視一笑，賊賊的樣子。

「麻煩你了。」她有些過意不去。

「別客氣了，快去玩飛蟻戰隊吧，我去排隊了。」

洛枳左手牽起 Tiffany，右手牽起 Jake，向前走了幾步，猶豫地回頭看，盛淮南的背影在人群中仍然很顯眼。

盛淮南也突然回頭，正好對上她的目光。

她的腦袋「嗡」地一下亂起來，胡亂地朝他的方向笑了一下，就轉回頭急急地向前走。

他從來不曾回過頭。她亦步亦趨的高中三年，他從來不曾這樣沒有原因地回過頭。

「Juno，你喜歡大哥哥吧？」Tiffany 眼淚還沒擦乾，就八婆兮兮地偷看她。

洛枳沒有罵她多話，只是愣愣地問：「啊？有那麼明顯嗎？」

「你的手出汗了。」Tiffany 賊賊地笑了。

Jake 在一旁嘆了一口氣，很鄙視地看著她們倆。

「無聊的女人。」

第12章　空歡喜

孩子正玩得滿頭大汗，洛枳接到電話。

「快要排進平臺入口了，你們過來吧。」

她牽起他們的手，突然很想說：「走，我們去找爸爸。」

這個想法讓她自己大跌眼鏡，然而，她這輩子從來沒有如此大膽地自作多情過，那種甜蜜幾乎把她淹沒。

匆匆趕到的時候，盛淮南正高揚著手示意他們。

進門之後在平臺下面又排了二十多分鐘的隊，Tiffany和Jake兩個人湊在一起竊竊私語，洛枳很興奮地和盛淮南講這一天在遊樂場的各種經歷。

「那個剪票員不知道我是陪孩子排隊的，快到關口的時候伸手一攔，直接衝我說：『姐姐，別告訴我您也要坐小青蛙樂樂蹦。您坐上去它可就既樂不出來也蹦不起來了。』……」

她不知道自己怎麼這麼多話，好像停不下來一樣。但凡看到他笑得開懷的樣子，她還想繼續講下去。盛淮南很高，洛枳在女生中已經不矮了，不過還是必須微微仰視他，脖子都有些酸了，隊伍還是不慌不忙地移動著。

終於沒話說了，她長出一口氣，有點不好意思地朝他笑笑：「抱歉，我說起來沒完沒了。」

盛淮南體貼地從包裡掏出一瓶礦泉水，遞給她：「不介意就喝我的水吧，你渴了吧？」

她不知道應該玩高空接力不和瓶口接觸，還是直接喝，握著瓶身的手稍一用力，塑膠癟進去嘩啦啦地響。

不管三七二十一，她直接喝了。

還給盛淮南的時候，她發現盛淮南也有可疑的臉紅。

「我喜歡聽你說話。你今天比平常活潑多了，說話也沒那麼氣人。」他說著，伸手揉了揉她的頭髮。

時間好像定格了。她錯愕地盯著他，而他目光閃躲著說：「快上樓了。」

他們終於順著樓梯上到了高臺。太陽神車的轉盤每次從高空俯衝下來的時候都會在他們面前不到十五公尺的地方經過，帶起一陣猛烈的風，尖叫聲由近及遠，再逼近再遠離——洛枳感覺到 Tiffany 的小手上滿是密密的汗。

洛枳彎下腰小聲問：「要不我們不坐了，讓他們兩個自己去玩吧。」

然而 Tiffany 顫抖著說：「不要，哥哥坐的話我也坐。」

她摟緊了 Tiffany，說：「好，我們不怕。」

Jake 反而溫柔得多，洛枳看得出他也相當恐懼，但還是強作鎮定地對妹妹說：「不用陪我，不坐就不坐了。」

「哥哥害怕了。」

「誰說我害怕了？！」

洛枳正笑著看他們吵，突然聽見盛淮南說：「你怕嗎？如果……」

「我每次來玩都會坐這個的。」

「真的？」他挑起眉毛朝她笑。

轉盤再一次馳騁而下，風把洛枳的頭髮吹到盛淮南的臉上。

盛淮南看到洛枳忽然伸手捏了 Jake 的胳膊一下。

「疼！你幹嘛！」

洛枳吐吐舌頭：「疼嗎？看來我不是在做夢。」

然後她低下頭，笑得那樣生動。

「真的不是做夢啊。」

四個人連成一排坐好，工作人員把安全設施套在他們身上，扣好。

電鈴響起。

「真的不怕？」

洛枳的雙肩被固定得太緊，她勉強轉過頭，看到盛淮南壞笑的側臉。

「其實……是有點緊張。」她不好意思地吐吐舌頭。

機器啟動的一剎那，她的左手忽然被一片溫熱覆上。

她手輕抖了一下，但沒有猶豫，在飛向天空的那一瞬，反手扣住他的手，緊握不放。

Tiffany 和 Jake 應景的尖叫聲劃破洛枳強作鎮定的臉。她和他們一起叫。

她不害怕。她只是開心，不知道怎麼表達。

是不是做夢？會不會快了點？這個想法一閃而過，管他呢。

洛枳好像這輩子都沒覺得像現在這樣快樂，心底柔軟而舒暢。轉盤把她高高地拋向碧藍的天空，睜開眼睛看到歡樂谷高聳的假山和廣闊的人工湖都已經倒懸在半空，她真的飛了起來。

太陽神車徹底點燃了兩個孩子的熱情，他們又跑去坐了雲霄飛車，懸空式的車翻滾馳騁在山間的時候，四個人一起伸直右臂模仿超人叔叔。特洛伊木馬、碰碰車、奧德賽之旅……洛枳發現自己好像很久沒有那樣恣意地笑過了。她和盛淮南各開一輛碰碰車滿場「追殺」同乘一輛車的兩個孩子，卻不小心迎面撞上彼此；他們在加強版「激流勇進」上坐第一排，從二十六公尺的高臺上衝下去時尖叫不止，渾身溼透，後排的乘客把眼鏡弄丟了，於是滿船的人一起低頭尋找黑框眼鏡，沒有注意到上方小橋上的人正拎著盆朝他們迎頭潑水……

四個人累得說不出話來，坐在長椅上各持一個甜筒霜淇淋專注地吃著，衣服都溼溼地貼在身上。風一過，洛枳打了好幾個寒顫，偏偏夕陽烤在後背上暖暖的，反差太過強烈。

她突然感覺包裡有手機振動的感覺。為了防止進水，四個人的手機都放在洛枳書包的夾層裡。洛枳找到那部正在振動的黑色手機，無意中看到螢幕上清晰的一行字。

「一條新訊息　來自展顏」。

她把手機遞過去，說：「好像你的手機剛才振動了。」

盛淮南笑著接過來，看了一眼螢幕，眉間很快地皺了一下。

似乎感覺到了她在注視他，盛淮南的目光從簡訊上移到洛枳臉上：「怎麼了？」

洛枳搖搖頭，笑了一下，轉過身坐著，迎面對著燦爛的夕陽。Tiffany 正好順勢把頭靠到她懷裡。

「冷嗎？」洛枳問，「吃完霜淇淋我們就回去吧，別感冒了，回家洗個熱水澡。」

「不想回去了。」Jake 也來湊熱鬧，「總是這麼開心就好了。平常總是很無聊。」

你們不知道自己有多幸福。洛枳低下頭，看著兩個疲憊卻意猶未盡的孩子。

「剛才的奧德賽之旅最精彩的地方就是從高處衝下來的那幾秒鐘，我們之前排了那麼長的隊，之後又要坐在這裡哆哆嗦嗦地晾衣服，只是為了那幾秒鐘好好地尖叫一場啊。所以平常無聊一點，今天才會覺得開心。人這一輩子，大部分時間都是無聊的。」

盛淮南在一邊快速地看了她一眼。

洛枳站起來，說：「好啦，吃完了吧？我們走吧。」

陳司機接了電話，指明了方位。

「一起走吧，這個時間歡樂谷門口攔不到車的。」洛枳低頭說。

「麻煩你了。」他的語氣有些心不在焉，洛枳抬起頭才看到他仍面無表情地盯著手機。

洛枳後背一僵，然後慢慢放鬆下來。

「不謝。」她說。

他們中間隔著兩個孩子，站得很遠，遠得好像剛剛被蕩到空中時緊握的雙手並不長在他們身上。

車上所有人都很沉默，兩個孩子靠在一起歪倒在洛枳懷裡，睡得酣熟。副駕駛座位上的盛淮南只留給洛枳半個側臉。她看著窗外飛逝的建築物，溼淋淋的衣服讓她再一次打起寒顫。她能聽到盛淮南的手機時不時振動，他回覆簡訊時發出輕微的按鍵聲，她耳朵裡微微發癢。

後來，盛淮南沉默著送洛枳回宿舍樓。人和人之間的氣氛彷彿是世界上最脆弱的東西，輕輕一拉扯就會變形走樣。

「今天我很開心，謝謝你幫了我這麼多。」洛枳禮貌地說。

「見外了。我很喜歡那兩個孩子。」

「對了，Jake 對你說什麼了？」

「沒什麼，只是彆扭地說，媽媽嫌他沒有男子氣概。我覺得他好像吞吞吐吐的有什麼不方便說，畢竟不認識我，那孩子心裡還是挺有數的。」

「哦。他們也很喜歡你。」

又是幾分鐘的沉默。

「對了，上次的事情還要跟你道歉呢。你很反感吧？」盛淮南突然說。

「什麼？」

「張明瑞都跟我說了。他很喜歡你。」

洛枳心裡咯噔一下，幾秒鐘沒開口說話。

「他喜歡我，你道什麼歉？」她緩緩地說。

只是幾分鐘的事情，遊樂場裡那個笑得燦爛而不設防的Juno姐姐慢慢冷卻，冷卻成洛枳。

「……不是，他說就是好朋友那種喜歡，還說我亂做媒，肯定讓你不高興了。」

「哦。」她頓了頓，「沒有，我也很高興認識他。」

「那就好。」

「但做媒的事還是算了。」

「哦。」

她感覺到自己的手機在振動，拿出來，看到螢幕上顯示收到新訊息。

丁水婧的簡訊——

「你總是這樣，洛枳，總是這樣蔑視別人自以為經營得鮮活豐富的生活。」

曾經，這樣一個複雜而矯情的小句子也能讓丁水婧用演算紙寫封信寄過來的——現在終於結束了。

都結束了。假可亂真的友情，和遊樂場彷彿不落的夕陽。

洛枳要進樓的時候，盛淮南突然用有些遲疑的口氣對她說：「洛枳，我覺得，我們好像能成為很好的朋友。」

她突然懂得了那些被男人騙了的女人為什麼總是歇斯底里地喊著「當初你對我如何如何」，並妄圖以此討個沒有實際意義的公道——因為她就很想問，那麼你在遊樂場為什麼牽我的手？

她直起後背，轉過臉笑眯眯地說：「是嗎？」

「真的……你的確是特別好的女孩。」他的笑容很禮貌，可是語氣猶猶豫豫的，彷彿是不知道怎樣措辭才能不傷害她。他的眼睛裡有種居高臨下的歉疚和憐憫，那神情讓她覺得刺眼。

「我知道我很好。」她笑。

好到有資格被你牽手，卻沒好到讓你一直牽住。

盛淮南愣了愣，僵在那裡不知道怎麼說。

「總之謝謝你。」洛枳說完，刷卡進門。

謝謝你，贈我一大筐空歡喜。

第13章　雞同鴨講

洛枳很久都沒有再看到盛淮南。

沒有簡訊，甚至第二次、第三次法律導論課，盛淮南也都沒有去。張明瑞倒是一直坐在她身邊。

她輕描淡寫地問起：「盛淮南去哪了？」

張明瑞說：「準備辯論會，所以翹課了。」

「辯論會？」

「我們院前幾天還在辯論會上力挫你們經濟學院呢。大家都說，別看是什麼社會科學院系，口才照樣不如我們邏輯強大的理科生。」

看到洛枳一臉茫然、魂不守舍的樣子，張明瑞覺得自己剛才的話題被嚴重浪費了。

「你的嘴也挺厲害啊，損我的時候一套一套的，怎麼沒參加辯論賽？」

洛枳笑笑：「我的口才只負責除暴安良。」

張明瑞「切」了一聲，轉過頭。

國慶長假結束後第一週的週末，洛枳見到了Tiffany的媽媽。她對洛枳提起Jake的改變，以及兩個孩子對那個陪他們玩遍遊樂場的大哥哥的喜歡，進一步問洛枳，那個男孩子是否願意每週來陪Jake幾次，和她一起做家庭教師，算是搭檔。

洛枳答應幫忙問問。

遊樂場歸來之後，她確信那種詭異尷尬的氣氛並不僅僅是自己的錯覺。她等待盛淮南的簡訊，等他解釋些什麼——哪怕是一句道歉，明明白白地說，對不起我不該一時衝動牽你的手——然而什麼都沒有。

她沒有主動去聯絡。洛枳確信自己不必多說，當時她沒有拒絕，抓緊了他的手，她的這個舉動意味著什麼，他那麼聰明怎麼會不懂？

洛枳知道，如果說她還有可能再收到對方的簡訊的話，那麼一定是耶誕節時的群發祝福了。

然而關於Jake的事情，她必須聯絡他，否則下午去做家教時沒辦法交差。法導課間，她不情願地傳了簡訊，簡單轉達了女主人的謝意和邀請，字斟句酌，努力讓措辭聽起來不像是沒話找話。

很久才收到回覆。

「不用謝，我說了很喜歡他們。不過抱歉，我最近很忙，學生會和辯論隊都有很多活動。幫我告訴他們的媽媽，有時間我會經常和他們一起玩的，不過不收錢。>_>」

洛枳愣住了。收錢很卑鄙嗎？

她告訴自己，他不是有意的，他不是在挖苦你，洛枳你不要小心眼兒，不要多想，他不是故意的……

她差點忘記了，奧德賽之旅遊覽下來，他趁兩個孩子跑去扔垃圾的空檔，問她每週要去做幾次家教。她說一小時一百五十元人民幣，每週陪著兩個孩子學習玩耍六小時左右。

似乎一閉上眼睛，就能看到盛淮南波瀾不驚的臉和那句淡淡的：「不錯啊，肥差，而且又是這麼可愛的孩子。」

「討好小孩子很累，不過做什麼工作都很累，賺錢的確不容易。」她當時那樣真誠地告訴他，她以為他不會誤解。

她太天真。錢有多重要，他怎麼會知道。

他還是那個穿著乾淨好看的兒童套裝，站在臺階上抱著球，對她伸出手的小男孩。

只是她從一開始就仰視他，有些姿勢中掩藏著不容易發現的卑微和憤怒。她努力挺拔地站直，努力地朝高處走，卻仍然是仰著頭看他。

洛枳瘋狂地告訴自己，你想多了，你想多了。可是，眼淚卻轉了無數圈，滴答滴答地落下。

「你沒事吧？」張明瑞在一旁有點張惶失措。

「沒事。」她用面紙擦乾眼淚，繼續抄筆記，好像剛才什麼都沒有發生一樣。

什麼都沒發生，被他牽住的手，以及掩藏好的鄙視，全部都是誤會。

張明瑞默默地看著她，許久。這兩週坐在一起上課的機會讓他發現，洛枳大多數時間都是不冷不熱遲鈍的。在只有兩個人單獨相處的課堂上，她幾乎不講話，不知道到底在想什麼，一層厚厚的隔閡扼殺了張明瑞所有未出口的沒話找話。

然而，某些時候，她仍然寡言，卻妙語連珠，能用簡單的話把話題完美地繼續下去，有聲有色。

那些時候，她是醒著的，是時刻準備去戰鬥的，是在努力「呈現」著的洛枳。

那些時候，就是第一次在法導課見面，某個人也在的時候。
張明瑞的目光裡有一絲自己也說不清的自卑和憐憫。
她們都是這樣。洛枳也是，她也是。曾經他看不懂，可是現在他全明白了。

秋天的空氣有種特別的味道，清冷甘洌，讓洛枳很喜歡。她勉強上完了前半堂課，放下筆衝出教學大樓，還沒站定就深深地吸一口氣，一直吸到肺部生疼，再緩緩地吐出來。
她已經很久沒有去跑操場了。
突然在門口看到鄭文瑞。她們那次長談之後，鄭文瑞每每在教學大樓裡看到洛枳都會移開目光，尷尬地抿緊嘴巴。洛枳也很知趣地假裝沒有看到她。洛枳覺得自己能理解她的感覺，心裡的閘口承受不了，急急忙忙地找一個人傾訴，當情緒平復的時候回想起來會覺得很羞恥，好像傾聽者正在張著大嘴毫無同情心地恥笑自己一樣，比被扒光了還難堪。
鄭文瑞不會知道，其實她們很相似。她沒有資格恥笑什麼。
洛枳忽然想起鄭文瑞那句「她要回來了」。
遊樂場那天的急轉直下就是出現在葉展顏的新訊息之後。葉展顏回頭了嗎？是又怎麼樣，重點根本不在葉展顏。洛枳苦澀地笑。
突然想給媽媽打個電話，問問她過得好不好，北方已經這麼冷，膝蓋會不會痛。
即使洛枳每週都沐浴在金色陽光下和美麗的兄妹倆，還有那隻黃金獵犬開懷地玩接飛盤遊戲，她仍然時時刻刻感覺得到自己的沉重和恐懼。她需要時刻記得，同一個世界，同一個夢想，卻不是同一種命運。

他們的軌跡只是偶爾相交。

可是盛淮南不會知道。聰明如他，也許能夠理解，卻永遠無法體會。

這一切混沌的思緒糾纏在一起，讓洛枳第一次覺得，原來他們這麼遙遠。

曾經她刻意疏遠，所以那遙遠看起來像是自己造成的一樣，想起來至少覺得不難堪。而現在，她哆哆嗦嗦欲拒還迎地伸了一次手，發現原來真的差了十萬八千里，根本搆不到，而且自己伸手的姿態還被對方笑了個正著。

進屋的時候，張明瑞忽然神祕兮兮地湊近她說：「剛才我跟盛淮南傳簡訊來著，他跟我把你們高中的所有美女都描述了一遍。」

「哦？」

「他也提到你了哦。」

「少來。」

「嘖嘖，你們這些美女就喜歡表面謙虛心裡高興。」

「大家都虛偽。」

「你看，承認了吧？」

「承認什麼了？我在高中的確不算是美女啊。」

「為什麼？」

「嗯……」洛枳假裝認真地想了想，「高中的小男生只顧盯著早早就打扮起來並且表現得很成人化的女生，還沒有學會欣賞我。」

她大言不慚地盯著他笑，張明瑞一下子就臉紅了。

他雖然長得黑了點，可臉紅還是看得出來的。

「喂，你看，我不謙虛了，你又擺出這種樣子，讓不讓人活啊。」

張明瑞回過神來，清清嗓子說：「真的，我們兩個真的提到你了。盛淮南說，高中的時候，他們幾個男生除了喜歡打球和看籃球雜誌以外，僅剩的樂趣就是搜尋美女列名單。只要長得略、有、姿、色，」張明瑞故意強調了最後四個字，「全部都被他們收進名單。」

「然後呢？」

張明瑞挑挑眉毛說：「然後呢，然後呢，盛淮南剛剛說——」

他盯著洛枳，憋著笑。

「他說，他高中從來都沒有注意過你。」

他說完，兩個人又沉默了幾秒鐘。

張明瑞忽然蹲在地上大笑。

「洛枳，我氣死你！」

說完這句小學生智商水準的話，他很開心地跑掉了，還一跳一跳的，後腦勺的一撮頭髮隨著動作起伏跳躍，背影看起來像個得到糖果的孩子。

這時手機振動，盛淮南的簡訊來得很是時候。

「抱歉，他問我高中認不認識你，我說從來沒有注意過。他特別高興地說一定要拿這句話向你報仇，誰讓你總噎他。對不起……」

她哭笑不得。

雖然不會跟做出幼稚舉動的張明瑞一般見識，但洛枳還是覺得有一點苦澀。

無論怎樣，真的一點都沒有注意過嗎？

真的嗎？一點都沒有？

她高中時的許多猜想，現在一個個無情地得到了答案。

她坐在座位上漫無目的地翻弄講義，過了幾分鐘，手機又振動。

「生氣了？」

洛枳很想說，我從很早之前就開始生氣了。

但她沒那個膽量說，因為她在乎這段模糊脆弱的關係。誰在乎誰就吃不了兜著走。

「心碎了一地，正一塊一塊地往回拼呢。你幫我告訴張明瑞，我認輸了哈。」

「不管怎麼樣，我道歉。」他回覆。

「你的道歉總是很詭異。先是為張明瑞喜歡我而道歉，現在又為高中不認識我而道歉，你讓我怎麼說『沒關係』？」

盛淮南沒有再回覆。

這時上課了，張明瑞端著水杯重新回到座位上，小心翼翼地看洛枳的臉色。

「生氣啦？」

「其實沒有，但是為了賣你一個面子——嗯，氣死我了。」

「賣我面子？」

「氣死我不是你的目的嗎？」

「誰說的？！」

張明瑞的臉又紅了，轉過頭不理她。

這種時候，她仍然應對自如，看不出一絲尷尬。她有那麼好用的一副面具。

張明瑞大大咧咧，可是套哥們兒的話很有本事。他問盛淮南，洛枳高中時是什麼樣子。盛淮南的答覆是：沒注意過，只知道是文科班的第一名。

他不知道為什麼非要去刺痛她，好像看她失控是很好玩的事情一樣。

或者只是想喚醒她。彷彿她醒了，另一個人也會看得通透些似的。

第14章　不能說的祕密

下午在 Tiffany 家，洛枳委婉地向 Tiffany 的媽媽解釋，盛淮南很忙，但是會把兩個孩子當成自己的親弟弟妹妹，經常和他們一起玩。

她看到 Tiffany 一臉失望，而 Jake 憤憤地走進自己的房間，理都不理她。忽然，身心充滿了乏力感。

她陪伴了他們大半年，他只和他們共用了一天的歡樂谷。

他就這樣挫敗了她。用優越感，用親和力，用他的優秀和繁忙，用他的不在意。

而她不光處處遜色，還愛他。他握她的手，她連拒絕都沒有。

處境簡直糟糕透頂。

洛枳終於笑不出來，也不掩飾自己的疲憊，坐在桌邊不說話。

真的很累。

「喝點茶吧。一位老朋友去雲南玩，給我帶回來一點陳年普洱。他怕我不會泡茶，還特意帶了一個大肚子的紫砂壺給我。我先用開水泡了一下，洗了洗塵土倒掉，又加了蜂蜜冰鎮上了。雖然都秋天了，我還是比較喜歡涼的東西，你不介意吧？」

人家說了半天話，洛枳才還魂。「嗯？哦，不介意，我也喜歡涼的東西。謝謝。」

她接過玻璃杯，栗色的茶湯有些發黑，嚐了一口，苦而不澀，出乎意料的好喝。

「喜歡喝茶嗎？」

「不知道。」洛枳聳聳肩。

「那喜歡咖啡？」

「也不知道。」

看到對方正挑著眉毛帶著淺笑看自己，洛枳有點不好意思。

「是這樣。如果我喝茶，也是立頓茶包加熱水；至於咖啡，始終是熬夜K書時隨便沖的雀巢，所以我也不知道如果天天像您這樣正經認真地泡茶煮咖啡的話，我會不會喜歡喝茶喝咖啡。」

Tiffany的媽媽笑起來。

「你總是有心事的樣子，不愛說話，但是某些時候又這麼坦白，讓我有點接受不了。」

洛枳不知道自己什麼時候讓人家看出了這麼多門道，她們似乎不常見面，更是很少聊天。畢竟，比自己多活了十多年，又是如此不簡單的女人，一眼把自己看透也是很正常的吧。

「我有心事？」洛枳雙手捧著杯子小口小口地喝。

「看起來，你好像有什麼不能說的祕密。」

後來周杰倫的新片《不能說的祕密》上映的時候，洛枳再次想起被她說破的心事。雖然自己的祕密並不像周董那部自戀的電影裡描寫的那麼美好。

「應該……算是吧，也不是不能說。」她不反駁。

「不是不能說，那是什麼？」

「沒人問過，所以才沒說過。」洛枳說完才想起，其實是有人問過的。只是問話的人，一個活像巫婆一樣拎著酒瓶子雙眼通紅，另一個傻兮兮沉浸在女友跟著帥哥跑了的悲哀中，她怎麼可能會講。

她喝完了，對方問是否還要再來一杯。

「嗯，再來一杯。我現在可以回答你的問題了，我喜歡喝茶。」

Tiffany的媽媽笑了，陽光從落地窗照進來，把她的笑容鍍染成金色。洛枳忽然又想起了那張海岸上的照片，柔和陽光中的短髮女子。即使現在她的頭髮已經很長了，可是看上去仍然只是清純可人的少女模樣。

「那就還是喝點熱的吧。」她坐到茶盤前，開始燒水。

「對了……以後我不叫你『阿姨』可以嗎？」

「哦？」

「覺得有點罪惡感。你看起來只比我大了幾歲的樣子。」

「真的嗎？」她眨眨眼睛，看起來更年輕了，「謝謝。那麼輩分的事我們就各論各的吧，他們兩個叫你『姐姐』，你也叫我『姐姐』好了。」

「好。」洛枳覺得自己如果是男人，現在肯定已經愛上她了。

「不過，你知道我叫什麼名字，做什麼工作嗎？」

洛枳搖搖頭。

「你在歡樂谷，把孩子哄得開開心心的，但是都沒有問過他們到底在鬧什麼彆扭，是嗎？」
「我沒問，不過 Tiffany 說了一些，她一直在哭，我也聽不太懂。」
「那你怎麼哄 Jake 的？」
「不是我哄的。是他跟你說的那個哥哥。」
「有意思。那個男孩也自始至終沒有問過到底是怎麼回事，你們兩個還真是讓我放心。」
她放下茶壺：「所有人看到我一個單身女人住這麼大的房子還撫養兩個孩子，都會想知道我是誰，為什麼這麼有錢，丈夫在哪裡。就算明裡不問，背後也會打聽。我告訴你我離婚了，你信嗎？你倒是一點興趣都沒有的樣子。」
洛枳坦然地笑：「不是一點興趣都沒有，你要是願意說，我自然願意聽。但是興趣沒強烈到想要打聽的地步。」
「只對工錢有興趣？」
她繼續坦白地點頭。
Tiffany 的媽媽笑了笑，把剩下的茶湯澆在蛤蟆造型的茶寵上，低著頭隨意地說道：「不過……你家裡的事，我簡單知道一點。託人打聽了幾句。」
「沒關係，我家背景也沒有見不得人的啊。」
「如果我年輕的時候像你一樣頭腦清楚，可能很多事情都不會發生。」
洛枳不講話，只是笑。
「有沒有想過我為什麼跟你說這些？」

洛枳想了想：「可能是看出我心情不好幫我排解排解，也可能是要炒我魷魚，或者，因為你……現在沒什麼事情可做。」

就是閒的。

她不知道為什麼今天自己這樣肆無忌憚，也許真的是被盛淮南給刺激到了，無所顧忌。

「除了第二點，其他的你都猜對了。我幹嘛要炒你魷魚啊？而且，不用說得那麼含蓄，直接說我無聊就行了。」對方被逗笑了。

「那你的確無聊嗎？」洛枳說完咧咧嘴，她越來越放肆了。

「是啊，我也有祕密，而且我沒有朋友。」她的聲音低下來，「有祕密的人都覺得孤單，這很正常。」

洛枳一愣，抬頭卻看到她依舊在平靜地微笑，俏皮地朝自己眨眼。

「洛枳，我們做朋友吧。」

洛枳恍惚地看著周圍完美的光影交錯，有點做夢的感覺．「啊？為什麼？」

「我就問你願不願意。」

這次她沒有猶豫。「願意。」

「那……我們交換祕密，好不好？要誠實地把自己的祕密講出來。」

洛枳確信眼前的這個人一定不是凡胎，因為她覺得自己被蠱惑了。

「好。」她說。

「為了表示誠意，我先來說吧，」Tiffany 的媽媽笑了，「我年輕的時候做過一件在別人眼中很羞恥的事情。Jake 和 Tiffany 的父親不是同一個人。共同點是，他們都不能和我結婚。」

洛枳內心有些驚訝，卻克制住了自己的表情，沒有流露出一絲一毫，生怕驚擾到這番勇敢的自白。

雖然勇敢總在多年後。

Tiffany 的媽媽隱去了所有人名地名和時間，平靜低沉地說著。洛枳覺得似乎自己正處在一部唯美的文藝片的開場，時間彷彿一條不緊不慢的廣闊河流，慢慢沖刷過她的心田。

「……時至今日，設文的父母依舊不同意。在他們眼中，雖然我是 Tiffany 的媽媽，但我終究也是 Jake 的媽媽，無論受騙與否，都是一個曾經和有婦之夫有染的女人。我倒也不是不能爭取，只是看到一家人因為我而四分五裂、尋死覓活，總會覺得很沒意思。如果設文願意繼續堅持，我就堅持到底。退縮了，也無所謂。都這把年紀了，沒什麼好執著的。」

「父母本就不該插手子女的人生，」洛枳認真地說，「他們認可與否，毫無意義。」

「道理是道理，生活是生活。」Tiffany 的媽媽倒是笑得事不關己。

「……老人家總會死的。」

洛枳不知道自己怎麼能冒出這麼殘酷又幼稚的一句話，話音未落，對面的女人已經大笑起來了，眼角有著歲月的痕跡，卻張揚而動人。

「真好，」她看著洛枳，「你真年輕。真好。」

洛枳也是這一刻才意識到，即使再自認老成，自己身上也還是掛著年輕人才享有的勇氣和尖銳。不懂放手，不願後退，不肯甘心。

「好吧，我的祕密說完了。現在來說說你的祕密吧。」

洛枳聞言抬起頭，看見一雙笑意殘存的眼睛。

開口的那一剎那，有種雲霄飛車從高空俯衝下來的心悸感。她試著講了幾句，把「雖然但是即使儘管」的邏輯關係用了一遍，還是混亂。

對面的人笑了：「你可以按照時間順序來，一件一件說。」

她窘得搔搔後腦勺，點點頭。

「五歲的時候，我父親去世了。」她說。

她的生命如果真的是《命運交響曲》，那聲象徵急轉直下的鑼聲就根本不是什麼從天而降的大柿子，而是外婆家尖厲的電話鈴聲所帶來的消息。

傍晚 Tiffany 下樓的時候，看到媽媽和 Juno 兩個人面對面坐在落地窗前，各拿一杯栗紅色的普洱，不知道因為什麼而沉默著。

洛枳被留下吃晚飯，Jake 仍然不知道在彆扭什麼，她沒有點破，只是告訴他：「放心，我一定會再次把你的大哥哥給帶過來的。」

至於這位大哥哥如何看待自己的工作，想起來仍有些許的刺痛感，不過這刺痛感讓她清醒了很多。

她主動提出，以後會制訂嚴格系統的教學內容，至於陪孩子玩耍的時間，不要計入工錢了。她會每次多待一段時間陪他們玩。

「不是清高，也不是怕被鄙視，我只是覺得這樣讓我跟孩子相處的時候，我能輕鬆些。」洛枳解釋道。

Tiffany 的媽媽也充滿歉意地搖了搖頭：「是我考慮欠妥了。之前你心裡肯定不好受吧，有種討好小孩子賺錢的感覺。對不起。」

洛枳發現，她很難不喜歡或不信任這個冰雪聰明的美麗女子。

當然，洛枳終於知道了她的名字，雖然是她現在使用著的、更改過的名字。

「再見朱顏，謝謝你。」洛枳上車前，對站在大門口開敗的玫瑰花牆下的她道別。

雕欄玉砌應猶在，只是朱顏改。

晚上洛枳躺在床上，心情平復了很多。原來把祕密講出來，是那麼重要的一件事。

她的記憶中，似乎只有高三的尾巴才有過這樣的一次衝動。她爬上六樓，衝到盛淮南班級的門口，站定，大口喘著氣，完全沒有顧及周圍來來往往的學生是不是在看著她，他們忽然全都成了背景，視野裡只有那個透著白光的門口。她的呼吸慢慢平息，然而勇氣也銷聲匿跡。

鎮定地轉身，走到了六樓轉角處的女廁所，一進門就遇見了葉展顏在排隊。葉展顏笑著對她說：「你也來啦？咱們四樓漏水漏得太嚇人了，五樓人又多，上個廁所也要爬樓梯，真煩人。」

她笑笑說：「是啊，是啊。」

那些話終究還是沒有說出口。六樓的女廁所溫柔地包容了她的祕密。幾年過去了，她越來越沉默鎮定，似乎連當年那一剎那的勇氣都沒有了。

開口是需要勇氣的，一種承擔責任的勇氣。
因為不說是遺憾，說了就只剩後悔了。

第15章 仇恨著的人都孤單

洛陽隨便找了一輛自行車的後座，一屁股坐了下去。等了十分鐘，看到洛枳遠遠地走過來，穿著拖鞋，右手還在拍打著後腦勺。

「剛洗完澡？」

「嗯，」她用力地打散後腦勺的頭髮，把水珠甩出去，「你打電話的時候，我剛洗完。今天忘記帶浴巾了，只有一塊小毛巾，頭髮擦不乾，黏著後背很難受。」

「天這麼涼，別感冒了，趕緊回去吧。你老媽讓我帶的東西，喏。」洛陽指指腳邊的大袋子。

「是不是很重啊？」

「你想說什麼？謝謝我一路辛苦了？不客氣。」

「幫我拎上樓。」

洛陽苦笑了一下，嘆口氣，說：「猜到了。帶我進去吧，正好你去樓長室幫我登記一下。」

「哥，你這麼忠厚老實，平常會不會被欺負啊？」洛枳笑嘻嘻地看著他。

這句話聽著有些熟悉。

當時說這話的那個女孩子梳著半長不短的碎髮，嬉皮笑臉地湊過來，親切而不輕佻。她在他耳邊問著，氣息吐出來的時候，他覺得頭髮都立了起來。

洛陽很快從失神中恢復過來，伸手揉了揉洛枳亂七八糟的頭髮。

「少跟我得便宜賣乖，就你欺負的最多。」

這句話好像也對那個人說過。用的是哥哥對妹妹的語氣——但是今天和洛枳一對比，語氣相同，心裡的感覺卻那樣不同。

他總是反應慢半拍。

洛枳幫他抵住門，洛陽進去放下東西就走了出來，屋子裡有個女孩子在午睡，所以他的動作很輕。

「你們只有兩個人住？」

「別的宿舍都是四個人。這個屋子格外小，所以只有我們兩個。」

「也挺好。」他想到自己妹妹的孤僻個性。

「對了，念慈姐姐還好？」

「好著呢。她這個專業研究生課程少，天天閒著，還當了權益聯合會女生部部長，說白了就是Z大婦聯加八卦團團長。」

洛枳笑了：「異地戀辛苦嗎？」

「還好。電話簡訊，大不了就火車飛機。人家古代人幾個月一封家書不也過來了嘛。對了，有什麼事就去找我，反正我的公司離你們這麼近。週末不想在學校吃飯，就找我，我請你去外頭吃。」

「放心，饒不了你。」

「學習忙嗎？」

「還成，能應付得過去。你常加班嗎？」

「現在還好，十一月底開始就要忙起來了。上班沒有上學有意思，人都沒目標了。」

「怎麼會沒目標？供房子供車，結婚生子，讓你爸媽好好養老，給念慈姐買鑽戒，給孩子賺奶粉錢，把目標當日子過，不就好了？」

洛枳絮絮地說著，就走進房間去書架上拿書。

「你輕點，室友都睡了。」他忍不住提醒。

「放心，她醒不了。睡覺這兩個字實在太不尊重她了，她一般都是直接昏迷。」洛枳將兩本厚厚的書抽了出來，重重放到洛陽手上，「你上次和我提到過的戰略分析類的書，我幫你弄到了，Michael Porter（邁克爾．波特，競爭戰略之父）的。」

洛陽咋舌，捧在手裡小心地翻閱，一個薄薄的信封卻飄了出來。洛陽低頭瞥了一眼，撿起來，手指劃過凹凸的字跡，抿緊了嘴唇。

洛枳仍然在專心致志地整理著書架，他清了清嗓子，把信遞還給她：「你……同學的信？」

「哦？」洛枳接過來看了一眼，心不在焉地說：「怎麼被我夾在這裡了？是同學的，應該是最後一封了吧。」

「該不是男朋友吧。」洛陽笑得有點假，話一出口自己都覺得無聊。

「無聊，」洛枳搖頭，「你看信封上的收信人地址，那是男孩的字跡嗎？」

洛陽看著洛枳將信隨意地扔進抽屜，笑著沒作聲。

走廊裡經過兩個拎著開水瓶的女孩子，看到洛陽，都露出好奇的神色。洛陽聽著她們的腳步聲遠去，忍不住又開口。

「高中的好朋友？」

「能不能不找話題？沒話說就眯著。」洛枳撇撇嘴。

洛陽被噎得瞪眼睛，最後還是平靜下來，沒有講話。

算了，都過去的事情了，何必再關心。他伸手揉亂了洛枳的一頭溼髮：「你個窩裡橫，就知道對我凶。」

洛陽的爸爸是洛枳的二舅，他比洛枳大三歲，從Z大畢業後就飛到北京來工作，和青梅竹馬的女朋友異地而處已經有半年多了。前一陣子，他回家鄉辦港澳通行證，順便給洛枳帶了些東西。

洛枳媽媽一直和家裡關係冷淡，她的媽媽是家裡的小女兒，任性地踏入一場覆水難收的婚姻，不聽從父母兄弟的任何勸告，和家裡徹底鬧翻，搬離了老房子。後來直到洛陽奶奶去世，洛枳才第一次踏入那個家族的大門。

洛陽在那之前並不是沒見過洛枳，但是當時太小，幾乎沒有什麼記憶，再見到的時候已經想不起來她的名字。那天大人們在正廳圍著癱瘓的爺爺團團轉，洛枳的媽媽也哭得很傷心。洛陽突然瞥見，那個瘦小蒼白的女孩子走近了停在另一個房間的床上已經接近幾個小時的奶奶的遺體，毫無恐懼，毫無悲傷，居然伸出手去握住了她的手。

他站在門口張大了嘴，看著洛枳又去碰了碰奶奶青白色的臉，用脆生生的童音平靜地說：「好涼。」

然後洛枳回過頭來，看著目瞪口呆的洛陽，居然朝他笑著打招呼。

「哥哥，我哭不出來，怎麼辦？」她從小就有很美的眼睛，洛陽被她盯著，漸漸不再那麼恐懼。

「什麼哭不出來？」他好歹也上小學五年級了，知道如何做個真正的哥哥。

「葬禮上大家都必須哭的，你看他們，」她伸手指向另一個房間哭作一團的親友，「可是我和外婆不熟，哭不出來。」

洛陽傻眼了，有種手腳不知道往哪裡放的感覺，這個妹妹只是歪著小腦袋盯著他，又回身看了一眼已經冷卻的遺體。

很多年後，他想起洛枳一本正經地說「我和外婆不熟」的樣子，不禁笑了出來，卻在之後從心間漫溢出絲絲涼意和酸楚。

他鼓起勇氣走到奶奶的旁邊。

其實還是有點害怕這個屋子的，和大人一起跪在床前磕過頭之後，他就撤出了房間，之後再也沒有人進來過。僵硬冷卻之後的身體和臉龐，看起來一點都不像平常板著臉說一不二的奶奶。

洛枳顯然還在等待他的答案。洛陽側耳去聽客廳裡含糊的哭聲，不由得鼻子發酸，撇撇嘴角。

「奶奶很嚴厲，總是發火。不過其實人特別好。大家都指著她拿主意，所有人都依賴她。她……很好的。」

有些答非所問，而且他開始沒出息地哭，回過神來的時候，發現洛枳正在安撫似的拍著他的後背，清清亮亮的眸子裡滿是和年齡不符的理解與同情。

後來的葬禮上，洛枳一直跟在洛陽的背後。殯儀館裡遺體告別的時候，所有的子孫站了一排在響徹大廳的哀樂聲中痛哭。客人們排著隊來到玻璃棺前三鞠躬，而洛陽哭著哭著就忍不住去看角落裡的洛枳——她不發一言，定定地盯著玻璃棺，好像在思考什麼重要的事情一樣。

洛陽直到今天仍然記得她那種捉摸不透的表情。其實表情倒不是很可怕，只是這種大人的神態安在一個玲瓏的小娃娃身上真的有點詭異。

後來洛枳的媽媽雖然也和家中的兄弟姐妹走動得多了些，卻很少帶著洛枳一起。洛陽第二次見到洛枳時已經上了初一，他和同學結伴回家，看到她從地下租書屋大大方方地邁步走出來。小學三年級的丫頭，抱著兩本漫畫書，迎上他詫異的目光。

「呀，是你。」她毫不生疏地咧嘴一笑。

第16章 如果沒有黃蓉

他們成了相當默契的兄妹。兩人的學校離得很近，洛陽時常在放學的時候去找洛枳，兩個人逛遍了附近的燒烤攤和小賣鋪，坐在江畔邊吃邊聊。

一個沒有兒時感情的妹妹，小了他三歲，他卻絲毫沒有感到隔閡和代溝。洛陽每每想到這裡都覺得神奇，也許真的是因為男孩子心智成熟得比女孩子晚？

洛陽一直知道，他的這個妹妹平靜的外表下有著極其強大豐富的內心世界——儘管這個世界的樣子他一點也不知道，也沒有興趣探究。他自己向來很少有心事，少年時代都是聽話的好孩子，憨厚善良，被洛枳揶揄嘲諷是常有的事。

高中有段時間，不知道他們是親戚關係的同學傳言洛陽有個青梅竹馬的小女朋友，兩個人在一起特別像郭靖和黃蓉。洛陽像講笑話一樣說給洛枳聽，沒想到對方吐吐舌頭。

「你的同學是委婉地在表達你很傻這個意思嗎？」

洛陽氣結。

他從小人緣就特別好，然而老好人洛陽始終知道，世界上只有他的爸爸媽媽和洛枳是可以信任的。他磊落地待人好，也磊落地設防。甚至可以說，他脾氣好，只是因為沒有太多讓他真正掛心在乎的事情。

洛枳雖然看來冷淡，但在自己面前絕對是真實自然的。她和他在一起的時候能夠放寬心胡吃海塞，亂開玩笑，想笑時就笑，不高興了就踢他，蠻不講理。

只是他絞盡腦汁，也的確想不大起來這個妹妹是否跟自己說過什麼關乎她自身的話。他對她的全部了解都來自歲月一點一滴的痕跡。可是洛陽不敢說自己是看著洛枳長大的——他總覺得，在遇到他之前，洛枳就已經定型了。他參與的，一直都不算是什麼成長，更像是潤色。

直到有天，臨近高考的洛陽和臨近中考的洛枳一起在大學自習室裡準備考試。他從書堆中仰起頭，看著窗外的陽光，想起即將到來的高考，還有因為廠裡改制瀕臨失業而吵得翻天覆地的媽媽爸爸，第一次對人生有些傷感和困惑。他注視了洛枳很久，那個和他跪在一排卻一滴眼淚都沒有落下的小妹妹，現在已經出落得亭亭玉立，卻從來沒有流露過一絲這個年紀的女孩子常有的憂鬱——她的確遠比很多人都有憂鬱的資格。

然而她把未來看得那樣清楚絕對，好像一切盡在掌握，只需要不慌不忙地向前。

不知怎麼的，一個問題脫口而出。

「當初葬禮上你盯著奶奶看，是想看出什麼來嗎？」

洛枳也從模擬卷中抬起頭，似乎完全沒有驚訝，也沒有花時間回想思考，立刻淡漠地笑笑說：「沒什麼啊。當時只是有點奇怪，為什麼人死掉了之後就比活著的時候要招人喜歡。」

洛陽驚訝地問：「幹嘛要……考慮這個？」

洛枳很難得沒有不耐煩，依舊坦然地說：「所有我想要恨的人不是死了就是遠離了我的生活，所以其他人都站在活人的角度可憐他們，念著他們的好，只有我還在恨著，只有我跟死人過不去，覺得有點孤單。」

洛陽咋舌，手下一堆堆的複習資料在風中發出唰啦啦的響聲，洛枳卻面不改色地低下頭繼續看書。

你在恨誰？他的問題隨著風聲飄遠，再也沒有回到嘴邊。

臨別時，洛陽幾次三番地叮囑洛枳要注意身體，多多鍛練，別總對著電腦，保護視力……直到被她不耐煩地打斷：「你被念慈姐傳染了吧？」

他笑著擺手，忽然說：「說實話，那封信。」他頓了頓，驚訝於自己竟然鬼使神差地又提起了這件事，但還是決定說完——「字寫得很特別。」

「她的字寫得很好，油畫和速寫畫得也好，據說是自學成才。」

「是嗎？」洛陽點點頭，咬著牙把想問的話吞進肚子裡，化成了一個和往日沒有任何不同的寬和笑容，「好好照顧自己，我走了，過幾天再見。」

「上次你跟我說，新年念慈姐姐會來北京，真的定下來了嗎？」

「嗯，沒意外的話是元旦放假的時候。」

「那好，到時候見。」

洛枳一直叫陳靜「念慈姐姐」，而不是嫂子。洛陽高三時第一次把陳靜帶到他們一起複習的圖書館，正式對洛枳介紹了自己的女朋友。洛枳第一眼就覺得陳靜長得像老版《射雕英雄傳》裡的穆念慈，吵著叫她念慈姐。

後來洛陽不得不承認，陳靜的性格也很像穆念慈，每每看到溫柔的她，洛陽就覺得有家的感覺。到今天，他們已經在一起五年多了，穩定而默契。

然而，此刻洛陽的眼前無數次重複那個信封從書頁中滑落的慢鏡頭，伴隨著一陣莫名的心悸。

郭靖和穆念慈，只要生活平平靜靜的，也不是不可以幸福。

前提是沒有黃蓉。

洛陽擺擺手，正要道別，突然想起來一個早就應該關心一下的話題：「你有情況了沒有？」

「情況？」

「別裝了，我說男朋友。」

洛枳笑起來：「沒有。你以為我是你啊，一早準備好了，老婆都是打包自帶進大學的。」

「有個人照顧你，我們也會放心點兒。有合適的就考慮。」

我已經考慮了很多年。

洛枳左手手指輕輕搓了幾下，洗過澡之後穿得太單薄，冰涼的掌心早就沒有了遊樂場的溫度。

她看著洛陽挺拔的背影，終於還是露出了小女孩一樣的傻呼呼的笑容。

洛陽是她生命中少有的亮色，暖洋洋的讓她安心。

她低下頭往回走，突然覺得今天的洛陽有點不對勁。

洛陽很少吞吞吐吐，總是像陽光下的海岸一樣寬闊而一覽無遺。她猜想，可能是工作上的問題，或者和陳靜有了點小矛盾，或者……

或者就像他不了解自己一樣，自己也並不了解他的全部。

但是洛枳相信他，就像相信自己的媽媽。這就是家人。如果沒有這層血緣關係和從小到大的陪伴，人海中萍水相逢，她未必會願意和洛陽這樣的人成為朋友。他對自己的了解，可能都沒有朱顏多。

但現在洛陽是她的哥哥，即使聽不懂她說話，不知道她的祕密，安慰人也缺乏合適的方法，她依舊會因為他的存在而覺得溫暖安心。

對外人來講，這是多麼霸道不講道理的一種信賴。

第17章　視而不見與死要面子

週日下午，洛枳被邀請去參加 Tiffany 和 Jake 所在的國際學校舉辦的親子嘉年華，觀看兩個小孩子的演出。最後壓軸的是《愛麗絲夢遊仙境舞臺劇》，Tiffany 飾演拿著懷錶的兔子先生，Jake……演樹樁。

吃過晚飯，八點多她才回到學校。北門附近的會議中心燈火通明，敞開的窗口時不時爆發出笑聲和掌聲。夜色中，她側過頭仔細辨認著門口懸掛的紅色橫幅上的字跡。

原來是辯論會半決賽，生物學院對法學院，辯題還比較大膽——學校是否應當給高中生免費發放保險套。

洛枳仰起頭注視著二層淺黃色的明亮燈光。生物學院的辯論隊裡，一定有盛淮南。

可她忽然發現自己竟然連一點上去看一眼的欲望都沒有。固然有躲避尷尬和維護自尊的原因，但更多的是因為，她似乎輕易就能描摹出那個人在場上場下的樣子、表情、姿態、言語……生動得彷彿就在眼前。她是這樣熟悉他，好像已經掌握了原始程式碼，給她任意的場景和對象，都能夠將心裡的這個人安放其中，恰到好處，毫無違和。

也許就是因為這樣，他們雖交集甚少，她卻從來沒有思念過他。

他一直都在。

掉頭離開的路上遇見了幾個大男生，搖搖晃晃地迎面走過來，將小路堵得嚴嚴實實。她低下頭從左邊側身讓開，額頭上忽然被彈了一下。

「喲，是你啊！」

洛枳抬頭：「喲，是你啊。」

「要不要去看辯論賽？我們哥兒幾個剛吃完飯，去給盛淮南加油。」

「得了吧你，你哪裡是去看老四，你不是去看法學院的那個美……」旁邊一個胖胖的男孩子話還沒說完，就被張明瑞用胳膊勒住了脖子。

洛枳定睛發現，張明瑞做出這樣的舉動，臉上更多的並不是羞澀，反而是尷尬。她想起了他們吃DQ時他提起過的那件烏龍情事，旋即了然。也許相比這些正在起哄的朝夕相處卻不知就裡的兄弟，此刻最能理解張明瑞的反而是她這個並不熟的人。

她的悲憫心態剛剛作祟，就有男生將注意力轉到了她身上。那個胖男生又像發現新大陸一樣叫起來：「呀，不是你嗎，那天在歡樂谷的！」

另外兩個男生也湊過來：「對呀對呀，老四後來跟著你帶著孩子跑了！太不夠意思了！說，你們倆什麼關係？」

洛枳默默地吞下這句充滿了歧義的指控，抬頭看到張明瑞亮亮的眼睛，臉上是一種她看不懂的神情。也許是夜太黑。

「我跟他不熟，只是順手幫他個忙，他覺得自己跟著你們，簡直是個電燈泡，而且後來你們一走他也就走了，沒和我們一起玩，」她笑著解釋，「我跟他就見過幾次，法導課上。和張明瑞也是那裡認識的。」

也許是洛枳語氣太平穩，讓幾個男生覺得沒有再八卦下去的興趣，於是炮火重新轉向了張明瑞，所有人都在質疑他去上法導課的目的，話題重新回到了法學院美女的身上。洛枳正要離開，突然聽見張明瑞充滿挑釁地大叫：「洛枳，你真的不去看盛淮南比賽啊？」

洛枳胸中的一團火熊熊燃起。

她回頭輕輕地說：「對了，你們幾個過馬路的時候注意張明瑞，別讓他被車撞到。」

「為什麼啊？」胖男孩一臉茫然。

「天太黑了，我怕司機看不見他。」

她繼續向前走，張明瑞的臉隱沒在夜色中，男生們驚天動地的大笑聲也被拋在背後。

第四次法律導論課，洛枳徑直在自己慣常的角落裡坐下，有點意外，張明瑞沒在自己旁邊。前兩週他都是早早坐在最後一排招呼自己，說給她占座了——其實，這個位置從來都不需要特意占座的。

她坐下之後環顧了一下，看到盛淮南來了，但是和張明瑞一起坐在遙遠的第三排。就在這時候，手機振動，顯示的是盛淮南的名字。

「是不是來得太晚才總是坐在那樣的角落？以後幫你在前面占座位？」

她愣了片刻。

「不必了。我喜歡坐在這，謝謝你。」她回覆。

消失三週，再問這樣一句不鹹不淡的話來緩和關係，她心中惘然。她喜歡他，他卻一定不喜歡她——這不是妄自菲薄。牽了手之後消失三週，再這樣隨意地拉攏關係破冰，無論如何都不是動情的表現。既然如此就放下，一定要放下，不要再對牽手的事情耿耿於懷。

洛枳就像在背誦政治課本一樣，把這個想法默念了三遍。

「你喜歡什麼動畫電影嗎？短篇的也行，十三集左右的那種。沒有時間一集集地追長篇動畫片的更新了，想看些電影。」他問。

她認真地回想了一下：「老片子，《兒時的點點滴滴》。有時間看看吧。」

他回覆的口氣很奇怪：「你是說，《兒時的點點滴滴》？」

洛枳把手機收回手機套，不想再說什麼。

張明瑞回頭看了一眼，那時候洛枳剛好從後門進來，灰藍的格子襯衫和簡單的馬尾，面無表情，無視前面的空座，徑直坐到最後一排的角落。

他發現盛淮南也在回頭看。

洛枳坐下之後隨意地環顧了一下階梯教室，目光掃過他們，但是沒有一絲停留，好像陌生人一樣。

張明瑞忽然覺得心裡有點不舒服。

他有點習慣了和她坐在角落裡一句話都不說的法導課。無奈現在他們身邊有了另一個同樣選修法律雙學位的師兄，在籃球隊認識的，今天早上剛巧碰到。師兄幫他倆占座位，要求一起坐。張明瑞婉拒了，說座位太靠前。師兄卻大大咧咧地笑：「我早上晨練，來得早正好占座位，沒事沒事，不用謝。」

謝你妹。他只好笑著坐下來。

上課時餘光又看到盛淮南幾次回過頭往後面看，張明瑞的嘴角露出一絲笑。

「去找洛枳嗎？」

下課時，他一邊往書包裡裝書一邊問盛淮南。

「什麼？」盛淮南好像有點沒反應過來。

「我問，要不要去找洛枳。我覺得你們關係好像不錯，你上課的時候總是不住地回頭看。要不要發展一下？」

張明瑞單純的笑臉和往常別無二致，直到聽到盛淮南微笑著說：「搞什麼，你該不是憋壞了，一直想坐過去？」

「我只是不想挨著師兄而已，」他看看師兄剛剛離開後留下的一桌子廢紙，「我和他挨著坐，你當然聞不到他身上的汗味。」張明瑞正色道。

「是嗎？」

「還有，我聽二哥他們說起過，但因為你忙，所以一直忘了問，你們一起去遊樂場了？」

而且躲開他們跟人家單獨去玩了。張明瑞剛想說，又把這半句吞進肚子裡。他沒有惡意，但這話怎麼聽都有點像吃醋。

上次吃完霜淇淋回來，盛淮南笑著問他戰況如何，他認真地告訴他：「你不要亂想，我真的是賠罪，我，不是想追她。」

張明瑞覺得自己無愧。想著，看了一眼正在遠處收拾著書包的洛枳。

「碰巧遇上。」盛淮南輕描淡寫地說。

「你他媽的能不能爺們兒點兒？全宿舍就你這樣，有企圖還瞞著我們。」張明瑞咧嘴笑笑。

「我有什麼企圖了？」

張明瑞忽然覺得一股憤怒沖到頭頂，只是一瞬，他怕眼神透露出什麼，立刻偏轉頭，然後恢復平靜。

「來吧，還是哥們兒推你一把。」張明瑞立刻轉身喊，「洛枳，一起吃午飯吧！」

看到洛枳歪著腦袋皺著眉頭疑惑的樣子，他有點想笑。

然而他上了臺階，發現洛枳已經收拾好書包，盯著自己看，卻一眼都沒有瞥向身後跟來的盛淮南。

「喊那麼大聲，你請啊？」洛枳對他一貫沒有太好的脾氣。

「我沒錢，」他轉身看盛淮南，「你請吧。」

出乎意料地發現，盛淮南答應得高興爽快，卻表現得有點不自在。

洛枳低頭似乎思考了些什麼，然後點點頭說：「好吧。」

洛枳一腳踏出教室，就在走廊裡遇上了戈壁和百麗。她朝百麗打了個招呼，正要側身走過去，突然聽到戈壁喊了一聲「盛淮南」。

「徐哥問你那筆錢到沒到帳上，要報銷的話下週二下午之前一定要搞定。」戈壁問。

「週四上午報了。放心吧。」

「那就一起吃飯吧，正好有點團委的要緊事問你。」

「一起？」盛淮南看了一眼低著頭的百麗。

「就咱倆。都十二點了，找個清靜點的地方吧。再不問你就晚了。」

百麗始終低著頭，包括剛才洛枳跟她打招呼的時候。現在她微微地點點頭，失魂落魄般地向前走，被洛枳果斷地截住。

「走吧，一起吃飯。」洛枳說，轉身朝盛淮南和張明瑞擺擺手說，「改天吧，今天就不必破費了，先走啦。」

只剩下張明瑞一個人站在原地。

你們倆真是絕配。他第一次浮現出滄桑的笑容。

今天早上，張明瑞終於還是給許日清傳了簡訊。終究還是放心不下。

「好久沒聯繫了呢。」

「是啊，過得好嗎？」許日清的簡訊乍一看和往常沒有任何變化。

「還行，你呢？」

「也不錯。……你們都過得好嗎？」

我們？我們是誰？張明瑞煩躁地關機。

她真的應該跟那個死要面子的洛枳學學。

第18章　線索人物

百麗並不講話，洛枳只是摟著她的肩膀向前走。中午的陽光很刺眼，她把手擋在額前，口袋裡的手機振動，有簡訊，是盛淮南。

「我今天是不是扮演了我們第一次遇見時你扮演的角色？」

拗口。她沒回。

洛枳把手機放回口袋裡，有點疑惑地看看始終低著頭不講話的江百麗，突然腦筋一轉，伸手抓出了一包面紙。

「給你。」

百麗接過，過了一會兒終於抬起頭來。

「謝謝。」她揚起一個大笑臉。雖然有點勉強，但仍然明朗了許多。

「你怎麼知道我需要擦眼淚啊？」她有點不好意思地問洛枳。

洛枳憋不住笑：「誰告訴你是擦眼淚的？明明是擦鼻涕的好不好？如果只是眼淚，你用袖子擦擦不就得了嗎，至於一直不抬頭嗎？」

百麗終於忍不住尖叫著追打洛枳。

坐在KFC裡，洛枳點了2號餐，百麗說不餓，洛枳還是幫她買了一個草莓聖代。

「難過的時候吃點霜淇淋肯定能很快振作。」洛枳遞給她。

很長一段時間洛枳自顧自地吃東西，而百麗只是靜靜地坐在那裡吃著聖代發呆。

「洛枳，有喜歡的人嗎？」

洛枳吃完漢堡，正在舔手指，聽到百麗的問話，想都沒想，坦率地說：「有。」

她和百麗很少臥談，但一直算是比較有默契，也很坦誠，面對百麗的時候，洛枳的確很少撒謊。

「是剛才和戈壁一起去吃飯的那個男生嗎？」

洛枳愣了一下，點點頭：「是。」

乾脆堅定。

「真爽快。」

「我本來以為把這個字吐出來會很困難的，居然一點都不掙扎也不糾結，唉。」其實還是有點不好意思的，洛枳不自在地用大大咧咧的口氣說。

「少來！」百麗白了她一眼。

「不過為什麼猜是他啊，當時不是還有一個男生和我一起出來嗎？」

百麗呆住了，翻著白眼回憶了半天，顯然沒有考慮過這個問題。

洛枳在內心默默地為張明瑞鳴冤。上帝何其不公平。

「還有，你剛才不是一直低著頭擔心你的鼻涕嗎？沒想到身體裡八卦的血液還在沸騰著，真是服了你了。」

「少說兩句會死啊！」
洛枳笑笑，不再逗她。
「說實在的，你們出來的時候我抬起頭看了一眼，一眼就看到他。他真的很帥。就那麼一眼，我就想起了一句話，『謙謙──』」
「謙謙君子，溫潤如玉。」洛枳低頭笑。
「對的對的。你也這麼想？」
「這句話在言情小說裡都氾濫了，是個好看的男生，只要不是活潑得過分，一般都這麼形容。」
「你說話不那麼刻薄不行？言情小說跟你有仇啊？」百麗繼續無奈地翻白眼，「不過，我說真的，我從來沒有見過任何一個活生生的男生配得上這句話。」
「所以呢？」
「所以女人的直覺告訴我，你喜歡他。」
「所以我應該喜歡他，因為他很好看？別告訴我，你喜歡戈壁是因為他很帥。」
「我的確是啊。當然並不完全是，否則也太膚淺了。不過，如果你不是因為他好看，那又為什麼？」
洛枳看到百麗眼中的坦然，所以也不想拼湊什麼敷衍的回答。
「我的故事太長了。而且沒有什麼情節。我解釋不清。」洛枳搖搖頭。
「你們真的很搭耶。氣質上就很配。我想，他也應該喜歡你吧。」
洛枳明明白白地苦笑，緩緩地說：「我，很不喜歡『應該』這個詞。」

高二的冬天，學校裡有過傳言，關於彼此不相識的「金童玉女」。她向來討厭這個珠光寶氣的詞語，然而當她坐在窗臺上看著外面荒涼的人工湖，得知他們說的是文科學年第一洛枳和理科學年第一盛淮南的時候，嘴角一抹淺淺的笑意透過玻璃反射到她眼裡，現出些許希望。

些許讓她在後來備受打擊的希望。

不想繼續這個話題，她問百麗：「吵架了？」

「話不投機而已，舊事重提，他煩了。」

「是嗎？」

「其實，高中的時候，他也不喜歡我。」百麗聳聳肩脫口而出。

也？洛枳苦笑，江百麗還真是一刀子捅到了她的心窩上。

「我當時表白了好多次，覺得自己越來越賤，可是總有種破罐子破摔的感覺，反正他都知道了，反正他也不會理我，反而特別自然地表達自己的喜歡。不過後來，我們真的在一起了，我就開始覺得在他面前抬不起頭來，因為自己過去的舉動特別丟人，害怕他笑我，更害怕別人覺得我們在一起是他可憐我，以至於連高中同學都不敢見，聚會也不參加——當然，不參加聚會還有其他的原因。呵呵，我怕見到他以前喜歡的女孩子，總覺得不知所措。」

「百麗……」

「不過，這種想法只有我們吵架的時候才會有，雖然平時某些念頭偶爾也會浮上來。我都不表現出來的。本來輸得就夠徹底了，還是不要把家底都賠進去的好。不過，再怎麼掩飾、再怎麼裝都沒有用，他都記得，他都知道，他始終保持著在我面前的優越感。我那麼認真地愛他，他都知道——最可怕的就是，他那麼清楚我有多愛他。」

百麗的眼底有清淺的液體浮動，洛枳急忙去拿面紙，手卻被百麗按住。

「所以，這段感情破破爛爛的，我卻還是不肯放棄——一想到真的分手，我就會哭。每次分手都是我提出來的，但是他哄哄我，我就回頭了，特別賤。」

洛枳所有安慰的話都哽在喉嚨裡說不出來，嗆得自己眼睛很酸。

百麗並不美麗，個性雖然足夠真實但也不可愛，如果不是有洛枳這樣一個冷漠的凡事無所謂的室友，她們可能早就打得雞飛狗跳把宿舍樓頂都掀了，學校BBS上也會飄紅一個hot帖：「818我的JP室友。」然而每當洛枳想起這樣一個女孩子學著小說裡的樣子，裝成什麼都不在乎，奮不顧身地去愛一個人的時候，總是沒有辦法冷眼嘲笑她的愚蠢。

「他高中的時候喜歡我的好朋友。別看他到處拈花惹草的，其實，他還是喜歡她。」

乾巴巴的樸實陳述句，聽來卻讓人心酸。

陳墨涵是百麗這輩子見過的最美麗的女生，又是副市長的千金，和帥氣的戈壁門當戶對，青梅竹馬。江百麗鈍鈍地讀了上百本臺灣小言情，從來沒有想過，從普通初中來到市重點中學的她，會在自己的同桌身上遇到這樣的人物設定。

但那時候的她還不知道，最狗血的不在於此，而是她充當了一次完美的線索人物，直到今天。出場無數次，推動劇情發展無數次，實際上卻跟這個故事一毛錢關係都沒有。

完美戀人因為某種原因不得不分開，然後她這個從一開始就沒完沒了進行阻撓的反派女二號和男主角在一起了一段時間，現如今人家經過了漫長的分離和等待，消除誤會冰釋前嫌，打算再續前緣。

縱使江百麗胸無大志自視平常，也並不代表她甘心。

高一時，她和陳墨涵坐同桌。江百麗從縣城來到市重點寄宿，第一天，她對著不同事物暗自咋舌，告訴自己，這就是市重點，跟她那個髒亂的普通中學是不一樣的。這些事物包括——教室的新桌椅、不鏽鋼窗、像櫻桃小丸子動畫片裡面一樣好聽的下課鈴、乾淨的帶有鏡子與洗手乳和烘乾機的廁所，以及留著波浪鬈髮、凹凸有致的同桌陳墨涵。

百麗打開錢包，抽出一張不大的照片。

百麗意料之外地看到洛枳也有一絲驚呆，不由得更加心慌。陳墨涵是她在二十年的現實生活中看見過的最美麗的女子，才高二的女孩子，一頭濃密的波浪長髮，雪一樣白的皮膚，風揚起她的紅色圍巾和黑色風衣的衣角，在白樺林中，她大步向前，高仰著頭，臉上是恣意的笑容，美得不可方物。

「你看，果然驚豔吧，連你都是這副表情。」百麗勉強地笑笑。

「我驚訝的原因是你居然常年在錢包裡放著情敵的照片，真是有個性。」

百麗翻著白眼瞪她。

「她是我的心魔。」她坦白地說。

洛枳對她這種文藝腔的描述報以慣常的鄙視眼神：「不過，難怪你說她沒有朋友。」

「什麼意思？」

「她就是不傲氣也不會有所謂的閨密的。叔本華說過，一個真正漂亮的女人不會擁有一個真正的同性朋友——當然，我也不知道是不是叔本華說的。」

因此，為什麼不放肆地仰著頭走路？

百麗露出怔怔的神色。洛枳不知道，自己的一句話戳中了百麗的心底，把她們整個高中的全體女生都定了罪。

忌妒。

第19章 小白女主與美麗反派

陳墨涵的確是個很傲氣的女孩子，在她們對言情小說的共同愛好下，江百麗成了班級女生裡僅有的幾個能和陳墨涵說得上話的人。其實對於這一點，江百麗是心虛的。

當陳墨涵說自己喜歡讀言情小說的時候，她高興地附和說「我也是」。當陳墨涵說自己喜歡梁鳳儀、亦舒、張小嫻的時候，她高興地說「我也是」。當陳墨涵說最瞧不起到處都是沙豬和小白女的臺灣小言的時候，她啞了一下，笑笑說，是挺無聊的。

其實如果陳墨涵說喜歡臺灣小言，她會立刻大叫，我最喜歡席絹、古靈和于晴。

江百麗慢慢看出，陳墨涵一顰一笑、舉手投足都貫徹著亦舒小說裡的那種獨立和精彩，唯一的欠缺是她沒有和女主角一樣獨立精彩的死黨。畢竟對著江百麗這種女生，是沒有辦法坐在咖啡廳妙語連珠地談論生活和愛情的。所以陳墨涵幾乎只和男生接觸，別人說她什麼她都不在乎，反正不敢當著她的面說——陳墨涵的家世是公開的祕密。

江百麗並沒有像其他人一樣忌妒她。百麗不介意人家說她是勢利眼的小跟班，只要她自己清楚這是友情，是出於一種簡單的欣賞。

以及羨慕。很羨慕很羨慕。

高中的江百麗不敢在陳墨涵面前看臺灣小言，但是回宿舍的時候還是會拿著手電筒鑽進被窩裡看。大學的時候，她才知道什麼叫ＹＹ，什麼叫瑪麗蘇——上天做證。她看小說的時候，從來沒有幻想過主角是自己——這些精彩的形象反而都幻化成了陳墨涵的樣子。

百麗為自己那古怪的慷慨大方而自豪。

直到那一天。

高一下學期的時候，學校附近開始不大安全，總是有職業高級中學的不良學生和地痞混混打劫。那天江百麗做完值日，走得晚了些，也沒有回宿舍，而是打算坐車去市區的大超市買點日用品。於是就遇到了幾個職業混混。

她被堵在學校偏門附近，而且只劫財。百麗回憶起的時候，非常沮喪於自己的身材、長相居然讓人家完全沒有劫色的企圖——連一句客套的「陪爺兒幾個玩玩」都沒有。

正掏錢包，突然一輛奧迪衝過來，急停在旁邊。車門打開，後排走下來一個男生，斜倚著車身，皺眉看著眼前的場景，輕啟薄唇，淡淡地說：「還不滾。」

於是混混們聽話地滾了。

墨藍色的天空下，戈壁站在橙色路燈的光線裡半笑不笑地看著她，輕聲問：「你還好吧？」

那個場景好看得讓江百麗沒有辦法呼吸，甚至現在一閉上眼睛，還是能看到。

當然也許沒有那麼好看，但是，回憶起來的時候，她總是習慣性地添加上濃墨重彩。

她總有辦法讓自己更快樂。

江百麗其實早就知道他，全學校的人都知道他一直在追陳墨涵，從小學四年級追到如今的高一。可是誰也不知道，為什麼她就是不答應他。五中曾經有過兩大未解之謎——陳墨涵為什麼不接受戈壁，許長生為什麼不長頭髮。

江百麗想過很多詞來形容戈壁，比如死豬不怕開水燙，光腳的不怕穿鞋的，破罐子破摔……

後來她才覺得奇怪。

為什麼她對此不覺得感動，為什麼她沒有評價他「執著」？

也許因為第一次見到他的時候，陳墨涵不理他，淡定地坐在座位上，而他則倚靠著後門框，歪著嘴角志在必得地笑。所有人都看著他們，所有人都被鏡頭虛化了，只剩下他們。

也許因為第二次見到他的時候，他正跟一個女孩子在走廊說些什麼，女孩子明明矜持著臉紅著，卻掩飾不住地高興。他轉身離開，女生立刻此地無銀三百兩地對周圍人說：「這個人好輕浮啊。」

又也許因為她太崇拜陳墨涵。

可是她的心思太多了，自己都說不清。直到那天，路燈下黑亮的奧迪，英俊而漫不經心的少年，挺身而出拯救角落裡怯怯的自己。這一切電光石火般擊中了她的心。她回家之後翻開小說，看到所有男主角的臉都變成了他，所有笨笨的小白女主的臉都成了自己，所有和男主角家世相當的美貌女反派的臉都置換成了陳墨涵——她才發現，自己和那個說他輕浮的小姑娘一樣，明知道他就是輕浮，就是逗她們玩，但還是臉紅著、心動著。

那之後，她不再跟陳墨涵逗趣，不再八卦陳墨涵的朵朵桃花。江百麗告訴自己，她是個坦蕩的好女孩，她不忌妒。

然而，忌妒還是在這種最適宜的時機裡深深扎根，破土，發芽。

東邪西毒裡有句話說，任何人都可以變得狠毒，只要他知道什麼是忌妒。江百麗死守著自己的友情和善良，一頭紮進小說裡，想要忘記那些萌動的心思。

然而那天之後，戈壁以救命之恩要脅，和江百麗自來熟，總是從她這裡套陳墨涵的情況——在看哪本小說，訂什麼雜誌，成績怎麼樣，天天跑到樓下去看哪個班的籃球比賽，目光停留在幾號身上……自然，江百麗也負責幫助戈壁偷偷地往陳墨涵的書桌裡放各種小禮物。

躲都躲不掉。

戈壁為了陳墨涵學了文科。其實這不算什麼太大的犧牲，反正戈壁對太空船和原子彈都沒有什麼興趣，放棄理科也沒有什麼損失，人又很聰明，文科班考第一同樣風光無限，而且更輕鬆。

百麗承認，文科班很適合自己，她的成績從和陳墨涵一起徘徊在中游一下子衝上了前五名，後來穩定在前三。陳墨涵沒什麼不適感，仍是淡淡地祝賀她。

每個人都有自己不可侵犯的優越感，而陳墨涵的絕對領域顯然不在成績單上。她對於百麗疏遠她而在學習上花更多時間，並沒有表示什麼不滿，也沒有絲毫酸溜溜的情緒。

這樣超然灑脫的陳墨涵永遠是百麗只能仰視的偶像。並且，更加襯托出自己的陰暗和小心眼。

「但我到今天還是想知道，為什麼陳墨涵不接受戈壁，這麼多年。戈壁的確有點油滑，總喜歡壞壞地捉弄女生，緋聞一大堆，可是所有人都知道他對陳墨涵的一片真心，簡直比小說裡刻意設計的還要誇張。我知道，文科班一大半女生都喜歡他，可是偏偏所有女孩子都要做出很討厭他的樣子，這種小心機——你懂的吧？」

洛枳嘴角帶笑，點點頭。

百麗推動故事情節發展最大的手筆是在高二下學期臨近期末的時候。放學後都快到宿舍門口了才發現飯盒落在了班裡，不拿回來的話晚上就沒有辦法打飯了。匆匆返回，在班級門口，這個最適合「一不小心」偷聽到不該偷聽的東西的地方，她很巧合地聽見了戈壁歡愉的聲音：「你真的答應我了？！」

一小段沉默，百麗猜到是陳墨涵在遲疑地點頭。

她不知道自己為什麼要推門進去，笑得很假地說：「完了完了，不許反悔，被我聽到囉！」那天的戈壁收回了以往面具一般玩世不恭的笑容，純真開懷的樣子像個最最簡單的孩子。

百麗想，這樣多好，你看他，笑得多麼好看、多麼率真。

她卻憑直覺發現，陳墨涵並不開心，甚至在她進門的一剎那，露出了一臉後悔和驚慌的表情。

第二天，戈壁特別高調地告訴了很多人他和陳墨涵交往的事情。他太高興了，終於修成正果，恨不得全世界都知道。不知道為什麼，大家那天對陳墨涵態度特別友好。體育課的時候，很多女孩子圍在一起聊天，陳墨涵居然也坐在一旁。有人提到這件事，大家七嘴八舌地問起，陳墨涵總是一副淡淡的樣子，不置可否，甚至有點迴避。

突然有個人鼓起勇氣說了一句：「我覺得戈壁油嘴滑舌的一點都不可靠，肯定是他胡說的吧。」

百麗做夢也沒有想到，陳墨涵竟然點點頭，說：「是啊，我並沒有答應他。」

江百麗很少憤怒，她總是大大咧咧的、不冷不熱的、不爭氣的。

但是當大家都在很開心地說「這個男生真不要臉，陳墨涵這麼完美的女生怎麼能隨便找一個男朋友呢」，甚至還在半開玩笑地設計那個未來的男朋友應該是什麼樣子的時候，面對第一次融入了大家的、笑得平易近人的陳墨涵，百麗的血湧上了頭頂。

她記得，前一天晚上，戈壁那樣純真而簡單的笑容。

想都沒想，她忽地一下站起來，大聲地對陳墨涵說：「你答應他了，昨晚我明明都聽見了，你怎麼能這樣？」

陳墨涵，你怎麼能這樣。

第20章　看客

烏龍事件沸沸揚揚地鬧了好一陣子。

其實，起因是陳墨涵傾心愛上的一個人深深地傷害了她的自尊。她在那個人面前說：「你誤會了，我並不是喜歡你，其實我有男朋友。」

陳墨涵的確有本事用十分鐘的時間炮製一個死心塌地的男朋友。

她讀了很多本亦舒，本質上卻很臺灣小言。

也許情有可原，只是百麗永遠不會知道那個故事是不是動人到了可以讓她原諒陳墨涵的地步。

戈壁一個星期沒有上學，而陳墨涵和江百麗的座位被調開。

後來戈壁回來了。

他看陳墨涵時是板著臉的，看其他女生是輕蔑的，只有看著百麗的時候是熱情的。

是熱情，不是愛情。

那種目光翻譯過來就是：謝謝你，真夠哥們兒。

從那天開始的一段時間，百麗和他形影不離。一起去食堂吃飯，也認識了他的不少哥們兒。她被女生孤立了，也知道所有人都在背後笑話她和陳墨涵，為了一個陳墨涵不知道到底要不要的輕浮男人，一對閨密反目成仇。有人笑陳墨涵活該沒有朋友，也有人笑江百麗和戈壁是天生一對一丘之貉。

百麗雖然懊惱於生活不再平靜，也不喜歡被指指點點，心裡卻是清楚順暢的。陳墨涵打碎了在她心裡的那個完美假面，她不必再煎熬，也不必再糾結自卑。

原來我們都一樣。她終於正視陳墨涵和自己了。

雖然面對陳墨涵的時候，百麗仍然堅持說，她只是出於正義感，並非如傳聞所說那樣覬覦人家的專屬追求者。至少她沒有完全撒謊，百麗沒有追求戈壁，很有自知之明地認真履行著好哥們兒的本分，從不去插手戈壁氾濫的桃花運。

只是她沒有說，正是愛讓她的正義感燃燒。

耶誕節，她在送給他的賀卡上還寫著：「祝你年年歲歲花相似，歲歲年年人不同。」

戈壁的生活即使桃花朵朵春色滿園，即使始終沒有原諒陳墨涵，他也是愛著她的。

或許因為他愛她，所以才無法原諒。

可是畢竟百麗年輕，又愛他，怎麼能永遠鎮定？高考前夕，所有人都情緒暴躁，百麗也一樣。當不知道是他的第幾朵桃花走到她面前勸她知趣點不要纏著戈壁的時候，她終於不再聳聳肩說出那句沒有人相信的「我只是他的普通朋友」和「他愛的另有其人」，而是仰起臉正視對方，說：「知什麼趣？如果他不喜歡我，纏著他有什麼用？我覺得這一點你應該比我清楚。」

而她開口的時候，老天爺居然很給面子地讓她成了焦點。樓梯上，陳墨涵下樓，戈壁上樓，轉角處一群班裡的同學說笑著走過來，好像是導演安排好的站位一樣。

女生看到戈壁，氣勢洶洶地問他：「你聽到了吧？你喜歡她？你們三個就是這麼反目成仇的？」

這句話一出口，現場相當配合地靜止了十秒鐘。

戈壁看了一眼那個女生，冷若冰霜地說：「滾。」

陳墨涵看了一眼百麗，嘴角輕蔑的笑容似現非現。

百麗站在旁邊，看著他們一個繼續上樓，一個繼續下樓，擦肩而過時好像電影精心剪輯出來的片花，即使彼此關係僵硬至此，仍然帶有同樣的驕傲和瀟灑脫，襯托得包括她在內的周圍人灰頭土臉，面目可憎。

雖然戈壁沒有回答那個問題，但是那句「滾」把燙手的謎題扔給了對面的女生，沒有人注意百麗剛剛自作多情的大話，反而紛紛好笑地看著自討沒趣的桃花女。

她也許應該謝謝戈壁，但是她知道，整件事情對她來說，重點不在這裡。

後來的戈壁，果然不再允許她纏著他。

她本來可以大大咧咧地出現在他身邊，對他說：「不是吧，你真以為我喜歡你啊，我不過是權宜之計不想讓她煩我而已，畢竟我的存在作為擋箭牌幫你解決了那麼多問題，你都不許我為了保護自己的權益氣氣她們？喂喂喂，戈壁，你少自戀好不好？」

她沒有。

高考在即，她已經疲倦得不想去遮掩。

只是，那一幕太過兵荒馬亂，她不甘心，於是傳簡訊過去，鄭重其事地說：「我喜歡你。」

她的表白，怎麼也得正式點。

每天一則簡訊，只有一句話：「我喜歡你。」

如果是早上，就加上一句「早上好」，如果是晚上，就加上一句「晚安」。

江百麗始終不知道，戈壁在進考場之前收到一條「好運，加油，我喜歡你」的簡訊的時候會是什麼表情。

他從來沒有回覆過。她回到了自己家的小縣城，都沒有跟他道個別，也沒有他的任何消息。

江百麗向來是個運氣好的人，高考她居然考了比戈壁還高的分數，順利地進了P大。

所有人都有不錯的歸宿，比如她和戈壁進了P大，陳墨涵也過了W大的小語種錄取線。

百麗已經把傳簡訊當成了樂趣，養成了習慣，以至於現在都沒辦法想起來，8月3日前到底有沒有什麼自己沒注意到的奇特徵兆出現——她早上發完訊息，出去和初中同學玩了一天，晚上想起手機落在家裡，居然有一則簡訊：

「好。」

好什麼？她盯著戈壁惜字如金的簡訊，很久才反應過來，不可置信。甜蜜是從心底慢慢溢出來的，她已經錯過了尖叫的最佳時機。

而他們相處的一年多，是那樣普通而深刻。

戈壁也許不是全心全意地愛她。但是完全不愛嗎？好像也不是。她其實不知道。她唯一知道的就是，這個世界上只有江百麗自己燃燒得充分熾烈，問心無愧。

她問過他很多次：「你愛我嗎？」他從來沒有正面回答過。這種躲避讓人不悅，卻又沒能讓她傷心到離開他。

他從來都能用千奇百怪的答案來迴避。最動情的一次，是大一的末尾他競選社團聯部長成功之後，慶功會上很多人都在灌他，他最後喝得有點醉了，一個勁地拉住百麗說「謝謝」。所有人都說他應該感謝她。她鞍前馬後，幾乎把自己的心血都放在了他的競選上，拉票，做海報，籠絡關係刺探敵情，潤色演講稿，陪他挑選西裝，幫他排演計時……

人都走光了，他從背後抱住她，下巴放在她的肩窩裡，她覺得肩頭和心裡都癢癢的。人不是說酒後吐真言嗎？她立刻輕輕地問：「戈壁，你愛我嗎？」

戈壁含糊地笑了，她聞到啤酒的味道。戈壁指著大廳窗外能看到的巨大的「M」標誌，說：「我們就像麥當勞和肯德基，永遠在一起。」

她失笑，眼淚卻翻滾滴下。是的，只要有肯德基的地方，附近一定有麥當勞。它們永遠在一起。

但是那時候她忘記了，人在酒後不光吐真言，還說胡話。

戈壁是肯德基，那麼陳墨涵就是吮指原味雞，而她只是每逢換季推出的什麼類似四季時蔬或者鱈魚條一類的點綴菜品——她早晚有一天會被撤換，甚至顧客都不會發現。但是沒有吮指原味雞，肯德基就不再是肯德基了。

百麗繼續執著下去，他們也許可以永遠在一起。

如果不是昨天看到了戈壁信箱裡的一封郵件。

我曾說不如我們就在一起，你說，「不如」二字比第一次我的反悔傷你還要深。我現在終於懂了，我懺悔，我道歉，我放下那些無謂的自尊，然而，你還會回頭嗎？我知道我卑鄙，可是沒有我，沒有你的憤怒，會有今天她的幸福嗎？

江百麗此刻才知道，戈壁答應她 10086 熱線式的騷擾表白，只因為陳墨涵的一句「既然你不死心那不如我們在一起」將他徹底激怒。她的一場愛情，只是他們之間的一場賭氣。

而戈壁對陳墨涵這封郵件的回覆只有一句：

我不可以對不起她。

「你說，他這樣，算是背叛我嗎？」百麗手指輕敲桌面，像是要喚回洛枳的魂魄。

「我在聽。」洛枳淡淡地看了一眼她不安分的手指。

「可是，他都這麼說了，為什麼我還是覺得這麼不甘心呢？」百麗問。

「因為你想聽到的不是一句有得便宜賣乖和欲擒故縱嫌疑的『我不可以對不起她』，你想聽到的是他說：『曾經年少不懂事，現在那些都過去了，我如今愛的是江百麗，請你想開點，祝你幸福。』」洛枳苦笑。

百麗靜靜地聽著，很久沒有說話，彷彿剛才話說多了，現在想休息。

她們已經可以看到窗外的夕陽。

天黑得越來越早。

百麗不值錢的眼淚又往下落。

「傳說人魚的眼淚落下來就成為珍貴的寶石，能賣很多錢。我真恨你怎麼沒投胎成這個物種。」

「你就不能說點別的？具有安慰性質的、溫暖一些的？」百麗勉強地笑笑。
「所有能稱得上是安慰的話，大部分是廢話。」
「那建議呢？」
「你又不會聽，聽了也不會做。」
「就算我做不到，說說也好啊。」
洛枳像是被她纏得沒轍，疲倦地抬眼注視她。
半晌，輕輕地開口說：「分手吧。」

晚上，坐在Tiffany書房裡看著孩子背古詩的洛枳，想起她和百麗走出肯德基後，對方問她的話。
「如果你是我，你會分手吧？」
「我又不愛他，怎麼可能是你？怎麼可能體諒你？我說什麼都是放屁。我要是你，別人對我的表白只回覆一個『好』字而不是『我也喜歡你』，我壓根兒就不會跟他開始！」
百麗擤了擤鼻涕，「糾纏到今天，我也真是無聊，你在旁邊看著，都笑死了吧。」
「我原諒你了，」洛枳聳聳肩，「誰讓你愛看臺灣小言，」頓了頓，又說，「小白女主雖然蠢，但是命都很好。我也希望你命好。」
百麗感激地看著她：「可如果我是小白，但不是女主，怎麼辦？」
洛枳第一次被百麗噎得翻白眼。
「對了。」兩個人即將分開的時候，洛枳突然叫住了百麗。

「怎麼？」

「下次給別人講故事的時候，少提高中，多講講你們這一年裡美好的事情。至少在自己的世界裡做了一回主角，哪怕是苦情戲也好，總比當觀眾強。」

總比做觀眾強得多。洛枳想起自己高三的日記。

她的驕傲在小細節裡體現得淋漓盡致，比如，無論如何，她的日記裡都只有盛淮南一個人的名字，至於他的身邊人，她好像一筆都沒有寫過。

第21章　其實是賭氣

又是一個週六的法律導論課，洛枳坐在慣常的角落裡，最後一次檢查自己要交上去的期中論文。抬頭看講臺的時候，她居然瞥見了講臺邊拿著水杯的鄭文瑞，對方將論文放在講臺上交給助教，然後從左側的門出去接水。

這門課在階梯教室上，人太多，她從來沒有發現鄭文瑞也在。

她果然也選了法雙。洛枳心想。

鄭文瑞邊走邊擰蓋子，然後在門口撞到匆忙進門的盛淮南，灑了對方一身水。

不過看樣子杯裡原來裝著的水，應該是涼的吧？

洛枳笑了，這幾天來第一次真正開心地笑了。盛淮南還真是跟水有緣哪，弱水三千，到底要哪一瓢？

鄭文瑞的臉紅了，隔著這麼遠都看得一清二楚。盛淮南依舊是禮貌地微笑，擺擺手就走到講臺前掏書包交論文。鄭文瑞站在門口愣愣地看著盛淮南，看著他頭也不回地向後走去尋找座位，然後黯然低頭走出了教室。

洛枳有些感慨，但是她並沒有憐憫之情——即使要憐憫，也應該先可憐一下她自己。她和鄭文瑞之間的區別，不過就是鄭文瑞會站在那裡傻傻地看他，而洛枳會掩飾一下自己目光的方向而已。

那麼江百麗呢？

百麗並沒有與戈壁攤牌分手。江百麗只是死死地握著戈壁。她不是不在乎感覺，不是不希望有一份完滿乾淨的愛情，但是面對現實的時候，她能做到不管他心裡在想什麼，只要握住他的手就好了。

你活著時愛誰無所謂，總之你死的時候，只能跟我埋在一起。

倦意湧上來，她起身去交論文。

「洛枳！」

張明瑞出現在旁邊，和她一起下臺階。

「論文寫的什麼啊？」他問。

「《中世紀的婚姻制度起源》，算是跟婚姻法沾邊的題目吧，反正這個教授好像很喜歡胡扯些邊緣的東西。你呢？」

「啊，就是各國憲法和社會制度……什麼亂七八糟的，都是從百度、google 上面剪貼下來的，就是整理了一下。他估計不會發現。唉，我從小時候開始就不會寫文章。」

兩個人把論文送到助教手裡，助教象徵性地翻了翻洛枳的論文，油腔滑調地長嘆一聲：「女人啊。」

她對助教吐了吐舌頭，笑得很燦爛。

「你認識助教？」張明瑞問。

「不認識啊。」洛枳恢復了面無表情。

張明瑞皺著眉頭盯著她，覺得女人簡直太難懂了。

洛枳剛要跟他揮手說拜拜，張明瑞忽然說：「我和你一起坐好嗎？」

她點點頭。

「盛淮南，一起來吧！」張明瑞回身大聲喊。

她微微眩暈，盛淮南拎著書包站在過道上點頭，然後朝張明瑞身後的她微笑著打招呼。

搞什麼？

她認真努力地修練了很久，才平靜下來，才認賭服輸，吃癟一樣地告訴自己，認了吧，算了吧。

現在這又算什麼？老天爺該不是想要玩死她吧。

洛枳又看了一眼裝完水進屋的鄭文瑞，告訴自己，洛枳你要冷靜，你要說話算話。

她回到了自己的座位，然後往裡面挪了兩個空位，把靠近走道的外側座位留給他們倆。戴上耳機播放久石讓的鋼琴曲，她舒服地靠在椅背上翻開新買的《八百萬種死法》。

張明瑞和盛淮南走過來，每個人都從書包裡拿出一臺筆記型電腦。

「趕緊趕緊，助教是說下午兩點寄到信箱裡吧？我靠，你怎麼也忘了？」張明瑞急急忙忙地掀開電腦。

原來是這樣，怕坐在前排明目張膽地打開筆記本趕作業會被老師罵。她苦笑了一下。

「我不知道出作業了。」盛淮南的聲音有點迷糊，迷糊得可愛。

「你最近魂不守舍的。」

鋼琴曲無法蓋過他們的對話。洛枳把CD音量開大，然後埋頭看書。

每次她想要假裝淡然但又覺得很難做到的時候，都會埋頭看偵探小說，能很快入迷到不省人事的狀態，對周遭麻木到渾然天成。

直到張明瑞輕輕地推推她的肩膀。她摘下耳機。

「助教抽查點名。」張明瑞小聲說。

他剛說完，助教就很大聲地喊：「洛枳。」他的南方口音發不出L這個輔音，更是將「枳」字從三聲擅自改成了四聲。聽上去就像「弱智」。周圍同學紛紛笑著回頭尋找，張明瑞更是笑得捶桌子。

沒想到洛枳依舊低著頭看著書，面不改色地舉起手說：「到！」

助教壞壞地一笑，形象非常猥瑣，好像某隻松鼠從《冰原歷險記》裡面逃了出來。洛枳看了一眼，也不由得笑出來。

張明瑞問：「那個傢伙是不是看上你了啊，剛才交論文就不對勁，現在隔這麼老遠還調戲你？」

她白了他一眼，說：「看上我不是正常嗎？我這麼好的女生。」然後把耳機塞回去。

張明瑞又氣急敗壞地怪叫了幾聲，聲音淹沒在音符中，她沒有聽清楚。

盛淮南也說了句什麼，她的餘光看到他的嘴唇在動。

聽不到自然有聽不到的理由，她相信上天為她好。

她低下頭，繼續看書。

課間休息，張明瑞站起身伸懶腰，推推她。

「又什麼事？」洛枳正看到精彩的地方，有點不耐煩。

「休息啦！我們要下樓買點吃的，早上沒來得及吃飯。你要不要帶點什麼？」

「不用，謝謝。」

「那就和我們一起下去轉轉吧，總坐著多累啊。」盛淮南笑得很溫暖。

溫暖得好像什麼事都不曾發生過。

的確什麼事都沒有發生過——如果她的心事不算事的話。

盛淮南的笑臉，還有那和緩熟絡的語氣讓洛枳這些天來第一次認真地把目光投向他，也第一次發現，他的笑容和別人眼裡的自己有多麼相像，又有多麼可怕。

她又看看張明瑞。

「我幫你們看電腦。」她說完就重新準備掛上耳機。

「你——」張明瑞又開始扯她的袖子。

「你煩死了！罰你請我喝水溶C！外加樂事洋芋片！少廢話，趕緊去！」

張明瑞被吼得張大了嘴巴不知道該說什麼頂回去，倒是盛淮南笑著把他拉走。

兩個人剛邁出去一步，盛淮南忽然回頭喊她。

「洛枳，要什麼味道的洋芋片？」

洛枳面無表情，盯著張明瑞。

「各、要、一、袋。」

她的思維最後還是被盛淮南的各種笑臉集體攻占，索性闔上書，關上CD，坐在座位上發呆。

直到被頭頂傾盆而下的大袋洋芋片驚醒。

原味、番茄、烤肉、黃瓜、比薩，一共五袋，還都是最大袋的。盛淮南靠在牆上，笑吟吟地看著她，而空投洋芋片的張明瑞正在她頭頂上方拿鼻孔對著她出氣。

她沒有說話，拿出自動鉛筆朝包裝袋扎過去，一袋一袋地放氣，直到它們都變得癟癟的。

「你幹嘛？」張明瑞問。

「這樣節約空間，要不書包裡放不下。」

「你倒是聰明。」這句話是盛淮南說的，他正在吃一袋小袋的黃瓜口味洋芋片。

「是啊，我聰明得連我自己都害怕。」她忍不住引用了九把刀某部小說裡主人公的名言。

「滿意了？」張明瑞居高臨下地說。

「謝啦。」她舉起一袋洋芋片朝他搖搖。

「跟我沒關係……是盛淮南買的。」張明瑞說。

她感覺到靠在牆上的盛淮南好像對她的反應很期待。

「哦？鐵公雞啊你，不是說讓你買嗎？」她沒有理會。

「什麼啊，你當我傻啊，傻子才真去一樣一袋地買呢！」

「喂，你什麼意思啊？！你說誰傻？」

被她刻意忽略掉的盛淮南終於插話進來。

但是不知道為什麼，張明瑞突然閉上了嘴，另一邊，洛枳絲毫沒有講話的意思。

三個人陷入奇怪的沉默，是誰說的，這種情況往往預示著頭頂有天使飛過？

她看向盛淮南，盛淮南臉龐微微泛紅，眼神明亮，有點尷尬，但是仍然執拗地看著她。

這算什麼？這到底算什麼？

她突然笑了出來。也許是覺得這種場景實在諷刺，卻又說不出為什麼。無視張明瑞一臉的困惑，她只是不停地笑，把洋芋片一袋一袋塞進書包，然後站起身來經過兩個沉默的男孩子，向後門走過去。

「洛枳，你也選法雙啊。」

鄭文瑞端著水杯，看著她，禮貌地笑著，眼神卻飄向她的身後。

洛枳猜，其實鄭文瑞很早就注意到了自己前幾次法導課偶爾和盛淮南、張明瑞一起走出教室的情景吧，她會不會不開心？畢竟洛枳熟知她的心思，卻又和她喜歡的人混得很熟絡的樣子。

無所謂了，跟我有什麼關係？洛枳漠然地想。

她指指自己手上的書包說：「你也選修法律雙學位啊？呵呵，改天再聊，我先閃人了。」

洛枳需要很久才反應過來，她以為自己洩氣了、放棄了，其實從她故意不看也不理盛淮南的時候開始，她就是在賭氣，在耍脾氣。

原來她真夠矯情的。

所謂矯情，就是明明在賭氣，偏偏做出一副看破世事的樣子，動不動就說自己已經心冷。

她承認，她沒有辦法在面對這個人的時候坦白豁達，純粹放鬆。所以她沒有辦法和他做朋友，當作什麼芥蒂都沒有——能做到那樣的只有兩種人，真正純良清澈的人，或者心機城府極深又懂得忍耐和等待的人。洛枳兩種都不是，只能賭氣。這樣混沌的狀況讓她無法前進也無法後退，缺少某種形式，就算想放棄，也連一個灑脫的「放手」的姿態都做不出來。

她突然懂得了百麗當年給戈壁鄭重其事地傳簡訊表白時的心態。

她們都需要一個交代。

怪不得丁水婧埋怨她的漠然。其實對於感情，她什麼都不懂，偏偏讓懂的人感覺到她在用自己所謂的超然嘲笑眾生。

她真的不懂感情。

洛枳剛邁進宿舍門，手機裡就跑進一則簡訊息。

盛淮南問：「你……是不是一直在生我的氣？」

第22章 洛枳，加油

洛枳把玩著手機，螢幕早就暗了下去，隱約還能看到那則簡訊。

第一個瞬間劃過腦子的是，對，當然生氣，很生氣，生氣很久，難道你三個星期沒看出來？裝什麼裝？

第二個瞬間，覺得這個簡訊好像顯得很親密。一點點高興。

第三個瞬間，有點被別人耍著玩的悲涼。盛淮南不是遲鈍的人，他那麼聰明，不會三個星期後才發現她生氣，他竟然如此明知故問。

女人的心果然千迴百轉。

她正發呆，盛淮南的電話直接打進來了。

「你就這麼翹課了？」

「難道你以為我剛才拎著書包是去上廁所了？」

「剛才助教又點名了。」

「不可能，他腦子沒病，雖然剛才笑的時候的確顯得智障。」

「呵呵，是啊，騙不了你。」

然後無話。

她靠在桌子上享受這份讓盛淮南無措的沉默，好像終於把剛認識時在咖啡廳局促的仇給報了。

「對不起。」盛淮南的聲音很坦然。

坦然得讓她都有些為自己細密的心思和過高的自尊心難堪。

「哦？這次你又是對不起什麼？」洛枳把耳朵靠近聽筒。

「我也不知道。」他的笑聲有點尷尬。

洛枳慢慢地吐出一口氣。她拉扯得累了。

「好吧。我原諒你。」

盛淮南沉默了好一會兒。

「能見你一面嗎？我也翹課了。」

「張明瑞呢？」

「可能在寫程式吧。」

「好。」

「十一點了，請你吃中午飯吧，補上上次那頓。」

「好。」

「能不能等等我？我想把電腦送回宿舍。」

「好。」

洛枳靠在桌前，眼角撇到桌邊的檯曆。

今天是11月4日。

居然是11月4日。

四年了。洛枳難以置信地張大嘴巴。

她的第一篇日記寫在11月4日，因為每次瀏覽的時候都從這一頁開始，所以幾乎能把第一段話完整地背出來。

11月4日　天氣晴

期中考試的各科成績終於都公布完畢，最後出分的居然是英語而不是語文。我抱著考卷回班，途經語文辦公室，班主任忽然探出頭叫我，說，洛枳，來一下。

洛枳，來一下。

洛枳閉上眼睛。真的四年了。

她曾經用那樣卑微而小心翼翼的目光跟隨在他的背後，雖然其實她是一個優秀而驕傲的女孩子——至少在她自己的圈子裡。

她曾經多少次爬上頂樓去讀《新概念4》，只因為他們英語老師捉弄他，強迫他背誦新概念課文。

她曾經寫過一本只有一個主題的日記。每天跟在他身後走進教室，她進行了那麼多無意義的重複描寫，一字一句地刻畫著他的背影，在被早晨的光分割成等距光影區的走廊裡穿梭，也在她的眼眶中微微晃動。

她曾經有一次不小心走到了他的前面，因此磨磨蹭蹭地放慢腳步，希望他能走到她前面去。然而在他真的從她身邊超過的一瞬間，心臟卻像猛地被浸入冷水中一樣——他安然的神態、自信而堅持的氣質在錯身的一剎那深深嘲笑了她。

那個狼狽不堪、小心翼翼的她。

洛枳睜開眼，她應該對得起這四年了。

其實從第一次她衝到超市門口去給他解圍開始，她就對「會發生什麼故事」抱有期待，或者說她一直都抱有期待，只是那次終於付諸行動去給自己一個機會。事實證明，幾次巧遇都給了她接近的機會，她沒有躲避，迎頭直上，但實際上究竟表現得如何，她自己也不知道。

她只是想，隨著這份慢慢的接近，他也許會……

會喜歡上她。

其實她還是自信的。雖然曾經卑微地望著他的背影，可她從未懷疑過自己值得被愛。

但是洛枳沒有想過，也許在他眼裡，她沒什麼特別的。就算她的一舉一動都努力地做到特別。

在很多談話中，如果對方不是他，她可能都會沉默地笑笑，躲避任何可能的麻煩。但是面對他，她努力地巧舌如簧，努力地讓他聽到她的話都能會心一笑。

洛枳竭力勸告自己，不要去刻意表現什麼，但是這份愛情讓她沒有辦法輕輕鬆鬆地「做自己」。而他也的確有本事，能讓她灰心到發誓放棄，也能僅用一則簡訊就讓她累積的底氣悉數漏盡。她做什麼，怎麼做，說什麼，怎麼說，想什麼，怎麼想……全都被他的一舉一動牽著鼻子走，無論是沒有互動的四年前，還是今天。

她做不了主。她也很想不要故意忽略他，不要故意關汁他，不要故意冷漠，不要故意熱情，不要故意機智，不要故意淡定——但她做不了她自己。

這就是愛情吧。如果愛情不能把一個人拉扯到走樣變形，那麼它的魔力就未免太小了。

勇氣又回到了身體裡。

既然已經這樣了，何不努力「表演」一次。

「洛枳，加油。」她輕輕地說。

百麗突然坐起來。洛枳嚇了一大跳，直直地望著上鋪。

「你在床上？」

「對啊，哪次週末我不是睡到下午的？」

「嚇死我了。」

「我可都聽到了哦，電話，還有那句：洛枳加油！！！」

百麗的臉有點浮腫，可神態是快樂的。

洛枳本想噎她一句什麼來緩解自己的尷尬，想了半天竟然語塞。

「他……他傳簡訊來了，我下樓了。」她慌忙拎起包。

百麗點點頭，突然再次綻放出一臉笑容。

「洛枳。」

「嗯？」

「加油。」

洛枳鼻子一酸，剛才累積了很久的眼淚滴在手背上。她點點頭，儘管百麗看不到。

第23章　所謂浪漫，就是沒有後來

盛淮南雙手插口袋站在門口等她，大半個身子沐浴在深秋燦爛的陽光下。

「剛才在做什麼？吃洋芋片？」他的開場白帶著明顯的暖場意圖。

洛枳抬眼看他。眼前的這個人長得這樣好看、這樣文雅，走起路來都從容不迫，溫和的眉眼下是不怒自威的高貴。

她認真地欣賞著，直到對方有點不自在。

「沒，留著肚子等著宰你。」洛枳笑，笑到最大幅度。

還是學校裡的咖啡廳，她挑了靠窗的明亮座位。

「這裡可以嗎？陽光很好，別浪費了。」洛枳問。

「好啊，我也喜歡。」

點餐的服務員懶洋洋地站在桌邊：「兩位點吃的還是喝的？」

「你想吃什麼？」

「骨湯拉麵，蔬菜天婦羅，還有熱牛奶。」她沒有看菜單。

「那我要一樣的。」盛淮南也闔上了菜單。

那個短髮女服務員就像渾身沒長骨頭一樣，「哼」了一聲，表示知道了點餐內容，爛泥一般慢慢挪走了。

不到兩分鐘，餐具上桌了。

等菜的時候，盛淮南把筷子從餐具包裝袋裡面抽出來，看了看，然後像是想起什麼一樣笑了一下。

「可惜不是三根。」洛枳立即抓住機會脫口而出。

他抬頭，臉上的好奇恰到好處：「你怎麼知道？」

「知道什麼？」她一臉無辜地看著他。

洛枳高一時聽說，盛淮南每天吃飯的時候都用三根筷子。不是什麼怪癖，他只是覺得無聊，想要挑戰一下——用左手吃飯的本事已經練成了，所以這一次要試一試三根筷子。

只是聽說過而已，她沒有見過。但是她見過筷子。有一天因為班主任把她留下談話，所以很晚才到食堂。吃完飯離開時，看到左前方的一張桌子上放著四個餐盤，離她最近的那個上面放著三根筷子，白白的塑膠筷子。

她匆匆低下頭繫鞋帶，不想讓來往的同學看到她魂不守舍的痴呆表情。她端著餐盤衝到座位上時，根本沒有注意那四個坐在左前方的男孩子。

她沒有看到。

第二天中午，她自己一個人在食堂，偷偷地拿了三根筷子。吃飯的時候還是照常用兩根筷子，眼睛偷偷看著坐在桌子另一邊的男生，怕被人發現她的怪異，做賊心虛。還好他吃完離開了，周圍幾桌也冷清下來，她很鄭重地拿起三根筷子開始試驗——笨拙地把米飯弄得滿臉都是，然後一個人傻笑。

真的很有趣的，他練習的時候會不會也在同學面前把自己弄得像花貓一樣呢？她拿紙巾把臉擦乾淨，伏在桌面上靜靜地想。

「我高中時，曾經苦練過一陣子用三根筷子吃飯。不過沒練成，還被老媽罵，說我不好好吃飯。」她裝出一副回憶往事的樣子，盯著筷子的包裝紙。

盛淮南笑得極開心，說：「你高中也練三根筷子？哈，我也是啊。」

她裝作很驚喜地歪著腦袋：「哦？」

他顯然還沒有回過神來，只是含著笑一圈圈地摸著那個被她形容成大便的杯子。「天，太有意思了，真的沒想到。」他說。

拉麵上桌，乳白色的骨湯讓人心情大好。半個雞蛋，兩片豬肉，幾片菜葉——學校的日本拉麵也就只能做成這樣。

然而盛淮南面有難色。她探過頭去看，他碗裡的兩片肉居然全是肥肉。

她笑了。

「你討厭肥肉吧？」

他抿著嘴唇點點頭，很無奈的樣子。

「我也討厭肥肉，現在倒還好些。」

「是嗎？女生好像大部分都討厭肥肉，像我這樣討厭肥肉的男生倒還少些。」盛淮南有點害羞地搔了搔後腦勺。

她沒有接他的話，只是做出一副沉浸在回憶中的樣子傻笑，說：「小時候我去別人家做客，總是有人給我夾菜，我一邊說『謝謝』，一邊又很難堪，因為其實那些菜往往我都不喜歡吃。裡面炒熟的蔥花薑末和肥肉也不敢吐在桌子上，就偷偷趁人家不注意吐到手裡，然後放在身下坐著的凳子的橫檔上面，等吃完飯再偷偷處理掉——有次被人家發現了，因為我把一整條橫檔都擺滿了，肥肉排成整整齊齊的一隊。」她認真地比手畫腳說。

「你——說的是真的假的啊？」盛淮南從來沒有這麼激動過。

「當然是真的。」她繼續自顧自地說，「大人們笑得都顧不上罵我了，我當時還特無恥地給人家女主人拍馬屁呢。」

「……怎麼拍的？」他的表情看起來特別期待。

而她知道他在期待一個什麼樣的巧合回答。

「大人問我，你怎麼擺得那麼齊？我說，是阿姨切得好，所有肥肉都一樣大，要不然擺不齊……」

盛淮南笑得很開懷，足足有一分鐘的時間只是朝她擺手，說不出話來。

「不行了不行了，簡直太巧了。你知道嗎？我小時候也是這樣的呢，跟你一模一樣！就是把人家的凳子橫檔都擺滿了。甚至，跟人家那位女主人說的話都一樣……我的天……」

盛淮南滿臉通紅地沉浸在回憶中，很高興的樣子，在看向她的時候，眼神清亮，好像終於遇到了知音一般。

「巧是巧，不過，倒也沒什麼奇怪的。」

「什麼意思？」盛淮南挑起眉毛的時候會有一點點輕微的抬頭紋，很可愛。

「這個世界太大了。無論你覺得自己多優秀、多獨特、多有個性，或者多變態、多陰暗、多沒良心——你永遠不會孤獨。因為世界上沒有獨一無二這回事。」

何況還有她製造巧合，消滅他所有的獨一無二。

「這麼說太掃興了，」他低下頭，卻贊同地笑，「那些找到真命天子並且愛到非他不可的女孩子會生氣的。」

「這也是因為世界太大了，而我們只能占據一個很小的空間和時間，所以不知道在遠方是否會遇到更『真命』的天子，也不知道是不是再耐心等幾年遇到的那個才是正牌的良人。何況，即使錯誤被修正了，感情也交給了之前死心眼地認定了的那個人，他就這樣成了生命中獨一無二的了，這種特別和非他不可是你自己打造出來的，跟那個本身平庸普通的人，其實沒什麼關係。」

「只是因為被我遇見，被我愛上，所以才獨一無二？」他好像很感興趣。

「能遇見就很好了。」洛枳輕輕地補充，覺得話題有點沉重，不想繼續。

盛淮南眯起眼睛，看著窗外，好像在想什麼，嘴角勾起。

真好看，洛枳想著，低下頭偷偷笑，有點不好意思。

「不過要說到奇遇……小時候，我很小的時候有個喜歡的女生呢。」盛淮南突然轉換話題，一副得意揚揚賣關子的樣子，可愛得少見，讓人很想捏他的臉。

這樣簡單開懷的盛淮南讓洛枳懷疑自己看到的是不是個穿著白襯衫的小學生，唯一的區別就是眼前的這個忘了戴紅領巾而已。她忽然想起江百麗那天含著淚微笑著說，戈壁當時笑得像個單純的孩子。

任誰都無法不心動。

「三歲看到老啊，小時候就很色。」她說。

盛淮南沒有回嘴，尷尬地搔搔後腦勺：「我說真的，我也不知道為什麼會突然想起這個，真是怪了。」

停頓了一會兒，認真地看著她，眼神怪怪的。

「怎麼了？」

他聳聳肩，繼續說。

「我小時候總跟爸爸媽媽一起出差，各個城市都去過，就是在本市也總是到處走動，各種機關單位，甚至農村，呵呵，算是見世面吧，」盛淮南笑笑，「不過我基本上已經記不清楚了，見過誰，去過哪裡……小時候的記憶總是很混亂。」

「呵，我也是。」她接話，鼓勵他繼續說下去。

「你也隨著爸爸媽媽到處走動？」

她愣了一下，點點頭。

其實不是的，與他爸爸媽媽養尊處優的樣子相比，她和媽媽算是流亡。

「不過我倒是記得，有一次參加某個親戚的婚禮——你知道小孩子就是人來瘋湊熱鬧，未必真的懂婚禮是什麼。那個婚禮的新娘子好像是留洋回來的，所以操辦的方式和傳統的酒店吃吃喝喝不一樣，很像電視裡面的婚禮，露天草坪，氣球，白色餐桌——當然我猜這是她的設想，實際上草坪髒兮兮的，餐桌是鋪著紅布的，不倫不類。不過這對小孩子來說有趣多了，我們先是玩兒童籃球，然後又玩過家家、公主騎士大魔王、俠客格格邪教教主什麼的，呃，別笑我哈，你可以把它當成簡陋的ＲＰＧ遊戲嘛……」

洛枳笑起來：「我小時候也很喜歡玩的，我那時候一直以為我能嫁給一休哥的。」

「一休哥是小葉子的。」他扮了個鬼臉。

「不，是新佑衛門的。」

他臉上茫然的神色讓她笑出聲。

「反正大家還沒上小學呢，幼稚是正常的。有幾個女孩子也吵著一起玩，男生們就將就她們，辦起了家家酒。當時我看到一個陌生的小女孩總是安靜地站在一邊，左胳膊上面……戴著孝，好像是爸爸去世了。不過她可不是可憐巴巴的樣子，表情倒像是在想事情。我那時候很喜歡多管閒事，我覺得必須照顧好每個人，就把她叫到大家中間，對她說要一起玩。她很乖地點點頭，於是我……」

「你？」她挑起眉毛饒有興致地看著他。

「別那麼看我，好像我做了什麼不軌的事情似的。」

「是不是不軌我不知道，反正你的樣子像是心裡有鬼。」

「少來！」盛淮南臉紅了，「那個遊戲裡我是皇上，我想讓她開心點。所以我拉長聲音大聲說……奉天承運，朕要娶她。」

她愣了兩秒鐘，沒有如他所想的狂笑，她笑得燦爛卻沒有出聲音，眼睛格外明亮，好像太陽生在了湖水中。

「我們在玩皇宮的遊戲，就是……皇宮。當然，太監也是我一個人扮演的，他們都太呆了，配合不好。」盛淮南解釋道，臉紅得越發厲害了。

她依舊在燦爛地微笑，掩飾自己眼眶微紅。

「然後幾個女生就把婚禮上分發給小孩子們玩耍的氣球掛在了她的小辮子上，又從地上撿了好多彩帶和掛飾，七手八腳地全部披在了她肩上，現在想起來，簡直醜極了。」

「然後皇帝就要大婚了。」

「巧的是，這時候剛好是典禮的高潮，遠處正臺前，新郎和新娘正在那個聒噪的司儀引領下，宣讀結婚誓言。」

「所以，他們念一句，我們就在遠處學著念一句。很多詞語我都聽不清，也聽不懂，她倒是知道得不少，悄悄地在我耳朵邊告訴我該怎麼說。皇帝和皇后穿著一身『綾羅綢緞』，念著很西式的宣言，正式結為夫婦。」

「玩著玩著，其他幾個男孩子就掌握了故事的走向，都覺得應該自己當皇帝，我們就內訌了。每個人手裡都拿著木頭寶劍一類的武器，結果真的打起來了，我的腿也擦傷了。那幾個男孩子齊心押著我要把我投入大牢——其實就是草坪旁邊的一個水坑，他們真心想要把我推進去，塊頭最大的男生不知道是不是電視劇看多了，還強調一定要揪住頭髮把我的腦袋浸在水裡。其他膽小的男生女生都被嚇哭了。突然，做皇后的那個女孩猛地衝上來，把那個大塊頭從背後直接推進了水坑。」

「我第一次看見這麼能打架的女生，剛剛玩遊戲的時候文文弱弱的，發起狠來不得了，我們兩個對戰四個男生，最後居然沒吃虧。」

盛淮南說著說著就笑起來，望向對面，發現洛枳玩著杯子，神情嚴肅。

不知怎麼，他也安靜了一會兒。

「被推進水坑的胖男生其實是個孬種，哭得沒人形了，跑去爸媽那裡告狀，我們這個小區域很快就成了焦點，一對對家長圍著中間泥猴兒一樣的小朋友。小男生爸媽眼睛一瞪，就朝那個小姑娘衝過來了。我當然……唉，當然就很講義氣地擋在她前面說人是我推下去的，她一個女孩子哪來的那麼大力氣。」

盛淮南嘆口氣：「我爸媽……也算是比較有頭有臉的人物吧，那對家長不敢拿我怎麼樣，所以一口咬定我不懂事，欺負他家兒子的一定是那個小姑娘。」

洛枳緩緩開口問：「然後呢？」

「然後我爸爸的祕書鄭叔叔就出來打圓場，那個胖小子的家長罵了幾句，自然也不能真的和小姑娘動手。事情不了了之，小朋友們都被自家大人帶走，回到婚禮酒席上去了。鄭叔叔也要把我帶走，我被他牽著走了幾步，突然回頭看。」

「只有她自己還孤零零地一個人站在原地。」

「我就……就央求鄭叔叔讓我和她說幾句話，保證馬上就回到飯桌那邊去找他。他嘮叨了半天終於答應了，我就回去拉著那個女孩子的手……我……」

洛枳沉默地注視他，眼睛越發明亮。

「回憶起來，我都覺得自己小時候怎麼那麼流氓。我說剛剛謝謝她，真夠意思，其實大婚還沒完成呢，剛才被那幾個小子打亂了，我看見臺上的新郎新娘還有最後一個步驟呢，咱倆還沒做！」

「我就……我就……狠狠地親了她。」

「然後我就跑了。」

「後來呢？」她微笑著問。

「沒有後來了。她似乎是提前走了，散場時亂哄哄的，我找不到她了。到現在連她的樣子都忘記了，再也沒見過。」

「好浪漫。」她低著頭，輕聲說。

「啊？哪裡浪漫？」盛淮南詫異地問。

「浪漫，就是沒有後來。」

洛枳看著他的眼睛，鄭重地說。

第24章　後來

盛淮南聞言笑了，歪著頭很認真地看著她。

你不會懂的。洛枳嘆口氣。

浪漫永遠都是旁觀者看出來的。

這件事對於盛淮南來說，是童年時的浪漫奇遇。一個安靜的女孩子，一個沒有「後來」的邂逅。

可對於她來說不是的。

那是她和他第一次相遇。她始終是那個不幸的、與浪漫無緣的傢伙。

她承擔了所有的「後來」。

因為後來，她知道那天媽媽名義上是去參加廠裡主管兒子的婚禮，實際上是帶著茅臺酒和一套少年兒童百科全書，去求盛淮南的爸爸幫忙索取她父親的撫恤金。

因為後來，她看見媽媽跟盛淮南母親打招呼的時候那個女人眼睛裡的冷淡和輕蔑。

因為後來，那天他背後太過美麗的夕陽從不落下，一次又一次刺痛她的眼睛。

那時候，她落單，坐在臺階上，左手似乎還能感覺到媽媽手心冰涼的汗。

洛枳抬頭，湛藍如洗的天空，雲彩像是魚鱗一樣鋪排著，一直蔓延到天邊。她看著看著，忽然很想告訴媽媽，錢不要了好不好？

錢不要了，是我們自己不要了，而不是他們不給。

這樣就不會哭了。

仰頭直到脖子酸痛，突然天空被一個大腦袋擋住。

是他，朝她微笑，問她：「你叫什麼名字？我叫盛淮南，南方的意思，我媽媽來自南方，可我是北方男子漢。不過，他們都說我的名字挺好聽的。」

還沒等她回答，他又說：「幹嘛自己坐在這裡？他們女生要玩過家家，你也來吧。」

他說：「奉天承運，朕要娶她。」

長大後的洛枳才懂得，講話是一件很重要的事情，那些細細碎碎的句子可以填滿人與人之間的空隙，擁擠總比空曠要好，畢竟不荒涼。

陰冷的童年裡，就因為這點「不荒涼」，她就能路見不平，就能違背媽媽千叮嚀萬囑咐的「乖乖的不要闖禍」，毫不恐懼地面對幾個男生的拳頭。揮出去的拳頭像模像樣，虎虎生風，把背後交給一個不認識卻很信任的小朋友，這種彷彿成為電影主角的興奮感，終於沖散了她幼年天空綿延多日的烏雲。

生命浮現出一線陽光。

他說：「你真厲害，打起架來比男生還猛。」

他說：「別怕，千萬別說是你推他下去的。」

他說：「剛剛新娘新郎還做了一件事情，咱們也得做了，你才算正式嫁給我。」

他說：「你別忘了我，我先去小鄭叔叔那，一會兒我還來找你！」

那句歌詞怎麼說的來著？

你閃耀一下子，我眩暈一輩子。

洛枳的媽媽沒有成功地送出百科全書和好酒，這種笨拙的方式本來就不可能成功，人多嘴雜，並不是送禮的好場合。媽媽一隻手提著沉重的禮品，另一隻手匆匆帶走了洛枳。那一路上洛枳心急如焚，躊躇許久才帶著哭腔說：「媽媽，我們能不能等婚禮結束了再走？我怕他找不到我了。」

「他叫盛淮南。」

媽媽看著她，眼裡情緒洶湧。

「哦，他們家的孩子啊。」媽媽笑得慘澹。

然後用冰冷的手牽著她堅定地離開。

第二天她又被媽媽帶去某個機關大院，媽媽進去辦事，把她託付給收發室的老奶奶。她天真而拐彎抹角地問老奶奶：「認不認識一個叫盛淮南的小朋友，長得可漂亮了，好多人都認識他。」老奶奶逗她說：「認識，讓你媽媽把你送到這個幼稚園，你就見到他啦！」

她傻呼呼信以為真，一溜煙地衝進大院裡想告訴媽媽，她要上幼稚園，卻看見媽媽正在哭著求一個阿姨。她見過的，盛淮南的媽媽。

她沒有聽見她們說什麼。

悄悄地退出來，再也沒有提過幼稚園的事情——她都六歲了，早就過了上幼稚園的年紀。

她再也沒提起過「盛淮南」這三個字。他是他們家的孩子。媽媽聽到就會憤怒到顫抖的，他們家。

然而，即使在沒有現身的那十一年裡，他照樣纏繞了洛枳的青春。

只是，這十一年，不復初見時的溫暖。他成了某種仇恨的刻度，是她躍躍欲試的尺規，是復仇的唯一途徑。

之後的四年，他把她壓低到塵土裡，開出一朵卑微的花。

這一切都是後來的事情。他所不知道的後來。

盛淮南伸手把心不在焉的她拉回到現實中，蔬菜天婦羅已經上來了。

他指著盤子說：「幸好這道菜裡沒有肥肉。一會兒我把這兩塊肥肉擺在橫檔上，你看怎麼樣？」

他因為這個神奇的巧合而興奮莫名。

她是故意的。從頭到尾她都是故意的。那個把肥肉放到凳子橫檔上面的人是他。那次婚禮剛開始不久，飯桌上，他的媽媽在各種諂媚羨慕的目光中誇耀自己寶貝兒子的淘氣事蹟，而當時的她正安靜地坐在鄰桌吃飯。

她怎麼敢把肥肉放在那裡？從來，吃到討厭的蔥花和肥肉，她都是忍住噁心，嚼都不嚼，像吞藥一樣，硬生生往下吞的。

她透過拉麵氤氳的熱氣去看他乾淨的表情，頭一低，眼淚就灑進碗裡。

「不過，謝謝你。」

盛淮南因為她沒頭沒腦的一句話而愣了幾秒鐘。

「謝什麼？」

「謝謝你請我吃飯。」

謝謝你也記得，讓我知道那個被你堅持到底的小婚禮，不是一場夢。

雖然平時寡言，但需要的時候，她很會傾聽，也很會聊天。

從《灌籃高手》裡到底誰最帥，到思修課上次次晚下課二十分鐘還總拿自己切除了五分之三的胃當壯舉誇耀的老師，天南地北漫無邊際，洛枳從來都沒有任何一次聊天聊到眼角眉梢都在笑。

而且是真的在笑。

從咖啡廳走出來的時候已經是下午一點。本來已經站起來走出兩步，他卻突然轉回頭，把兩塊肥肉偷偷擺在了凳子橫檔上，然後那樣自然地牽起她的袖子大步跑出餐廳。

洛枳正在臉紅心跳，突然看到了從三食堂走出來的張明瑞。

張明瑞也看到了他們，沒有打招呼也沒有笑，轉過頭去看門口的鏡子，過了一會兒，又進門了。

她轉過頭，看了看走在左邊的盛淮南。他的右手幾次不小心搭在了她的左手上，洛枳突然心慌，迅速把左手插進口袋裡。

他送她回宿舍的時候，她走得很乾脆，沒有以前那樣戀戀不捨。

有誰會相信，這麼大的一個進展，從冰釋前嫌到相見恨晚，洛枳對此不光沒有多少成就感，甚至有些難過。

用盡心機地拿自己的情報製造話題和巧合，來換取盛淮南的興趣，她的確做到了。剛剛在宿舍樓門口，他第二次對她說：「高中沒認識你，真的很可惜。」

這次，洛枳從盛淮南的笑容中看到了真心實意。

「的確，我也覺得很可惜。」她說。

他笑，當作那是她無傷大雅的小自戀，但他永遠不會知道，那是今天滔滔不絕的談話中，她唯一的一句實話。

自導自演的一齣戲，唯獨無法入戲的是自己。洛枳可惜的是，她錯失了剛剛盛淮南感受到的那些「發現巧合」和「相見恨晚」的驚喜，因為她知道真相，所有真相。

如果，她真的像她演出的劇本那樣，在大學校園裡偶然認識了盛淮南，並在他口中聽到「奉天承運」的故事，一定會高興得從椅子上跳起來，說：「原來，原來是你……拜見皇帝陛下！反賊都剿滅了吧？」

那樣一定很快樂吧，心臟劇烈跳動的，真正的快樂吧。

而不是現在這樣，坐在宿舍裡面，小心算計著自己的表現到底會不會讓他動心。

她不適合做追求者。她看似怨毒地忌妒了他十一年，卑微地仰望了他四年，卻從來沒有想到，原來自己真正的底牌，是驕傲。

她是驕傲的，從家庭到學業到愛情，她掙扎著，每走任何一步，都是因為她驕傲地仰著頭看著前方。

也許只是因為他恰好總在她前方而已。

第25章　紅色杜鵑

「你上次不是問他過得好不好嗎?我告訴你，他過得很好，而且好像喜歡上一個女生，他們應該快在一起了吧。」

「不可能。」

「許日清，我從來不知道你這麼胡攪蠻纏。」

「不是我胡攪蠻纏──你到底要我說多少遍，就算我有錯，我把你當成接近他的途徑，可是，他真的就那麼清白嗎？」

「清白？」張明瑞看著對面那張委屈而憤怒的臉，「你別告訴我，他勾引你。」

他不知道自己到底是期望得到肯定還是否定的回答。

然而女孩動動嘴脣，沒有回答，頹然低下頭。

「隨你怎麼想。我說不清楚，反正我知道你不會懂。」

張明瑞忽然覺得很煩，對面的女孩子好像根本就不是當初自己認識的那個明豔開朗的許日清了。

「你他媽的能不能清醒點，蠢不蠢啊！他不喜歡你，你就這麼跟自己彆扭?我原來怎麼不知道你這麼糊塗啊？」

許日清激動起來，有些語無倫次：「張明瑞，我知道我在你眼裡很無理取鬧。但是你不懂，很多事情你不能體會，許多感覺並不需要明確表示。我就是知道，我就是知道他是喜歡我的，就算他是耍我，那麼也不是我自作多情臆想出來的。即使他什麼都沒說過，即使我不知道他是真是假，但是，他的確……的確是他，是他讓我誤會的，是他讓我放不下的。他自己倒是什麼事都沒有了——這才多久，他就喜歡上那個女生了？那個經院的？你確定？」

「你說的都是什麼亂七八糟的？」

張明瑞站起來，他覺得自己好像聽懂了，好像又沒有。

他把許日清扔在食堂，出門看到並肩而行的盛淮南和洛枳。

洛枳低著頭，頭髮鬆鬆地盤起來，有一縷髮絲落下來，笑得嫵媚而羞澀。旁邊的盛淮南竟然也微微低著頭，走得極慢，講話講得眉飛色舞。

一對璧人。

許日清遠比洛枳漂亮，如果把盛淮南身邊的那個位置換成許日清，似乎更加配得上這四個字。

當然，是以前的那個自信張揚的許日清。

張明瑞轉過身對著三食堂門口的鏡子照了照自己。他高中也是學校裡的紅人，成績好，人緣好，長得雖算不上多麼英俊，也被人禮貌地稱呼為小帥哥，好歹也端正大氣，足球踢得也好，雖然決賽的時候擺過烏龍，不過最後進了兩個球把比分扳回來了——可是為什麼，這些亂糟糟的閃光點加在一起仍然讓他這麼黑？很長時間以來，他的肩膀都有些下垂。

張明瑞仍然堅持，他真心把盛淮南當朋友，他不忌妒。

如果時光倒流，回到當初，他面對許日清，還是會毫不猶豫地答應她：「他人特別好，你要是想認識，我介紹。」

他真的不後悔。很多事情是注定的，雖然人總要去爭取，或者去迴避，但注定的就是注定的。

其實他怎麼會沒有預感？

「你們院……我倒是聽說過一個叫盛……對，盛淮南的吧……我們法學院和你們生物學院辯論隊打模辯熱身，我知道這個名字。」

他那時就覺得奇怪。沒有人會在跟盛淮南接觸過之後還把他的名字記得這麼模糊，他們面對面打模辯，盛淮南只能讓她震撼到此生難忘，怎麼可能如此輕描淡寫、吞吞吐吐？

但是他從來不習慣多想，仍然保持著和她說話時的十二分熱情專注，大大咧咧地說：「是不是特帥？我們521倚翠院的頭牌。」

「521倚翠院？」

「我們宿舍門牌是521，嘿嘿，是不是特別浪漫？」

她笑了，她的笑容總讓他想起滿山遍野的紅杜鵑——不知道為什麼，其實他沒見過杜鵑長什麼樣子。

他跟她講宿舍裡的各種趣事，講他的好哥們兒盛淮南，講老大追大嫂的時候吃過盛淮南的飛醋……

「其實作為室友，也就覺得他是一般人而已，」張明瑞晃晃腦袋，「我不是貶低或者忌妒他。你知道，男生和哥們兒在一起的時候都挺平常的，他人很隨和的，不自戀，不裝。不過，走出了宿舍，我的確能感覺到，他跟我們不一樣。」

她笑得那樣明媚，杜鵑花開了一叢又一叢，他居然天真地以為是因為他的好口才和大度量。

後來的後來，張明瑞和她徹底斷交之後，不再傳簡訊，不再見面。他跑到BBS上面追蹤她的ID，搜索網路上她留下的任何蛛絲馬跡，百度她的名字，Google任何可能與她有關的新聞，最終無意找到了她訪客很少的私密Blog。

我聽見花開的聲音。

不敢直白地看他，目光只在抬頭看完老師之後不經意似的下移，看他一眼，然後挪開。沒想到他突然望向我，我一直若有若無地飄在他身上的眼神頓時無從躲藏，我知道自己一定臉紅了，趕緊低下頭。

再次抬頭的時候，他已經低垂目光，認真地在筆記本上寫字，飛快地記著老師對剛才模辯的評語。

然而我看到他的嘴角上，抿著一絲含義不明的微笑，好看得難以置信。

他看到了，或許甚至看懂了。他那麼聰明。

我回憶了很久，那絲笑容在心裡無限放大，被賦予了各種意義，以至於昨晚躺在床上甚至都不敢確定——他到底有沒有笑？

那篇文字，通篇都是「他」。那時候，張明瑞再也不會搞不清楚那個「他」所指的究竟是誰。

初見時，他們在擁擠的食堂坐到了同一張桌子邊，食堂的電視裡居然在放《兩隻蝴蝶》的MV。兩個人同時對著電視撇嘴，噗哧一笑，然後轉頭看見彼此。

那樣鮮活的表情，那麼自然的相識。

張明瑞必須要回過頭思考的時候才會發現，許日清對他的熱情，的確是始於他自我介紹的那一刻，始於「生院大一」，始於他說「盛淮南是我們521倚翠院頭牌」。但是，當時的他怎麼會想到那麼遠？他們一起自習，一起打羽毛球，一起去護國寺吃小吃，走在路上她主動為他撐傘遮陽，卻又嘟囔說你這種膚色晒不晒都沒影響……

張明瑞想破了頭都記不清他們三個又是怎麼湊在一起的。誰讓他在一開始就承諾過：「盛淮南，我哥們兒，特鐵，想認識他還不容易？」

其實明明三個人在一起的時候，還是他和許日清說的話最多，但是他能感覺得到，許日清帶著一種包裝重重的緊張感，每句話都字斟句酌，試圖妙語連珠。

一切太過相似，在法導課見到洛枳的那一剎那，他遲鈍的直覺終於爆發，即使洛枳的偽裝遠比許日清自然，也遠比許日清深沉難懂，但是他確信，他竟然從她的眼睛裡讀懂了許日清。

那一天，圖書館，許日清睡醒，從桌上爬起來，突然沒頭沒腦地看著盛淮南問：「喂，你看我的臉上，是不是壓出了褶子？」

他們對視，盛淮南說：「嗯，可不是。」

許日清當晚就表白，殘忍地通過張明瑞跟盛淮南表白。許日清說：「盛淮南是喜歡我的，我今天在他的眼睛裡看到了一切。我原來不懂他的暗示，現在懂了。」

張明瑞僵硬地開玩笑說：「你噁心死了，少自戀了八婆，他暗示你什麼了？」

許日清沒有糾纏，輕蔑地一笑說：「好，我自己去說。」

張明瑞的準女友竟然去跟盛淮南表白。他回到宿舍，二話不說，一拳把盛淮南右眼打腫。

宿舍的哥們兒都糊塗了，連忙拉住他們倆。誰也不知道究竟為什麼，直到現在，張明瑞也從來沒有和洛枳以外的任何人講過。然而，他後來還是坦誠地去向盛淮南道歉。因為，許日清始終沒能說出任何一條證據，證明那莫名其妙的愛。盛淮南笑著說「沒關係」。

人家大氣，人家不在意，人家居高臨下地看著中邪了一般的許日清，說：「你可不可以不要鬧了，睡醒了好好上課去吧。我沒有資格替他教訓你，但你自重。」

「張明瑞，如果不是你……」那是憤憤不平的許日清留給他的最後一句話。

他當時講給洛枳聽，洛枳卻笑，說：「那個女孩子真幸福，能有本事把一切都看成自己想要看到的那種樣子。」

然後鄭重其事地說：「張明瑞，你是個不錯的男孩子。你很大氣。」

他不大氣。他第一眼看到洛枳的時候，腦子裡一閃而過的卻是防備和報復盛淮南。不管洛枳是什麼樣的人，至少這次是他先明確擺出了起跑追逐的準備姿態。儘管他不知道這些想法都有什麼狗屁邏輯。

然而，那天，他在課堂上看到籠罩在水霧中一般的洛枳，突然覺得很憐惜。

她是個好女孩，不應該被傷害。不僅僅是被他，更是被盛淮南。

張明瑞開始頻繁地把盛淮南往她的身邊推。

他回頭看食堂，遠處許日清仍然木然地坐在桌邊。

他知道，盛淮南的笑容總是意味深長，盛淮南會用圓滑的語言給女孩子留面子，並巧妙地把無聊的話題引入佳境讓大家能繼續下去；會在許日清睡著的時候隨手給她披上一件外套——但是會更細心地選擇張明瑞的外套往她身上披，卻忘記考慮其實許日清很可能只是裝睡——誰的外套無所謂，重要的是，那是誰給她披上的外套。

如果她早有結論，那麼所有舉動都可以被理解為別有用心。張明瑞不想再猜測，到底是盛淮南亂放電還是許日清自戀。

那麼他自己呢？

他冷冷地看著玻璃，然後大步走回食堂。

大廳已經有點空，天已經很涼了。許日清只穿了一件薄薄的針織衫，坐在那裡低著頭。

張明瑞脫下外套，罩在她身上。許日清抬起頭，看向他的目光有些遲鈍。

幹嘛要把事情鬧到這個地步？張明瑞皺著眉頭側過臉，長長地嘆氣：「你能不能給自己留一點餘地？如果我是你的隊長，我也不會讓你上場，辯論賽的時候，你怎麼能……唉，許日清，他就真的那麼好？得不到就把命賠上？你這輩子沒別的指望了？」

許日清鈍鈍地說：「對不起。」

張明瑞愣了很久。

「靠，我不是說我……」他一屁股坐到她對面：「你要多久才明白，我說的不是讓你放棄他而接受我。我說的是，你要想開，你要明白自己在做什麼。否則以後會後悔的。」

許日清虛弱地笑了笑。

「我真的控制不了。說句噁心的，你真的愛了，就知道了。」

「我真的愛了？」張明瑞忽然冷笑起來，「其實有句話，我很早就想問你。」

他定定地看著她，一直看到她目光開始閃爍。

「許日清，你到底是因為愛得死去活來，還是因為嚥不下這口氣？」

張明瑞在許日清一臉震驚地思索他的話的時候，再一次走出了食堂。

他覺得自己該說的都說了，瀟灑地撤退吧。

一出門的時候灌了滿懷的冷風，他渾身發抖，想起衣服還在人家身上。他其實一開始是想要好脾氣地給她披上衣服，陪她回宿舍的。

並不是想感動她。他早就放棄了。

心疼而已。畢竟明麗的紅色杜鵑曾經在他心上開過。

媽的，算了，衣服不要了。他把手夾到腋下哆哆嗦嗦地往宿舍的方向走，突然腦子一震，趕緊把手放下來到處摸索——錢包、手機——哦，放在褲子口袋裡，外套口袋裡沒放什麼東西。

張明瑞很沮喪。耍一次帥都這麼費勁，他果然沒有主角的命。

他曾經很少考慮存在感這回事，如果不是那天在圖書館——

他坐在許日清左手邊，盛淮南坐在他們對面。許日清的幾個同學路過，朝她八卦地擠擠眼睛，又朝盛淮南的方向努努嘴，做口型問：「誰？」

靠。張明瑞的心裡只有這個聲音格外清晰。他就那麼差勁？直接被無視，連被誤會的機會都沒有？

第26章 友情出演

洛枳和盛淮南開始頻繁地傳簡訊。

洛枳最欣慰的是，盛淮南是那種越接觸越令人著迷的男孩子，聊天中，時而清醒精闢，時而又有男孩子小小的賴皮和驕傲。

在不了解的狀況下喜歡上一個人，發現那個人真實的一面比你想像的還要美好，這應該算得上幸運。

但是盛淮南回簡訊時快時慢，洛枳很多時候等到疲憊，像得了疑心病一樣，一會兒看一眼手機，總覺得它在振動；回覆簡訊的時候總要想一想，不僅就他的話題回覆展開，還要在最後留一點點讓對方回覆的空間，這樣才能把簡訊繼續下去。

不過，即使有點累心，仍然是甜蜜的，有時候轉頭看鏡子，會發現裡面坐著一個抱著手機傻笑的女人，熟悉的臉龐掛著陌生的快樂。

宏觀經濟學上課之前，她正在傳簡訊，突然一個胖胖的女生湊過來說：「你們宿舍的江百麗，哎喲喲。」

洛枳不是很喜歡這個胖女生，她讓自己想起高中班裡八卦的許七巧。她笑笑，假裝沒聽見。

「我說你們宿舍的百麗。哎喲。」她又重複一遍。

哎喲個屁。洛枳覺得她比許七巧更煩人，因為許七巧至少還會在乎自己的面子，只把八卦講給喜歡聽的人聽，而這個女生的執著讓她無處躲藏。

「你們宿舍的江百麗怎麼想的啊，我懷疑她腦子有病。知道嗎？那天咱們學校世紀經濟學家論壇招募志願者，面試時我們四個是一組。她抽到的問題是，如果你和你的志願者搭檔在一間屋子裡辦公，這時候其他幾個人建議大家一起玩撲克牌，你會怎麼辦？」

洛枳面無表情。

「然後，江百麗說：『嗯，那我就跟他們說，算我一個。』」

洛枳沒有忍住，還是笑出聲來，胖女生倒是很高興自己的話收到了效果。

這時候恰巧百麗走過來，把作業本甩給洛枳，胖女生有些心驚地躲到一邊去了。

「幫我交作業吧，我回去補眠了。都是照你的抄的，交的時候別把咱倆的放在一起。」

百麗成日晨昏顛倒地看著小說，上網灌水，然後發呆，不怎麼走出宿舍，常常傳簡訊讓洛枳幫她買外賣回宿舍吃，因此和戈壁的約會也一定少了很多。

洛枳沒有問過她和戈壁的情況如何，只是偶爾提醒她一句：「期中考試了，抓緊點。」

「我也沒什麼目標，怎樣都無所謂吧，考試過了就好。」百麗從電腦前抬起頭，朝她笑。

其實洛枳也沒什麼遠大抱負，但是她習慣了往前走，不得不去爭搶，連打架都要比別人厲害。心裡有怨恨的人，動力總是比別人強大些。

想到這，盛淮南的名字又在心間冒出來。

老師從門口進來，疑惑地看著打著哈欠卻和他走著相反方向的江百麗。

一百人的課堂，很難記住一個人的名字，尤其是幾乎從來沒有出現過的百麗。

「對了，洛枳加油。」

百麗出門的一瞬間，簡訊倒是飛進了洛枳的手機。

這句話，百麗每天都要說。彷彿洛枳的任何進展都能成為她自己的快樂似的。因而洛枳非常難為情，百麗對她的事情一點都不了解，她不知道怎麼樣才能讓百麗明白，其實，八字還沒一撇。

「我這個人其實很simple（簡單），那種conference（會議）對我就實在是boring（無聊）啦。」宏觀老師是Columbia（哥倫比亞大學）的「海龜」[3]，講話中英文混雜的情況已經讓洛枳他們見怪不怪了。

「好吧，書歸正傳。Basically（基本上）這種inflation rate（通貨膨脹率）在developing countries（發展中國家）是十分tricky（複雜）的。Given（鑒於）它的money supply（貨幣供應量），這種moderate inflation rate（適度的通貨膨脹率）實際上是beneficial（有利）的一件事情。」

洛枳揉揉耳朵，無奈地笑。這時候手機振動，陌生的號碼跑進來。

3 海龜：指海外留學歸國的人。

「你好，是洛枳嗎？很冒昧地打攪，我想問問你今天下午有時間嗎？我有些關於盛淮南的話想跟你說。」

洛枳把簡訊看了幾遍，慢慢地回覆。

「我跟他不熟，你有什麼要緊事的話就直接跟他說吧，抱歉哈。」

簡訊沒有再傳來。

而洛枳自己早上發給盛淮南的簡訊，現在也還沒有回覆。她有時候覺得自己這麼等著太蠢了，不管她是在上課還是做作業，每則簡訊她都第一時間回覆，然而對方卻不是。

她關機，再開機，總是希望開機時能蹦出幾則簡訊，反覆幾次後終於為自己的卑微感到噁心了，乾脆拔掉了電池塞到裝滿書的書包最底層——她很懶，所以懶得掏出一本本厚重的書去尋找電池，手機得以安靜了很久。

甚至消停到讓她忘記了。

睡前掏出電池，開機，設定鬧鐘，發現原來還真的有新簡訊。

「明天下午三點，咖啡廳，辯論隊有點事情想讓你幫忙。請你一定要來。手機沒電了，借用同學的。盛淮南」

洛枳第一反應是早上那條莫名其妙的訊息。不過，她記得早上的簡訊是動感地帶的號碼，現在這個132開頭的是聯通的號碼。

她想了想，傳過去一條：「我們不是約好了明天四點一起看電影的嗎？」

「？我什麼時候說過要看電影啊？你想看電影？」

「哦，沒事了。三點是吧？我知道了。」

洛枳盯著床板想了想，爬起來打電話。

第二天下午三點，洛枳走進咖啡廳，裡面人很少，顯然沒有盛淮南的蹤跡。有人朝她招招手，果然是那天超市門口的紅衣美女。洛枳走過去坐到她對面。

女孩化著精緻的妝，脖子上繫著一條金棕色的絲巾，眉宇間有一絲不易察覺的戾氣。

「你好。我叫許日清。」

洛枳把手機、錢包放在桌面中間，朝她點點頭。

「四點鐘不看電影嗎？會不會來不及？」許日清的笑容有明顯的挑釁意味。

洛枳也笑了：「你該不會真的覺得自己挺聰明的吧？」

「怎麼？」

「你能想到換手機號再發，還在我問四點看電影的問題之後鎮定地賭我是在詐你，就說明你猜到早上發過匿名簡訊之後我已經起疑心了，對你後來冒充盛淮南發的簡訊也半信半疑。你膽子很大，也的確賭對了答案，不過，我們省去這些繞彎子的猜忌，如果我直接把電話打給盛淮南去問他，會怎麼樣？又或者，你傳簡訊的時候正是臨睡前男女朋友們互道晚安的時間，你就不怕恰巧趕上我正和真正的盛淮南傳簡訊？我要是跟他說了這件事，然後今天把他也拖到咖啡廳來，你會不會覺得很刺激？」洛枳慢悠悠地折著紙巾，說話的時候故意不看許日清，但是餘光緊盯著對方的反應：「明明漏洞百出，你哪來的自信？非要冒充，你也冒充張明瑞啊，事先和他講好，不容易穿幫。」
對面的人沉默了一會兒，說：「你知道我，也知道張明瑞。」
「不過其實我對你知道得很少。」
「你既然分析得這麼清楚，為什麼要來？」
「可能是好奇吧，我也八卦的。」
「既然好奇，那為什麼我昨天早上傳簡訊直接約你的時候，你不答應？」
「矜持嘛，」洛枳自顧自地笑，打斷她，「美女，你快說主題吧。」
「你是盛淮南的女朋友？」許日清看著她的眼神幾乎有怨念了。
「啊？不是啊。」
「那你剛才為什麼說男女朋友……」
「我剛才的意思是說從你的角度考慮，你既然認為我們是男女朋友，那麼騙人的時候就要周到些、高明些，不要撞到槍口上。」
「為什麼你肯定我認為你們倆是男女朋友？」
「你找我來，是玩十萬個為什麼？你要是不這麼認為，那今天幹嘛找我來？」
許日清低下頭，一開始提著的銳氣被洛枳攪了個亂七八糟。洛枳看了一眼螢幕早已暗下來的手機，也沒有說話。
「你的意思是，你不是盛淮南的女朋友囉？」
「其實我跟他不熟，那小子讓人沒有安全感。你從來不知道他在想什麼，也不知道他說話是真是假。」

洛枳用義正詞嚴的語氣說著，內心卻有些汗顏。雖然是謊話，卻有幾分真。盛淮南不就是這個樣子嗎，唯一不同的是，洛枳自己也深陷其中。

許日清聽到這句話的時候，提了一口氣。

「那盛淮南跟你提起過我嗎？」

洛枳點頭，許日清漂亮的臉蛋其實很憔悴，粉底打得厚，卻遮不住眼袋和嘴角的痘痘。那種疲憊讓她心生憐惜，狠話說不出口。

「盛淮南……說，跟你和張明瑞發生過一點誤會。」

「誤會？！」許日清目光一凜。

洛枳挑起眉毛，等她說話。

然而許日清什麼都沒說，只是低著頭咬著嘴脣上皺起的死皮。

「你找我來，想說什麼？」洛枳擔心地看了一眼手機。

「沒什麼。」

「那好吧，如果我是盛淮南的女朋友，你原本想跟我說什麼？」

許日清已經恢復了一臉冷冰冰的表情，譏諷地笑：「世界上哪有那麼多如果。」

「世界上的確沒有『如果』，」洛枳手指敲著桌子，「不過有很多『但是』。」

許日清冷漠地搖著頭，又不講話了。洛枳突然覺得不耐煩，很想立刻就離開。她長長地舒了幾口氣，平復下來才說：「該不會想告訴我，其實他喜歡你吧？」

許日清沒有生氣，聲音只是微微有些抖：「是又怎麼樣？你不會懂。別跟我要證據。」

證據？

洛枳突然想起阿嘉莎．克莉絲蒂的一本書，Endless Night（《無盡的夜》）。

Ellie 坐在地上抱著吉他自彈自唱，男主角在一旁看著她。

Ellie 說：「You looked as if you loved me.」（看上去似乎你愛上我了。）

那時候故事還沒有展開。男主角貪圖 Ellie 的家底，娶了她，又和別人合謀害她。洛枳一直對那部案情並不複雜的小說很著迷。她不清楚 Ellie 是不是一開始就知道那個男子根本就不愛她，但是那個夜晚，她對著自己的丈夫，用虛擬語氣說：「你看我的樣子，彷彿你愛我一樣。」

Ellie 並沒有任何證據說明她丈夫不愛她，甚至所有的細節都表現了男主角的無微不至——但是，她就是知道。

愛情只是一種感覺而已，她們卻都拚命蒐集證據。許日清的證據都盤踞在盛淮南的眼角眉梢。一個動作，一個語氣。他沒說過「我喜歡你」，甚至都沒說過一句「真喜歡跟你在一起自習」，所以無論她把自己的真相喊得多大聲，仍然沒有人相信。

眼角、眉梢不過是一場誤會。

洛枳很疲憊地長嘆一口氣。

「證據有個屁用，反正連欠條都沒寫，他就不認帳，你還能把他吃了？」她選擇了最粗俗的大白話，慢吞吞地說，「你們一沒有血緣關係，二沒有國仇家恨，談戀愛根本不是什麼原則問題，既然他喜歡你，他幹嘛不認帳？你再糊塗下去，我真的很想抽你。」

然後，大約有五分鐘的時間，她們兩個都沒有說話。

「是因為……他之前的女朋友嗎？」許日清平靜了很多。

「如果是，那麼就更簡單了。他還是喜歡人家，不喜歡你啊。」

「你說了半天，不過就是想讓我相信，他不喜歡我。」

「許日清——」洛枳的表情已經疲憊不堪。

兩個女孩木然地對視。

「這口氣就真的嚥不下去了嗎？認輸就那麼難嗎？」洛枳慢慢地說，「你不過就是不肯認輸而已。」

許日清愣了一會兒，突然大哭出來。洛枳遲疑了一下，有點頭皮發麻地看著周圍好奇的顧客，還是坐到對面去，輕輕地拍了拍她的背。她哭著，嘴裡只是小聲地說：「憑什麼憑什麼憑什麼……」

咖啡廳的免費面紙上還能看到粗糙的草棍痕跡，但洛枳沒有辦法，還是給她遞了過去。順手拿起手機，關機。

大約十幾分鐘後，許日清終於平靜下來。

洛枳放鬆地笑了起來。

「笑什麼？」

「如花美眷啊，我恨自己不是男的。」

「你要是男的，我還真可能喜歡你呢。」許日清臉上的妝都花了，睫毛膏黏到下眼瞼，整個人徹底地成了熊貓。然而她笑起來是燦爛的，那種毫無保留的笑容讓洛枳都動容——不過，她在盛淮南面前笑的時候，是否同樣毫無保留？

從洗手間整理完畢回來的許日清臉上乾乾淨淨，雖然痘痘很明顯，但是眼神明亮。

「我還要好好想想，」許日清朝洛枳抱歉地一笑，「不過謝謝你。」

「不謝。」洛枳搖頭。

道別的時候，許日清猶猶豫豫地說：「其實……」

「什麼？」

「我剛才有一瞬間，突然覺得，你好像張口閉口沒一句實話。」

洛枳剛想說話，涼風嗆進嗓子裡，咳了半天。

「對了，第一個傳簡訊的手機號碼是我的，你存下來吧。」許日清擺擺手，朝食堂方向走過去。

洛枳目送她離開，才想起來把手機重新開機，撥通了張明瑞的號碼。

「還行，時間不太長，看來你的手機話費還夠用。」洛枳如釋重負。

「後來怎麼了？你把電話直接給掐了？」張明瑞問。

「許日清哭起來不知道什麼時候才停，不能便宜了動感地帶，所以我幫你把電話掛了。後來沒有再說什麼，聊了點別的，情緒緩和下來後我們就從咖啡廳出來了。」

「謝謝你了。」

「不必了。我現在還在考慮，我這次到底算是積德還是作惡。」

「肯定是積德。不過你的嘴巴真是厲害，是不是平常話說得太少了把你憋的啊？」

洛枳笑笑，不置可否。

她面對許日清時尖酸刻薄義正詞嚴，其實很心虛，甚至有些愧疚。然而張明瑞的存在讓她略微心安地認為，自己是在行善。

「洛枳，她會好過來吧？」

「嗯，我覺得是吧，頂多再痛哭幾場、糾結幾天，應該會好的吧。」

「她看著精明，其實特別傻。要是像你那麼聰明就好了。」

「你覺得我聰明？」洛枳覺得很好笑。

「不是嗎？」

洛枳知道，她真的不是個很聰明的人。她所有的小聰明都用來維護可憐的自尊心了。

昨晚她直接把那兩個匿名的號碼發送給張明瑞，張明瑞過了幾分鐘回覆她，動感地帶的那個號碼是許日清的，132 的那個號碼是他認識的一個法學院的同學的。

「怎麼回事？」張明瑞問。

洛枳據實相告，張明瑞很快打電話過來。

「洛枳，能不能拜託你幫我一個忙？」

洛枳慢慢地聽著張明瑞前言不搭後語的敘述，只是問他：「你確定我們兩個是在救人，而不是拆散了一對具有潛力的情侶吧？」

「洛枳，你不是不了解盛淮南。」

我不了解。洛枳嘆口氣：「或者我是在幫你行兇。你可以借我的手除掉盛淮南這個情敵在許日清心中的地位。」

「如果你非要認為我們兩個是互惠互利，我也沒辦法。」

「誰跟你互惠互利？」

「這麼說吧，我是為她好，但並不是因為我喜歡過她，」洛枳感覺張明瑞特意強調了一下那個「過」字，「至於你是不是喜歡盛淮南，答案在你心裡，我從來沒有猜測過。我已經把盛淮南和許日清的事情都告訴你了，明天你見到她可以自己判斷我說的對不對。我只是希望你能幫幫她，我相信你的口才和判斷力，若是換了別人一定會把事情搞砸，比如我。」

他認真的長篇大論之後，洛枳啞口無言，只是說：「我試試。」

處理許日清的事情並不是很難。任何人都是這樣，處理別人的事情總是大刀闊斧，一下抓住主要問題，輪到自己卻糾纏於細枝末節不肯放手。張明瑞把電話打到洛枳手機上，安靜地聽完了一場電話會議。

在許日清哭泣的時候，洛枳突然覺得，張明瑞是個很讓人溫暖的男生。很少有男生願意費盡心思地去用女生的方式來救贖一個女生，而且，不是為了得到。

「總之，請你吃飯吧。」

「那就三食堂吧。我幾乎每天五點半都在三食堂等待新出鍋的麵包餅。」

「跟我家小狗一樣，我高中時每天晚上七點回家之後餵牠，於是牠天天六點半就開始蹲在門口等。」

張明瑞看起來心情不錯。

臨睡前，洛枳收到了許日清的簡訊。

「我很羨慕你，洛枳。我也希望有骨氣在他面前像你那樣冷靜不在意，你講的那些話，我不是不懂，只是面對他，做不到。回想起來，我的確很丟臉吧？如果可以，我倒是希望老天給我一個機會在他面前說些很有尊嚴、很硬氣的話，或者淡淡地、若無其事地聊天說笑——呵呵，我是說，無論真假。」

無論真假。

說者無意，聽者戳心窩。

第27章　我們約會吧

「週六法導翹掉吧。我叔叔在後海開了一家酒吧，開業讓我去看看，捧個場。我不大想去，不過順便可以去後海玩。前幾天別人給了我一大堆優惠券，還有西單溜冰場的會員卡。對了，還有王府井金錢豹[4]的優惠券，我已經訂了位，總之一起去吧。」

洛枳看了半天，小心翼翼地回覆：「都有誰？」

過了幾分鐘，她有點後悔。

幸虧沒有後悔太久。

「我只訂了兩個人的位子，什麼都有誰？你還想有誰？！」

又來了。盛淮南偶爾驕傲囂張的逼問，總是讓洛枳有種曖昧的錯覺。

她並沒有去過後海，週六早上出門前上網查了一下地圖，記住了公車、地鐵轉乘路線，剛要出門，百麗突然從床上直直坐起來。

4　金錢豹：高級自助餐廳。

「慢著，讓我看看你穿什麼呢？」

微微捲曲垂至腰部的漂亮頭髮，淺灰色休閒襯衫，外面套著V領米色毛衣，鬆鬆垮垮地垂到腿部，配上及膝的寬口軟靴。

「……行嗎？」洛枳一歪腦袋，認真而略微羞澀地問，忘記了自己曾經鄙視過百麗的穿衣品味。江百麗看著她那副緊張的樣子，不由得笑出聲來。

「保護好自己，我怕他沒定力。」

洛枳呆了一會兒，惱羞成怒，兩步就攀上梯子伸手去掀百麗的被子。兩個人笑鬧了一陣，百麗看了一眼枕邊的鬧鐘說：「你們約幾點啊？快走吧，別讓人家等。」

洛枳訕訕地從梯子上跳下來，拎起椅子上的包。

「底子好真的是太有用了，平時清湯掛麵也沒關係，關鍵時刻有塗抹的餘地啊。」口氣有幾分故作幽怨的戲謔，然而話音未落，兩個人都想起了陳墨涵。

洛枳不再說話，悄悄地走到外面帶上門，在門鎖「吧嗒」一響的瞬間聽到裡面含含糊糊的一句：

「洛枳，加油。」

然而推開宿舍大門看到門外雙手插口袋悠閒自得的盛淮南，她一下子沒了底氣。自己會不會太隆重了點？幹嘛搞得好像真的去約會一樣？她的手握在冰涼的門把上，想起不久前歡樂谷裡囂張恣意的笑鬧和被他牽著時心裡的甜美，覺得自己這一身裝備可笑至極。她很少打扮，也不怎麼化妝，今天仔細地搭配了一下，雖然粉黛未施，卻已經跟平常大不相同。

縱使掛懷，早上挑選衣服時，她的鄭重和忐忑卻是真情流露，再怎麼告訴自己冷靜也沒有辦法。畢竟她只是普通的女孩子而已。

她平靜地走到他面前，抬眼一笑。既然已經這樣，就當作做夢好了，好歹也是一場青春，她還沒有像別人那樣好好裝扮著和喜歡的人一起並肩前行的經驗。

盛淮南總是一副悠然自得的樣子，此刻卻也微紅了臉，聲音有些發澀地說：「挺好看的。」

她不謙虛，又是歪頭一笑：「我知道。」

他倒沒有揶揄她大言不慚，她越笑他的臉越紅，清了清嗓子挑起一個話題：「我有一件跟你這件很像的灰色襯衫，早知道我也穿那件了，正好是……」

是什麼？洛枳愣了愣，耳朵燒起來，低頭對他說：「走吧。」

他一把拉住她的胳膊：「往哪兒走？西門往這邊。」

「可是……」

「離你們宿舍最近的是西門。」

「但坐車不是要去東門嗎？」

「哪個門不一樣？跟著爺走吧！」

洛枳不再爭辯，一心一意跟著他走，抬頭看到他的背影離那麼近，前所未有的近，不覺有些鼻酸。

沒想到對方忽然回過頭來。

「你幹嘛總走在我後面啊？」

她也沒想到，竟然成了習慣，沉默地跟在背後，實在不是什麼好習慣。

盛淮南彆扭地嘆口氣，拖慢了幾步，直到他們並肩。

洛枳側過臉，明目張膽地看他微紅的臉龐和明亮的眼睛，不知道為什麼很高興，低下頭一步步極其認真地走著，好像每走一步，腳下就能開出一朵花。

出了校門，盛淮南果然又是揚手攔計程車。洛枳嘆口氣，他們有很多細小的不同，但是這細節的背後貫穿了幾十年的命運。

她努力把所有煞風景的沉重想法都拋諸腦後。

下車的時候先看到的是一座突兀的城樓。威武自然不假，但是在灰乎乎的街道上被川流不息的計程車、公車映襯著，它的威武高大倒是顯得有些滑稽。洛枳多看了兩眼，盛淮南在一邊笑：「要照相嗎？」

洛枳白了他一眼：「對了，我可以不去嗎？」

盛淮南想了一會兒：「到附近了你就找張長椅坐著等等我吧，我去說幾句話就出來。」

洛枳坐在長椅上目送他離開，好看的背影讓她彎起嘴角偷偷笑。初冬的風並不冷，裹挾著細小沙塵，沒有秋風那麼清爽。背後的湖平淡無奇，光禿禿的柳條在風中懶洋洋地飄來蕩去，她把整個上身伏在大腿上，雙手環抱，下巴正好抵住膝蓋。最近的時光總是混沌，彷彿真的是在做夢，沒有思前想後，沒有畏首畏尾，沒有障礙重重，她那麼水到渠成地走向他。

可是，隱隱地擔心，鏡花水月，好像真的一戳就破。

睜開眼睛的時候恰好看到他的鞋子，這個人簡直就是特意出現，來告訴她不是做夢。

「這麼快？」

「我說跟……同學一起來的，他們就說沒什麼事情，讓我回來找你了。反正我待在那也挺莫名其妙的，誰大白天的去給酒吧捧場啊？」

他的左右手各拎著一瓶可樂：「百事還是可口？」

「可口吧。」

他把百事遞到她手裡：「你們女生不是應該比較喜歡喝百事嗎？」

她疑惑地看著他，盛淮南有點心虛地別過頭，好像後悔失言。

洛枳想起洛陽踏入大學後的第一個寒假，回家過年期間請她吃麥當勞，自作主張地點了草莓聖代給她，沒想到她不喜歡。

「你們女生不是都喜歡草莓嗎？」

「你上大學成婦女之友了？連這點消費偏好都心中有數？」

洛陽臉一紅，說：「哪有，不就是陳靜喜歡……」

她了然一笑，女朋友就等於全體女生。

因此盛淮南的窘迫，她也一瞬間領悟。高三時，他和葉展顏被置於高壓監控下，很少能見面。那時候，班上的人都戲言百事可樂將取代紅豆成為相思的代表物——盛淮南每天托人送給葉展顏一瓶百事可樂，而葉展顏大大方方地在桌邊懸掛了一個網兜，裡面滿滿的都是深藍色的瓶蓋，被來往的同學觸碰著，招搖地晃晃蕩蕩。

洛枳不戳破，正低頭要去擰瓶蓋，盛淮南一把拿過去，擰開了又塞回給她。

她被這種小小的體貼熨平了心中的猶疑，隨口接了一句：「其實可能是因為百事比可口甜一些。」

儘管在暗戀的少女時代她會因為這些瓶蓋而黯然神傷，但是，她從未因為那些真情真意而忌妒怨毒。何況都已過去。

她並不在意，只要他不在意。

繞著湖邊轉了沒多久，就被一個三輪車夫盯上了。車夫先是吆喝說一百元拉他們兩個轉一圈，洛枳說太貴了，不理他。他嘮叨了一陣子，開始唱起歌來，也不離開，就騎著車慢悠悠地跟在他們背後，一首接一首地唱。

洛枳覺得臉上發燒，側頭一看，盛淮南正悠哉悠哉地盯著她笑。

幸災樂禍。

「二十。」她轉頭對車夫說。

「這怎麼成啊，您開玩笑哪！加點兒，五十，最低了。」車夫也嬉皮笑臉的。

「我們只帶了二十，沒錢，你趕緊走吧，別耽誤拉別人。」她向來不大會討價還價，一心只希望他趕緊走開。

「喲，丫頭，你這不是讓你男朋友丟臉嗎？帶二十塊錢來後海玩？」

「他不怕丟臉！」洛枳滿臉通紅地扯起盛淮南的袖子往前走，沒想到被盛淮南用力拉進懷裡。她驚訝地僵住了，盛淮南很自然地把手緊緊地箍在她肩上，大聲笑著說：「上車吧大小姐，我還是很害怕丟臉的。」

洛枳覺得肩頭發燙，不知道該說什麼，像被貓叼走舌頭一樣，訥訥地向前走。

第28章　心有靈犀

車夫仍然在用有些油滑的腔調給他們介紹著各條胡同的名稱來歷，曾經是哪位名人的府邸，現今又被誰買下了……洛枳恍恍惚惚地聽著，其實更多注意的是三輪車發出的吱吱呀呀的聲音，和鼻尖聞到的隱隱約約的清香。

為什麼他身上總有洗衣粉的味道？是因為衣服沒有沖洗乾淨？可能他自己都不知道吧。她低頭偷笑，這種細枝末節啊。

到了一個陡坡，三輪車爬起來很吃力。車夫屁股離開座位，站起身努力地踩著車。洛枳覺得吱吱呀呀的聲音好像是摩擦著自己的心臟一般，看著那個五十幾歲、兩鬢斑白的車夫有些不忍，於是在他背後小心地說：「您看……要不這段我們先下去？」

「喲，丫頭，讓你男朋友丟完臉，又來讓我丟臉？」

盛淮南在一邊忍不住笑，車終於艱難地爬上了坡，很快又是一段下坡，車速變快了很多，有風掠過耳邊，幾絲頭髮掃在臉頰上癢癢的。洛枳有些氣悶，賭氣地大聲說：「我是好心。」

「可不是嘛，我知道，您有著一顆火熱善良的心和二十塊錢呢！」

車夫說完爽朗地大笑起來，洛枳老實地住了嘴，瞪了身邊笑嘻嘻的人一眼。

「你猜，我在想什麼？」他仍然止不住地笑，眼睛裡的光芒讓她不敢看。

「你在想，我也有今天。」

他點點頭：「可惜我總是猜不出來你在想什麼。你的心事太多了。」

洛枳不知道應該怎樣回應，她看著塑膠布做的窗子，慢慢壓抑著暗湧的思緒：「至少這一點你沒看錯啊，我的確心事很多。」

「而且不喜歡解釋，好像解釋很掉價似的。」

她笑了：「那我活得可真是憋屈。」

「可不是。」

洛枳一直自認雖然不愛講話，可並非不善於講話。然而此刻，看著這個她生命中唯一不停揣摩、不停想念的人慢慢地試圖走近她，她突然語塞，不知道怎樣才能恰到好處地引領他走過來。

「我猜，你應該一直非常想擁有一個心有靈犀的知己吧。」

盛淮南依舊饒有興趣地繼續著他的心理學探索，洛枳卻分心了。她想要的並不是什麼知己，她想要的也不僅僅是讓別人懂得。在她成長的道路上，不知道從什麼時候起，就已經遮蔽了其他人，除了至親，只剩下一個模模糊糊的盛淮南。她從來沒有想過讓別人了解她，但也從來沒有拒絕過別人的了解。沒有希冀過知己，所以很少失望。

也許她曾經讓別人失望，比如丁水婧，但是她並不覺得愧疚。

冷漠是抗拒的偽裝。

然而，如果那個「別人」是盛淮南，洛枳不知道，她是不是會奢求一份心有靈犀。

「心有靈犀只是一個不負責任的神話，讓我們對他人產生不負責任的過高期望。不解釋又怎樣，別人誤會我，並不會使我落入他們所設想的那個因果。我們都是凡夫俗子，沒有大智慧，才會落入一種祈求別人了解自己的痛苦中。」

她慢吞吞地說，卻並不清楚自己想說什麼。

「丫頭，你這麼說就怪了，那如果有人誣陷你殺了人，馬上要來報復，你也可以不解釋？」

車夫突然插話進來，洛枳被他的話震懾住了，想了想不知道怎麼反駁——其實她剛才太混亂，連自己說了什麼都記不清。

「丫頭別生氣，我看你倆聊天，也不聽我給你們介紹，就插了句嘴，你們接著聊啊，不用聽我剛才胡說。我覺得你的境界的確是好的，不過我也是話糙理不糙[5]哈。」

洛枳承認，車夫講得很實在。

「也許從大處著眼，你即使這輩子被冤枉了、被人弄死了也沒關係，反正他有他的業報，你仍然繼續你的因果，六道輪迴，路還長著呢。不過，我們都是愚蠢的凡人，能看到的也只有這輩子。很多事情，還是不看破比較好吧。」盛淮南及時插話進來給她解圍。

就在洛枳恍惚覺得自己二十年的人生是不是在人際關係方面處理得太草率和莽撞的時候，盛淮南突然說：「跟你做到心有靈犀，真的很難。」

沉默了一會兒，他又說：「但我還是希望我們之間永遠不會有誤會。跟你心有靈犀是一般人做不到

5 話糙理不糙：說話不加修飾，甚至有點粗俗，但卻很有道理。

的，不過，我不是一般人，這個艱巨的任務，就交給我吧。」

盛淮南微微臉紅，說完話就轉過頭去看窗外的胡同大院，沒有看見洛枳瞬間積滿淚水的眼睛。

車夫依盛淮南的要求，把車子停在了「九門小吃」的胡同口。盛淮南付了錢，然後扯著她的袖子往裡面走。洛枳回頭，穿過背後三三兩兩的遊客去看正在擦汗的車夫，只可惜人家仍然背著身子，自始至終，她都沒有仔細看過車夫的長相。

午飯兩個人掃蕩了「九門小吃」。爆肚王[6]、脆皮鮮奶、奶油炸糕、驢打滾[7]、豆腐腦[8]……擺了一桌子，盛淮南突然問：「喝豆汁嗎？」

洛枳把腦袋搖得像撥浪鼓：「聽說像餿水。」

他笑了：「你這形容跟我爸說的一樣。」

「是啊，大家都這麼說。」

「不喝人生不完整！」盛淮南仍然不放棄勸說。

「你怎麼不喝？」她反問他。

「……我的人生已經完整了。」

「哦，看你的樣子就知道，還是殘缺的人生比較美。」

---

6 爆肚王：中國特色小吃，在北京特別流行。依據材料不同，分成牛肚和羊肚兩大類，製作方法有水爆、油爆、湯爆、芫爆等等。

7 驢打滾：北京知名糕點，曾在清朝時被列為宮廷食品，是一種裹粉包紅豆餡的點心，又叫豆糕餅。

8 豆腐腦：中國特色小吃，是製作豆腐過程中半凝固的產物，口感柔滑軟嫩。

洛枳吃掉了全部的脆皮鮮奶，終於覺得有些走不動了。

「我果然英明，晚上吃自助餐就應該帶上你，簡直賺大了，成功地詮釋了吃自助餐的最高境界。」

他壞壞地挑眉看著她。

「嗯？」

「扶著牆進，扶著牆出啊。」

洛枳學著格鬥動畫片裡的動作，一個手刀招呼到他的後背上，卻被他反手抓住。兩個人都很用力，一開始也沒什麼反應——直到他們都放鬆了力氣，她發現被他抓在手心裡的指尖一下子變得滾燙，連忙抽出手，說：「走吧。」

盛淮南很久之後才找到自己的嗓子，開口說：「去溜冰吧。」

休息區玻璃外，很多孩子在老師的指導下練習旋轉。洛枳看得入神，反應過來時，盛淮南已經穿好了冰鞋，正一臉無奈地看著自己。她連忙坐下，把白色的花樣刀放到腳邊，開始脫鞋子。

因為被他注視著，洛枳很緊張，在心裡不停埋怨自己為什麼穿了這樣麻煩的靴子。她勉強把左腳穿好，繫鞋帶的時候不小心打成了死結，開始穿右腳的時候，盛淮南突然半跪在她面前。

「笨死了，你確定你當年不是走後門上大學的？」

洛枳停下手，還沒有咀嚼清楚這句挖苦裡滿溢的曖昧和呵護，他已經低下頭，接過她手裡的鞋帶開始穿鞋孔，動作順暢俐落。

繫鞋帶的時候，盛淮南的頭抵著洛枳的膝蓋，讓她有一點腿軟。洗髮精的味道和圍巾上洗衣粉的味道混雜在一起，夢境一般，多年不變。

恍恍惚惚中已經和他牽手滑行在透著涼氣的冰場中，連他嘲笑自己三腳貓的溜冰水準時都沒有反駁，反而真的像隻小貓一樣溫馴害羞地低下頭去。

重新坐在場邊休息時，她突然很想知道，許多年後如果自己回憶起今天，究竟會是什麼心情。那心情，取決於經過了多少時間，更取決於，他們兩個人最終的結果。

「想什麼呢？」

洛枳看了他一眼，慢吞吞地說：「你不是比一般人都厲害嗎？給你機會施展讀心術。」

「你都活了二十年了，我才認識你兩個月，你總得給我一段時間啊。」他遞過來一支巧克力味道的可愛多冰淇淋，自己撕開一支草莓口味的吃起來。

「你喜歡草莓的？」洛枳很想笑，突然想起洛陽說過的，你們女生是不是都喜歡草莓口味的啊。

「我不喜歡啊，」他吞了一口霜淇淋，「買完後才想起來，你喜歡巧克力不喜歡草莓，所以這個我吃囉。」

洛枳想起，聊天時無意中提到過自己喜歡巧克力味道的霜淇淋。她眯起眼睛笑，對他說：「謝謝你。」

「對了，你的期中也都考完了吧？」

「嗯，包括法導的期中論文在內，都結束了。」

「不過，期末也快到了。」

「是，很快。」

「以後一起去自習吧。」盛淮南突然提議。

「好啊。你一般都在哪裡自習？」

「圖書館，你呢？」

洛枳認真地解釋道：「圖書館總是需要占座位，空氣流通又不好。不過有一點好處是，桌子很大。我一般都去一教，破舊了點，但是人很少，不用特意找座位。」

「怪不得我總能在圖書館遇到各種同學，但是始終沒有見過你。」

「我平常也很少去借書。」

盛淮南疑惑道：「你不是很喜歡看書的嗎？」

「是啊，不過我比較喜歡買回來看。我喜歡新書。圖書館的書被很多人碰過，髒兮兮的，摸著都發燙。」

盛淮南突然笑得賊兮兮的。

「怎嗎？」洛枳不解地問。

「幸虧你不是男生……」他收住了話頭，繼續笑。

洛枳歪著腦袋想了一會兒，也笑起來：「處女情結？少來了，重點不在這裡。即使是圖書館的新書，我也不喜歡。」

「那又為什麼？」

「因為遲早有一天要還回去。一想到有天它不屬於我了，我就特別心慌。我一定要買到手裡，捧著它看，一邊看一邊做摘錄，把它保存得像新的一樣，讓它乖乖地待在我的書架上面。不過，書架上早就放不下了，有一大箱子都在床底下呢。」

「我可不可以理解為占有欲太強、安全感太少？」

洛枳吐吐舌頭：「你以為心理學是這麼簡單的學問嗎？」

盛淮南居然也吐了吐舌頭，她又覺得耳朵發燙，趕緊把頭轉過去。

「不過有時圖書館裡能看到很有趣的事情，比如電影中的那種一男一女無意相撞，書散了一地，然後……」他又開始笑了，「真的挺俗套的，大一的時候，張明瑞每次說累了要離開座位去書架轉轉，都會很隨意地撞一個，他自己說這就是傳說中的撞大運——可惜，每次撞到的都是四眼鋼牙、學術機器，沒有長髮飄飄的白衣妹妹。」

「他應該去古典文學一類的區域撞大運啊，這種東西要看各院的女生基數的吧？」洛枳腦海中突然出現了張明瑞嬉皮笑臉的樣子，忍不住也開始笑得賊兮兮。

「不過，雖然我理解他的心理，但仍然覺得還是真正的『無意撞見』比較有感覺啊，回憶起來會有點緣分天注定的感覺。」

盛淮南的話讓洛枳有點沮喪，是啊，我何嘗不知道，她默默地想，沒有說話。

「當年，我喜歡葉展顏的時候，」他開口，洛枳忍不住驚異地扭頭看他，盛淮南原本自然而然的一句話被她嚇得停頓了一下，「怎麼了？」

「沒，就是……話題轉換得太快了。」

他在她面前提起葉展顏，用這樣隨意的口氣，毫不掩飾。她心裡一塊石頭落地。之前鄭文瑞的話和遊樂場裡的簡訊而引發的猜測不攻自破。他已經可以這樣平靜地提起她，不是嗎？

「當時我喜歡上她了，所以對於去食堂吃飯這樣的無聊沽動就多了很多期待，或者說，對所有走出教室的活動都多了期待，如果這樣遇見會感到很高興，但是絕對不會特意跑出去到處晃蕩。很多人會在課間刻意在走廊裡散步，就是為了增加和心裡的某人遇見的機會。但是，如果努力限制自己的行動，讓生活保持平時的狀態，卻多了一個期待，那樣感覺會很不一樣，我不知道你能不能理解……」

「好像緣分是自己跑過來，而不是你故意尋覓來的。」

「你比我簡練多了，」盛淮南做了一個嘴角抽筋的表情，「文科生萬歲。」

洛枳沒有理會：「難道，就一點不同之處都沒有嗎？一丁點特別行動都沒有？」

她不知道期待得到的答案是什麼。

「不過還是會有點小變化，說出來也許你會笑呢。」

「我保證不笑。」

「那時候，我知道她晚飯之後喜歡在操場上和好朋友們一起邊聊天邊散步，偶爾還在升旗臺旁邊坐一會兒，所以，每次吃飯之前我都會跑去占場地，就站在升旗臺旁邊的那個籃球架下，很快就有哥們兒看出端倪了。後來他們就很夠意思地幫我去占地方。有時候偶爾在走廊裡看到她，擦肩而過，我會突然和旁邊的哥們兒開玩笑，故意笑得很大聲、很開朗，我的朋友都覺得我在那段時間裡間歇性羊癲瘋。」

你也會有這樣的表現？洛枳笑出聲來：「不過，你不會覺得很彆扭嗎？比如說，害怕自己出糗？我知道男生一起打球有時候會很野蠻，爆粗口啊什麼的，所以會不會因為她在場，表情動作都變得不自然？」

「啊，會。不過，就算彆彆扭扭，投籃的時候越想進球就越不穩定，不光沒出風頭還經常出糗，可是，想想，那種感覺倒也不壞啊。」

盛淮南笑得很爽朗，洛枳低下頭去看自己的腳尖。

他本就那麼耀眼，出個糗倒更可愛。大大方方地去追求，大大方方地去表現，出彩也好出糗也罷，回憶起來都那麼明朗驕傲。

真好。他們的愛情那樣坦蕩。愛情本來就應該這麼坦蕩。

盛淮南打斷了她的思緒：「話說回來，我好像高中真的沒見過你。」

「是嗎？」你見過，只是沒注意。洛枳覺得討論下去也沒意思。

「你一定是一個宅教室的人吧，總是不出門。我們隔壁班有幾個男生女生挺顯眼，天天在走廊上轉，有一次連著幾天去廁所的時候都沒在路上碰見這幾個人，我都懷疑他們是不是集體退學了。」

他們顯眼，所以幾天不見你就以為人家失蹤了。我就是天天在你們班門口蹲著，也像從來沒有出現過。洛枳笑，說：「還是待在教室裡比較舒服，下課可以繼續看小說看漫畫，當然我上課也看。」

「多讀書是很好的，」他點頭，「可以在別人的教訓裡汲取自己的經驗。」

「其實，看書在更多的時候沒有什麼指導意義，反而讓我知道，世界上不缺活得憋屈的人。」

他認真地看著她：「你會覺得很憋屈嗎？」

「你不是說我心事多嗎？忘了三輪車上誰說我活得憋屈了？」

「難道沒有很好的朋友嗎？」

洛枳歪著腦袋想了想，其實根本不用想，只是她不希望她斬釘截鐵地說「沒有」會顯得她變態：

「嗯……沒有。我是說，那種推心置腹值得信任的朋友，沒有。」

「所以就看書？」

洛枳不知道怎麼解釋，她害怕盛淮南認為她冷漠怪僻——然而轉念一想，為什麼要隱瞞？她的確如此。

「那如果覺得困惑，有想不通的事情，不跟朋友交流怎麼辦？書裡會有答案嗎？」他問。

「應該沒有，不過至少會讓你知道，從古到今跟你有同樣煩惱並且同樣在尋找答案的人有很多，你不孤單。而且，前人的經驗的確有很多值得借鑑。」

他又笑起來，洛枳才發現他臉上有很微小的酒窩。

「是嗎？比如，曾經山盟海誓，愛得難捨難分，後來為什麼變得乏味透頂？書裡有答案嗎？」

她從他的話裡硬是聞到了幾分帶有戲謔的悲傷。她猜到了原因。

「卡繆說，」她慢慢地回答他，「愛，可燃燒，或存在，但不會兩者並存。」

盛淮南聽完後沉默了一會兒，說：「嗯，我爸說得對，多看書是有好處的。比那些婆婆媽媽的傢伙講的道理深刻簡單得多。」

洛枳盯著自己的鞋子，慢吞吞地說：「我們被日常生活瑣事逼迫出了一點生活智慧，這並不假。只是我們想盡辦法去闡釋和描繪的東西，前人早就把它說得通透，好過千倍萬倍，沒有自己發揮的餘地了。所有的事情，都不是空前絕後。」

盛淮南沉默了許久，伸了一個懶腰，重新靠回椅背上：「你就是這樣感覺到祖先們的存在，然後就不孤單了？」

話說得有幾分戲弄，洛枳並沒有生氣。

書，除了讓她沮喪於自己的粗鄙之外，曾經也給過她許多快樂。在她寂寞而卑微的少年時代，當對那些光鮮亮麗的青春漸生羡慕的時候，另一種優越感同時升起來，好像一個老人俯視著不識愁滋味的小孩子一樣。而這些優越感，全部來自那些書。

自然，也來自於她的貧窮和滄桑。

她沒有反駁，站起來，把霜淇淋的包裝紙扔進附近的垃圾桶，說：「我去溜一圈。」

第29章　故事姐姐

一整天的開銷都是盛淮南在負擔，洛枳覺得很不好意思，雖然對方的舉動看起來那樣自然，她仍然覺得非常難堪。

到了「金錢豹」，他們分別去掃蕩，把菜擺了一大桌子的時候，她抓住機會小聲說：「今天謝謝你了。」

盛淮南朝她擺了一個無奈的表情說：「拜託，你謝什麼啊？」

多說無益，她知道他會明白的，所以安靜地吃東西，不再解釋。

「你要真想謝我，就給我講一個你小時候印象深刻的人吧，作為答謝。」

「為什麼？聽起來怪怪的。」

「可是我上次也給你講了我的小皇后啊。我覺得你長成現在這個性格，肯定小時候的經歷很不一般。」

「我再說一遍，心理學不是那麼簡單的學問，別什麼都往童年心靈創傷上猜。」

「說吧，我想聽，保證不笑你。」和剛才她央求他講初戀時的口氣一樣，他的表現倒更有撒嬌的意味。

洛枳不好意思，點點頭說：「好吧，你不要嫌故事太無聊。」

她本來有一瞬間的衝動想要給他講那個故事——但是，似乎早了些，似乎現在的他，還沒有辦法理解她。心有靈犀是一個不切實際的夢想。

她低頭思索了一會兒，不停地用叉子戳盤子裡的生魚片。

「我小時候有一個很崇拜、很喜歡的小姐姐。」

她的開篇就很乏味。

「不是小哥哥啊……」

「你少來！」

盛淮南壞笑一下擺擺手。

「五歲的時候，奶奶家的老房子動遷[9]，我和媽媽兩個人臨時租了一個小房子，住在城郊的平房大院。那個地方現在變成了開發區，不過我住在那裡的時候還是土路，春天的時候揚起灰塵打在臉上讓人睜不開眼，和小夥伴玩『紅燈綠燈小白燈』的時候會踩到狗屎，下雨後路上泥濘得寸步難行，實在不是什麼好地方。可我總是覺得那裡很美麗，下雨後總會有彩虹，周圍都是平房，沒有什麼可以遮擋住彩虹的建築物，所以天空很遼闊。我好像在那個時候把這輩子的彩虹都看完了，以至於長大後只能在噴水池附近看到不完整的殘片了。那個時候的彩虹好漂亮，完整的，像橋一樣橫跨天空，我們許多孩子總在一起討論，彩虹腳下到底是什麼？得出的一致結論是，天池。」洛枳笑起來，突然回過神來，「啊，抱

9 動遷：因為原本的建築要被拆除而搬遷。

歉，我離題了。」

盛淮南認真地聽著，搖搖頭說：「沒，你繼續。」

他的表情認真極了，洛枳微微有些緊張。

「我的小夥伴都不上幼稚園，家裡大人往往酗酒打架，所以通通都處在沒人管的狀態。」

「我們的頭兒是故事姐姐。」

「姐姐已經上小學了。我記憶中她一點都不漂亮。但是她有個好朋友，很漂亮——不過這是當時的印象，現在想來，所謂漂亮不過就是因為她總穿裙子，馬尾上總有鮮紅的頭花。哦，還有個男孩子，是她們的同學，三個人總是一起上下學。」

「你知道後來發生什麼了吧？三角戀。」洛枳笑起來。

「那天，姐姐又一次心不在焉地給我們講故事，前言不搭後語。故事散場的時候，我就悄悄背著別人問她：『姐姐，××和××是不是不跟你好了？』」

「我看出來，是因為這兩個人已經很久沒出現了，偶爾從我們這群小破孩身邊走過也只是冷漠地看一眼故事姐姐。那個女孩子還總是哼一聲，驕傲地轉過頭去。」

「故事姐姐那時候畢竟還小，實在是很難掩飾自己的情緒，聽到我八婆的問題，眼圈立刻就紅了，說：『我怎麼知道？』」

「有天晚上，我和另外一個小姑娘目睹故事姐姐與那兩個人吵架。我記得當時漂亮女孩的紅髮夾在路燈下面閃啊閃啊，她仰著頭，用北方話來講，勁兒勁兒的。」

「我們兩個小丫頭立刻衝上去維護我們的女神，可是，當時她們的對話實在超出了我的理解範圍。」

「我從小就不喜歡問為什麼，反正大人都說長大了就知道了，於是我執著地相信長大，長大是一切的謎底。我會把所有當時不理解的都記住，記得牢牢的，然後等待長大。也許這是我對那時候的記憶分外清楚的原因吧。有個長輩說，人的執念，往往就是這樣開始的，因為孩子即使能做到懂事，也無法通透。」

盛淮南的眼神閃爍了一下，洛枳沒有看到，繼續說：

「所以那時候他們的對話，我同樣沒有問為什麼，卻記得格外真切，即使聽得一頭霧水。」

「故事姐姐說：『你們兩個好，我沒意見，為什麼這麼對我？』漂亮姐姐立刻反駁：『你別裝什麼都不知道、什麼都不在乎，你不就是喜歡××嗎，你那點心思我還看不出來？你自己做的那些壞事，挑撥離間，你以為我不知道？』」

「故事姐姐一下子就急了，說：『誰說我喜歡他？』」

「一直站在旁邊耍酷、沒有講話的男孩子××突然開口說：『你敢說你真的不喜歡我？』」

說到這裡，洛枳和盛淮南一起笑起來。

「現在想起來，那幾個人的表情和語氣都既幼稚又做作，甚至鬥嘴和吵架的目的都退居其次，關鍵是終於有機會像電視劇裡的大人一樣神經兮兮地演戲了。」

「可是，不可否認，他們很認真。」

「那兩個人也有一個小嘍囉，只有一個。於是我和另外的小丫頭也加入了戰鬥，不過對手是他們身邊的那個小嘍囉。我雖然不怎麼講話，但在院子裡也是出了名的牙尖嘴利，屬於見了大人就乖得像隻貓、見了小孩兒就凶得像隻雕的那種孩子。我們的嘴仗基本上維持在『你為什麼幫他們不幫故事姐姐』、『我樂意』、『樂意吃屁』、『嘣你二裡地』這種無限循環上面。但我們倆最終還是贏了。贏得超級漂亮。」

「故事姐姐輸得相當慘，跑到我找不到的地方去哭。她對我格外好，比對誰都好，可是我只能用低級的罵人來幫助她。」

「我現在還記得她給我講的故事，那個做生物實驗時把狼的腦子炒熟了吃掉結果每天半夜都要跑到實驗室去偷吃屍體的女大學生的故事，還有那個愛上凡人的大使為了拯救愛人的生命剪掉自己一公尺多長的金髮結果光榮掛掉了的故事，還有彩虹橋的底座所在的村莊有個世界上最好看的少年，等等。」

「我很喜歡那個姐姐，她信誓旦旦地說這些故事寫在什麼世界名著裡，但是書名她通通忘記了。其實，這些都是她自己編織的夢，她就是那個天使，她遇見了那個少年。用現在的話來講，ＹＹ而已。我不知道你會不會理解，其實她有特別豐富的內心世界，她只是太寂寞了。」

「不過我現在想，她應該是太過沉溺於自己的故事了。她越來越孤僻，小朋友們不喜歡她講的恐怖陰森的故事，學校裡的同學好像也不是很喜歡她，所以，只有我經常跟她坐在一起。不過，我們之間相差了六歲，實在是不大容易成為朋友，我不能拯救她的寂寞。」

「但是相反，她可以讓我不寂寞。我告訴過她一個祕密，一個很長一段時間以來我都無法說給別人聽的祕密。我不知道她會不會將這個祕密編成別的故事，但是我相信，祕密放在她那裡，是安全的。」

「有鄰居阿姨告訴我媽媽，讓我最好離她遠一點，她爸爸精神不正常，家裡沒人管她。」

「還好，媽媽沒有限制我和她的來往。其實現在我已經記不得故事姐姐的長相，只記得最後的那幾天，我要搬家了，坐在卡車的副駕駛座位上回頭看。故事姐姐和一群野孩子衝我招手，她哭了，我也哭了。她說，洛洛，你以後一定要做很有出息很有出息的人。洛洛，不要忘記姐姐給你講的故事，也不要忘了姐姐。」

「她甚至說，我可能是世界上唯一記得她的人。」

「上高中的時候，每次寫作文，記敘文也好、議論文也好，我都會胡編亂造一大通。老師問我某個論據是哪位名人的事蹟，我都會說，這是在某本書裡看到的，書名我忘記了。其實還真的是跟著她培養出不少壞習慣。比如胡思亂想，愛說謊。」

洛枳停下來，看著若有所思的盛淮南，說：「是不是很無聊？」

他鄭重地搖頭：「一點也不。」

洛枳鬆了一口氣，笑了。

「不過，你剛才說，你也給那個故事姐姐講過一個祕密，是什麼？」

她一怔，本能地搖頭：「小屁孩的事情，早就，早就記不清了。」

輕鬆的晚餐氛圍還是被洛枳那個莫名其妙的回憶給打亂了，不過和他們第一次吃飯不同，這次的沉默並不尷尬，反而有點悠然自得的默契。

「說到作文，我記得你高中的時候，好像作文寫得很好。」

洛枳猛然抬頭，盛淮南嚇了一跳。

「不是吧，爺誇你一句，你就這麼激動？」他笑。

洛枳收回自己的目光，小聲地問：「你看過嗎？說實話。」

盛淮南有些摸不著頭腦，但是仍然說了實話：「那時候學年語文教研組總是發優秀作文給我們看，我一篇都沒看，通通都當演算紙了，因為背面沒有字。抱歉。」

「這有什麼可抱歉的？作文那種東西，千篇一律的，又假又俗。」洛枳低頭，匆匆地說。

「對了，你著急回宿舍嗎？回去的路上，我帶你去一個地方好不好？」盛淮南忽然湊近她，眼睛裡有很真誠的光芒流動。

理科樓的頂層，盛淮南努力拉了幾下鐵門，落得一手灰塵，沒想到還是被鎖得嚴實，紋絲不動。

「平時都不鎖的。」他嘆氣，很懊惱地回頭去找洛枳，沒想到洛枳走開了幾步，跑到遠處拉開了頂樓盡頭的一扇窗。

「這裡沒有鎖哦！」她笑得開懷。

然後率先攀上窗臺，彎腰鑽了過去，輕巧地落地。

凜冽清爽的空氣灌了滿懷，氣流讓她有一瞬的窒息。她的髮絲飛揚，遮擋住了視線，好不容易用手按住，睜開眼，華麗的景緻撞入眼簾，猝不及防。

理科樓靠近北門，平臺的視野剛好將學校內外劃為涇渭分明的兩個世界——一半是校園內靜謐濃暗的夜色，沉沉的樹影彷彿波濤凝滯的海面，在遙遠的地方起伏，樹叢掩映中的一棟棟宿舍和教學樓好似凸出海面的島嶼，安穩沉靜；而另一半，則是商業區通明的燈火，車燈綴成的珠寶河流緩緩穿過一棟棟璀璨耀眼的樓宇，驕傲地對抗著漆黑的夜空。

「很美吧？」

盛淮南的呼吸就在耳畔，她一陣戰慄，想要回頭，卻捨不得。

「喜歡嗎？」

洛枳用力點頭，忽然想起自己是背對著他的，好傻氣。

很長時間，他們默默注視著兩個世界，一言不發。

「我……我很喜歡站在高處看下面的人。不知道為什麼。我說的……不僅僅是真的站在高處吹風。你明白吧……好像從那樣的角度看事情，就一定能夠清楚些。實際上，我也說不清。」

他第一次對她吐露這些混沌卻深沉的心思，她自然心底溫暖，珍而重之。

「我也是，只不過我以前是被迫的。」

「被迫的？」

「在人群中不自在，合不來。也許是因為小時候接觸的小夥伴太少，所以不知道怎麼融入，朋友越來越少，索性不再尷尬地討好那些團體裡的中心人物，後來就一個人玩，越來越邊緣化。不過就和站在高處看別人一樣，我自己主動選擇往上爬，然後從孤僻的被拒絕的局外人，慢慢轉變成站在芸芸眾生之上與眾不同的人，好像這樣就能明目張膽地孤獨，超凡脫俗地孤獨，不用再被別人可憐，甚至自己都覺得有滿足感。說白了，不過就是養成了習慣，再為了面子上好看點而把這些簡單的狀態賦予一種特殊的含義，好像就真的超凡脫俗了。」

她說著說著就糊塗了，驚醒了一般不好意思地眯眼睛笑，說：「你呢？應該不是被拒絕的局外人吧？你是有選擇的權利的。」

盛淮南將目光投向南面幾點遙遠的燈火。

「總是感覺，你好像認識我了很多年一樣。」

洛枳本來就覺得自己最後一句話說得不知深淺，慌忙為那句話的冒昧而道歉，抬眼卻看到他有些遺憾的寬和笑容。

「吹風太久會感冒的，我們走吧——你喜歡就好，我常常過來，以後一起吧。」

以後，一起。

洛枳微笑說：「好，我們說好了。」

第30章　大夢初醒

「今天蹺課了，又推掉了Tiffany和Jake的見面。明天晚上如果你沒有什麼事情的話，能不能去看看Jake？他很想你。」

「好啊。」盛淮南笑起來。

走到宿舍樓的路燈下時，他突然停下來，從背後的書包裡拉出了一個大紙袋。

「我那天從書店經過的時候買的，本來想改天送給你，但是今天早上出門的時候一激動就背出來了。這一路，累死我了。」

洛枳瞪大眼睛接過沉甸甸的紙袋——一共六大本，紀伯倫全集。

他背了一天？腦子抽風了吧？——不過，他不是說喜歡葉展顏的時候，朋友總說他間歇性羊癲瘋嗎？

她胡思亂想，大腦慌亂，也不知道應該擺出生氣的表情還是高興的神態。

「我……我特別喜歡紀伯倫……喜歡《沙與沫》……你的後背疼不疼？」

洛枳的結結巴巴似乎讓盛淮南特別開心，他親暱地揉了揉她的頭髮，也不管這個舉動是否會讓洛枳更加害羞。

「喜歡就好。」

身後突然傳來嘩啦啦的響動。洛枳回過頭，看到一個穿著紫色呢絨大衣的女孩子正在踹一輛自行車。

女孩抬起頭露出面龐，是鄭文瑞。

洛枳有些局促，小聲地問：「車子壞了？」

「鏈子掉了。」鄭文瑞沒有看她，依舊狠狠地踹著自行車的後輪，發出一陣陣嘩啦啦的響聲。

「我第一次看到有人能把掉下來的鏈子踢上去。」盛淮南依舊笑著，眼睛卻微微眯起來。洛枳第一次發現，他的氣質冷冽起來的時候真的有些嚇人。鄭文瑞聽到這句話深吸一口氣抬起頭，在和洛枳目光交錯的一瞬間，盛淮南一把摟過洛枳的肩膀把她帶走，轉過路口直奔宿舍樓的門口。

洛枳站到樓門口的臺階上，不遠處鄭文瑞仍然在大力地踹著那輛自行車，彷彿已經把自行車當作了她來踢。道別變得很尷尬，她把目光從鄭文瑞那裡收回，看到盛淮南一臉關心。

「別怕。」他說。

他的溫暖讓她一下子振奮起來，點點頭，摟緊了懷裡的紙袋，書尖銳的邊角戳到了胃部，她也不覺得疼，微笑著說：「真的真的，很謝謝你。」

他雙手插口袋閒閒地站著：「該道謝的是我，我好久沒這麼開心過了。明天下午去找 Jake 玩，是吧？今天你也挺累了，快回去休息吧。」

宿舍大門吧嗒一聲自動上鎖，他卻不離開，努努嘴要求洛枳先走。她背過手，低下頭像個小媳婦一樣地笑，然後抬起眼睛朝他點點頭，轉過身大步離開。

然而那一聲聲嘩啦啦的噪音，在她轉過彎奔進走廊裡的時候，仍然在身後不放棄地糾纏著她。
她閉上眼睛，告訴自己，你沒有錯。

第二天中午，正準備給盛淮南傳簡訊告訴他下午的見面時間，他先發來了簡訊。
「有點事情，不能去了，抱歉。」
突兀而簡潔，洛枳握著手機愣了半天，覺得有點棘手。先是回覆了一則「沒事，你忙你的」，然後開始犯愁，如果這次再放 Jake 的鴿子，兩個孩子可能要把她拖進自己家的小倉庫裡關門放狗咬死了。
她撥了一通電話，朱顏去上海了。Jya 告訴她剛好要聯絡她，兩個孩子有點發燒，已經由保母陪著去看病了，她下午不用過去了。
被兩方一起放鴿子，事情雖然好辦了很多，她仍然覺得心裡空落落的。在宿舍裡轉了五六圈，終於鎮定下來，把外出的衣服脫下來，換上隨意的格子襯衫和運動長褲，坐到書桌前面翻開單字書，休息的時候又看了幾集英劇。差不多五點二十的時候，她披上毛線外套，奔向三食堂熱騰騰的麵包餅。
端著餐盤坐下的時候，她看到張明瑞從遠處走過來，她嘴裡塞著吃的，只能擺擺手，指指眼前的座位。張明瑞看到她點的菜，嘴巴張成O形：「你還真是……天天晚上都吃麵包餅啊？」
「就是覺得挺好吃的，每週都要吃好幾次。不過也說不準什麼時候就會覺得膩了。」
他笑了。
「什麼時候你覺得膩了，一定記得告訴我。」
「為什麼？」

「不為什麼。」張明瑞低下頭去認真地喝粥。

「對了，昨天法導課，你和盛淮南怎麼都翹課了？不會是去約會了吧？」

洛枳抬頭正考慮要不要說實話，手機忽然響起來。她幾乎想要去給中國聯通寫讚歌，每次她窘迫的時候，手機都會善解人意地來電，這不就是科技以人為本嗎？

是媽媽。洛枳一邊咬著熱呼呼的麵包餅，一邊認真地跟電話另一端的媽媽扯淡。掛電話的時候，張明瑞已經吃完了。

「你吃飯這麼快？」洛枳有點不敢相信。

「是你打電話太慢好不好？」

她有點不好意思，畢竟打了半天電話把人家晾在一邊也不是很禮貌的行為，趕緊快速咬了幾口麵包餅，又往嘴裡塞了幾口菠菜以表誠意。張明瑞皺著眉頭看她，伸手按下了她的筷子：「得了，你別噎著。」

洛枳慢慢地吃了一會兒，面前的人悠閒地靠在椅背上，雙手枕在腦後，目不轉睛地盯著她，這讓她有點不解。

「你……沒吃飽？」

「轟我走是不是？」他憤憤地瞪她一眼。

「不是不是……」她擺手的時候，張明瑞已經把盤子和碗筷都收進餐盤裡並站起身來。

「行行行，我走，我還得給我們宿舍老大和盛淮南買外賣呢，這兩頭豬。」

洛枳伸出去攔他的手停在半空。

「他怎麼不自己出來吃飯啊？」她緩緩地說。

「誰知道，從今天早上起床就不對勁，窩在宿舍打了一天魔獸，也不怕眼花。我們老大更猛，在床上看了一天的《大唐雙龍傳》，午飯就是我買給他的煎餅果子。我告訴你，這就是異地戀的壞處，沒有女朋友天天纏著，全都成了宅男……」

張明瑞還在說什麼，洛枳已經聽不進去了，她木然地咬著麵包餅，木然地跟張明瑞道別。

他不是說自己有事嗎？

胸口有種脹滿的感覺，鈍鈍地痛，卻又不是特別難過，懸在空中半死不活。她胡亂地收了盤子回到宿舍，戴上耳機繼續看英劇，費了很大的勁才看進去。

臨睡前，盛淮南沒有發送道晚安的簡訊。她很想問一句怎麼了，想了想，終於還是關機。

週一早上開始正常上課，她的世界裡，盛淮南再次慢慢消失。她想要伸手抓住什麼，卻是徒勞。她能握住的只有簡訊，可是思來想去找不到一個適合開頭的方式——她以為他們已經很親近，但不得不承認，他想要靠近她，輕輕鬆鬆就能走過來得到她的笑容招呼，然而她想要追上他把他的背影扳過來卻那麼難——她那麼多年都沒有勇氣做到，現在仍然如此。

距離橫亙在面前，驅散幾天前密集的甜蜜煙霧之後，她清晰地看到，他仍然在遠方，只有一個背影。

洛枳連著三天都能在晚上的三食堂碰到張明瑞，他也和自己一樣排隊等待麵包餅。洛枳一直沒有提起盛淮南，她擔心他，卻也有些怒氣，更對自己還是被他牽著鼻子走這一點感到沮喪，儘管，她從很早之前就一直這樣。

「對了，盛淮南感冒了，這兩天不知道怎麼了，也不說話，也不理人，也不正經吃飯，病得挺重的……那個，你們倆……其實我一直不知道，你們是不是真的……但是……」

對面的張明瑞逕自糾結著措辭，洛枳卻將目光慢慢放到遠處砂鍋居窗口的長隊上。

他感冒了嗎……

一個念頭種下，被她打壓下去，卻又在她坐在一教寫作業的時候浮上來。她覺得心裡很不踏實，英文原版書上密密麻麻的字元好像亂碼，根本看不進去。她索性闔上了書，把桌面收拾乾淨，背起書包衝出了門。

站在嘉禾一品的門口時，她突然懂得了自己曾經百般鄙視的江百麗。即使在她這個外人眼裡看來江百麗實在太傻，即使戈壁對她不好，即使付出沒有回報反被嘲笑，但是那時候，她那麼晚站在這裡抱著給生病男友買的熱氣騰騰的外賣，一定是幸福的。

她現在才明白。如她此刻一樣幸福而悲壯。

皮蛋瘦肉粥、香甜玉米餅和清炒芥藍，感冒的人應當吃清淡些——洛枳滿心歡喜地把塑膠袋抱在胸前，匆匆跑了幾步，身子忽然往前一傾，手裡的袋子就飛了出去。

路上的地磚缺了一塊，她正好陷進去。膝蓋猛地跪在地上重重地撞擊了一下，剛開始沒什麼反應，只是微微地麻了一下，幾秒鐘後，刺骨的疼痛順著膝蓋蔓延到全身。她低下頭忍了半天，眼淚還是滴答滴答大顆地掉下來打溼了地磚。

不會這麼幸運地……殘廢了吧？

她動不了，連後背都僵硬了，偏偏雙腿是軟的，想要坐，又坐不下來，只能直直地跪著，勉強用雙手扶地支撐。抬眼看到白色的袋子就在自己前方不遠處軟塌塌地躺在地上，粥盒已經滾出來，蓋子翻落，粥灑了一地，此刻正嘲弄地冒著熱氣。

洛枳苦笑了一下。

她演的哪齣苦情戲，居然這麼到位？

摔倒的地方是一條比較僻靜的小街，白天還有些人氣，到了晚上九點過後，除了網咖的大牌子還亮著燈，其他的店早就已經漆黑一片。她就是在這裡孝順地跪上一夜，也不會有人注意到她。

不知道過了多久，洛枳緩緩地挪動了一下剛剛摔到的左膝，沒有想像中那麼痛，更多的是酸軟。她用詭異的姿勢一點點挪動著，終於從屈辱的三跪九叩變成了席地而坐，才發現一直五指張開死死地撐住冬天夜晚冰涼的地磚，現在雙手已經僵硬冰冷了，稍稍蜷起五指都會覺得疼。

又過了很久，她才深吸一口氣，站起來，緩緩地拍掉身上的土，一步步地走回嘉禾一品。

當初想要給他買宵夜的熾烈心情已經灰飛煙滅，她的心和晚風一樣飄忽淒涼，現在的一切舉動只不過就是一種執念，一種即使沒有人在看也要完成這場戲碼的驕傲的執念。

帶位的服務員仍然是剛剛的那一個，看到她愣了一下。洛枳朝她苦笑著，舉起雙手：「摔了一跤，都灑了。」

服務員是個俏麗的小丫頭，聽到她的話體諒地笑了笑，把她帶到靠門的一桌，拿來了點菜單和鉛筆讓她自己畫，又過了一會兒，端來了一杯白開水，冒著熱氣。洛枳吹了半天才喝下一口，在小服務員經過自己身邊的時候抓住機會朝她微笑道謝。重新點完菜，她慢慢地走到洗手間整理了一下，鏡子裡的人並不是很狼狽，褲子也沒有破，彷彿剛才刺骨的疼是做夢一樣，居然沒有絲毫痕跡。

她總是這樣，內傷外傷，全都讓人看不出來，彷彿看破紅塵刀槍不入，讓丁水婧她們白白冤枉。她說自己不在意，也不想解釋，然而車夫的確話糙理不糙，如果真的有天有人因為這些誤會產生的惡意而捅了自己一刀，她也不怨？

想不通。摔了一跤彷彿老了十歲，她重新把粥抱在懷裡，小心看著地面，更加慢吞吞地。

到了盛淮南的宿舍樓下，才想到最重要的一點——自己要怎麼送上去？

男生樓門口來來往往的數道目光已經讓她頭皮發麻了。她慌忙撥通了張明瑞的電話，響了很多聲都沒有人接。該死的，洛枳在心裡狠狠地詛咒了他一下，又傻站了幾分鐘，還是害怕粥變涼，又掏出手機，往他們宿舍打了一個電話。

宿舍電話自然也是從學姐那裡得到的。至於為什麼不打給盛淮南本人，她也不知道。

接電話的是一個不熟悉的聲音。她鬆了一口氣。

「你找哪位？」

「請問是盛淮南的宿舍嗎？」

「是是是，你等等——」

「別叫他！」洛枳慌忙大叫，電話那邊被她的氣勢震懾住了，很久才小心翼翼地問：「女俠，你……有何貴幹？」

洛枳被他氣笑了，但也不知道該說什麼，深深吸了一口氣，覺得還是直說的好。趕緊把粥送走，她腿軟，想回去睡覺。

「我是他的崇拜者，聽說他感冒了，所以買了熱粥，不過不好意思見他本人。你要是方便的話，能不能下樓一趟幫我捎上去？麻煩你了。」

洛枳的聲音清甜，電話那邊估計是想到有熱鬧可看，連忙答應：「成，立馬下樓！」

想到對方不認識自己，洛枳放鬆了許多，看著從玻璃門走出來的穿著拖鞋睡褲、邋邋遢遢的男生，她笑得眼睛彎彎，打了個招呼把塑膠袋送上去。

「美女，我可先說好，我們老三可是人見人愛花見花開，仰慕者能拿簸箕往外撮了，編上號直接就抽六合彩。你這份心意好是好，期望別太高，否則最後傷心可就難辦了。」

對方半是戲謔半是認真的一番話讓洛枳哭笑不得，她點點頭，說：「謝謝，我知道了，辛苦你了。」

老大對她平靜的樣子有點驚訝，認真地看了她幾眼：「你……叫什麼名字？」

「問這個幹嘛？您給編個號吧，我回去等著抽獎。」

迎面慢慢吹來一陣風，拂過半分鐘前還緊貼著熱粥外賣的腹部。她打了一個哆嗦，把手放在餘溫尚存的肚子上摸了幾下。

她回頭看看燈火通明的男生宿舍樓，又抬頭看看北京沒有星星的夜空，忽然覺得一切都很沒意思。

第31章　雨天

十一月底，冬日降臨，北京整天陰沉著臉，讓人幾乎忘記了藍色是什麼顏色。

自從幾天前宿舍開了暖氣，洛枳就窩在房間裡不願意出門了。

她晚上沒吃飯，從零食存貨裡隨手抓了一盒泡麵。吃到一半的時候才發現沒有味道，原來粉末調料包被落在了盒子裡。她這兩天總是遲鈍而混亂。洛枳用叉子把那個油漬斑斑的透明小袋子從麵湯裡鉤出來的時候，噁心得起了一身雞皮疙瘩。

高中時她泡麵的速度是最快的。站在開水房的窗臺邊，聽著熱水器發出咕嚕咕嚕的聲音，俐落地把油包蔬菜包調味包一一撕開。有時候油包開口撕得太小，只能用力把裡面凝固的油往碗裡擠。當時有個不認識的男孩子站在一旁皺著眉頭看她擠油包，那場景歷歷在目。

洛枳知道那個男孩子始終沒有說出來的話。

的確，那樣子擠出來的東西，很像大便。顏色、形狀和……動態效果，都很像。

不過，今天倒是很順利，可能是因為天太冷了，油都結塊了，撕開以後方方正正的一大片落在碗裡，一點意思都沒有。

麵碗扔在桌子上，裡面還剩下一半的麵條。洛枳沒有食慾了，拿面紙把調料包擦乾淨，放在手裡顛來倒去地玩，看著裡面的調料粉和蔬菜末，發呆。

初中的同桌有個詭異的習慣。他每天都會帶來一包速食麵的調料，然後倒進自帶的礦泉水瓶裡面，很賣力氣地搖勻，蔬菜粉末就在裡面上下沉浮，水的顏色瞬間變成棕黃色。

然後，他很享受地開始喝，那種很珍惜的樣子，一小口一小口，半閉著眼睛，自然也看不到洛枳扭曲的臉。

最終還是忍耐不住了，有一天她問，你哪兒來的那麼多調料包啊？

他瞪大了眼睛，一副天經地義的樣子。我家天天早上煮麵條，好幾包速食麵一起煮，調料包都放進去不得鹹死啊，當然每次煮麵都能省下一兩包調料粉啦。

那……好喝嗎？

他很慷慨地把瓶子遞過來說，來，嚐嚐。

那個礦泉水瓶子的邊角已經磨得發白，裡面的液體更是慘不忍睹。洛枳的目光久久地停留在瓶口的水漬上，吞了一下口水說：不了，謝謝。

男孩當時的眼神有點受傷，可是什麼都沒有說，把礦泉水瓶塞回書包，然後表情難堪地伏在桌子上做物理題。

後來洛枳再也沒有看見過他喝那種飲料。現在想來她覺得很難過，這些無害的生活細節，她當年幹嘛嘴賤地問個沒完。

不過洛枳一直沒有道歉。道歉是第二重傷害，與其重新提及，還不如當作什麼都沒有發生。

然而畢業的時候，同桌送給她整套的怪博士與機器娃娃。

「你喜歡看動畫片，對吧？」
她小心地收起來，高興地點點頭。
「考試加油！」同桌有點沒話找話的窘迫，班上的人都走得差不多了，他仍然堵在走道上。
「你也是。」洛枳說。
「我有什麼可加油的啊，反正能上職高就不錯了。」
洛枳知道，這時候安慰人家條條大路通羅馬是非常沒有意義的行為，所以只能笑笑。
沉默了一會兒，同桌突然開口：「洛枳，你討厭我嗎？」
她驚訝地仰起臉：「怎麼會？」
「真的？」同桌興奮得滿臉通紅，「太好了，我也喜歡你！」
洛枳傻眼了，好像被偷換概念了，但是看到同桌高興的樣子，話堵在喉嚨發不出聲音。
「你不愛說話，我又老是做奇怪的事情，控制不了自己，自習課常常搗亂影響你學習，還喝奇怪的東西讓你覺得噁心……後來我都不喝了，你也對我好多了，也跟我說話，我特別高興。」
洛枳張著嘴，完全跟不上他詭異的思路。
「我老是猜我今天這樣是不是讓你生氣了，明天那樣你是不是就高興了……呵呵，其實，你根本就沒注意過我吧？我後來才知道，我跟你提起很多事，你壓根就不記得了。」
同桌笑得憨憨的，繼續說：「總之，你是我見過的最優秀的女孩，一定要加油。我特別相信你，你會成為最了不起的人。」
最了不起的人？你怎麼可以對我有這麼過分的要求？然而洛枳什麼都沒有說，朝他很燦爛地笑，隨手抓起了自己鉛筆盒裡的一支用了好幾年的自動鉛筆。

「我用了很久，最喜歡的，幸運鉛筆。送給你，祝你考試成功，以後也一切順利。」

她撒謊。她總是撒謊。但是換同桌一個永遠珍視的記憶和最開懷的笑容，洛枳並不覺得自己有什麼錯。

何況，她不經意間讓那個男孩子患得患失地猜測自己的心思，猜了那麼久那麼久。

現在的一切都是報應。

洛枳從回憶中走出來，略略遲疑，就堅定地將調料包倒進熱水杯裡，拿勺子快速攪勻，狠狠地喝了一大口。

雖然怪了點，但是真的不難喝。

外面突然下起大雨。北京初冬時節很少有雨，所以這場雨特別冷清，涼意好像要滲透到骨子裡去一樣。

洛枳打開窗子，樓下奔跑的行人紛紛怪叫著，雨聲中，泥土的氣息衝進鼻腔。她咧嘴勉強笑了一下。

笑不出來。

這是第二次，盛淮南人間蒸發。

她後來還是鼓起勇氣給他發過幾則簡訊，詢問他感冒怎麼樣了，對方都不回覆。週六的法導課，洛枳正坐在座位上糾結，遠遠地看到他走進門，然而他一眼都沒有朝她的方向看。

洛枳不知道是難過還是憤怒，她根本沒有反應能力。

更恐怖的是她那無法自控的簡訊幻聽症。關機，開機，沒有新簡訊，再關機，再開機……諾基亞在這一刻終於當機。

洛枳，你沒事吧？

她面對著重啟的螢幕，打算開口笑。

抗拒了幾秒鐘，她忽然猛地關上窗，伏倒在宿舍的床上，雖然姿勢不像百麗那樣誇張，但本質沒有區別。

沒有號啕。只是眼淚慢慢滲出來，她放棄了抵抗。原來在乎一個人的時候，表面上裝成什麼樣子都沒有用，那些曾經被她鄙視的種種情緒一一放肆地浮上心頭。

如果，如果曾經丁水婧真的很在乎她的看法和態度，那麼，這段時間以來自己一定沒讓人家好受過。將心比心，洛枳很愧疚。

所謂報應。

生活畢竟不是演電影，電影中段劇情開始轉折的時候，天時地利都順從著主人公的覺醒而大逆轉——當然，她也覺醒了。她滿口謊言，滿心算計，迂迴卻勇敢地去追求自己愛的男孩。

卻沒有逆轉。

老天這樣忽冷忽熱地對待她，她那「終於勇敢了一次」的決心和驕傲感立即潰不成軍。

她可以做決定，但是她真的說了不算。

終於哭累了，就像曾經在操場跑到虛脫。

擦乾眼淚，待了一會兒，她翻開桌上的單字書。

是不是世界上所有的單字書的第一個生詞都是「abandon」？許多人雄赳赳氣昂昂地報名託福雅思GRE，發誓好好堅持背單字，看到的第一個生字，卻是「放棄」。

但是洛枳，洛枳，你要加油。

突然書桌上手機振動，而且是連著兩下。洛枳嚇了一跳。

盛淮南，以及張明瑞。同樣的一句話。

「你在哪兒？沒有被大雨困在外面吧。」

她回覆張明瑞：「謝謝關心哈，在宿舍窩著呢。」

半小時後，洛枳從門外衝進宿舍，推門的瞬間熱氣迎面而來。她把書包摔在椅子上，發現自己有點抖。可能是天氣太涼了。她蹲在地上，抓住自己的胳膊，思緒混亂。

似乎都沒有意識到自己抓得太緊，鬆手時胳膊上有幾道白印，漸漸泛紅。

收到簡訊的那一瞬間，她沒有回覆盛淮南，而是立即俐落冷靜地把平底鞋套上布袋放到書包裡，抓著一個乾淨塑膠袋，打上傘，不顧一切地衝出了宿舍。她挽著褲腳穿著拖鞋，踏著洪流走到了宿舍附近的小咖啡廳。遠遠地看到大門口躲雨的人很多，她悄悄地從側門進去，跑到廁所擦乾淨腿腳上的水，把傘和拖鞋放進事先準備好的塑膠袋中，塞進書包，換上平底鞋，放下褲腳。

很好，看不出來她冒雨跑過，彷彿從一開始就被困在這裡一樣。

她看的那些偵探小說一瞬間都轉化成決斷力，讓她迅速地做出了這樣的舉動。

她必須抓住這次機會。

然後，看看手機——盛淮南又來了一則訊息：「你在哪？」

她回覆：「單向街咖啡廳，死定了。我已經把塑膠袋套到了頭上，準備衝出去。」發送。

洛枳知道，雖然她並不像大家看到的那麼淡定自若，可是也從來沒有這樣離譜過。

她的心惴惴的，總有感覺，這是最後的機會。快回訊息，快回訊息。她卑微地在原地轉圈。

她很害怕他只是回覆一句：「那你慢慢跑，小落湯雞。」

無意中偏頭透過牆上的鏡子看到了自己蒼白的臉上掩飾不住的焦慮和做作，她慢慢地凝固在原地，然後對著鏡子慘慘地一笑。

她也不過如此嘛。

他的簡訊傳來的時候，洛枳已經神色如常。

「等我，我馬上到。」

洛枳的冷笑漸漸變得有些淒涼。因為之前太恐懼、太期望，反而沖淡了應有的喜悅。這也許是她最大的悲哀。

她坐在椅子上等，大家都在看雨，她在看掌心。

抬頭的瞬間，看見盛淮南站在旁邊出神地望著自己。

洛枳站起來微笑，他拎著一把很大的傘，傘尖正在滴水。盛淮南面無表情地朝她點點頭，慢慢地打開書包，拿了一件雨衣出來。粉色的雨衣，上面畫著純白無嘴貓 Hello Kitty，一身藍色工作褲，無辜得要命。

她愣了一下，抬頭，盛淮南的臉上隱約有一絲微笑，她看不懂。

洛枳一直討厭那隻貓，她不喜歡沒有靈氣的貓，傻呆呆的，沒有魂魄。

當然，還有更重要的原因。她見過這件雨衣。

「雨太大，打傘也沒用，你穿上雨衣，雙重防護。老闆娘，有塑膠袋嗎？給我兩個。洛枳，你穿在腳上防止鞋裡進水。我就不用了，反正都溼透了。」

她沒有問他從哪裡來，也沒有道謝，只是按著他的吩咐做事，然後被他拉走。戴上雨衣的帽子，聽外面的雨聲都會不同，好像被隔離在自己的世界裡。她心裡複雜得難以言說。從收到他的簡訊到現在，不是不幸福，可是，雨衣就是讓她皮膚灼熱。

他們一路踩水，洛枳躲在雨衣裡，轉頭都很困難，總被帽子擋住視線。

「對不起，鞋都溼透了吧？」

盛淮南看了一眼腳下，沒說話。

「感冒好了嗎？」

他的表情緩和了些，點點頭，或者說，洛枳隔著半透明的粉紅色隱約看到他點頭。

「為什麼不說話？」洛枳皺著眉，壓抑著心底翻騰的不開心。

「沒什麼可說的啊。」他笑，只一瞬間，又是那麼雲淡風輕的笑容。

到宿舍樓門口，盛淮南說，快進去吧。

洛枳語塞，只是說「真的謝謝你」。

「客氣什麼？」標準的盛淮南式笑容，不知是不是洛枳多心，她在那笑容裡看到了惡意的捉弄和諷刺。

她身體一僵，不知道是不是賭氣，這一路隱忍不發的憤怒讓她無法這樣狼狽地離開。他們就這樣默默站了很久，最終還是洛枳投降了，最後一次道謝，然後轉身。

他在這樣的天氣裡，記得她，傳簡訊問候她，踩著大水來接她。

但是又為什麼……

「再見。」她頹喪地低下頭，臉上仍然波瀾不驚。

「洛枳。」他終於叫她，眯眯眼笑著，左手摸後腦勺，和他無數次真誠的笑容一樣，但是今天的一切看來都不同。

「什麼事？」

「你能不能……記得把雨衣還給我？」

洛枳突然感覺到腦子裡嗡嗡作響，彷彿靈光一閃的柯南。同樣是發現真相，柯南同學很興奮，她卻很狼狽。

「放心，肯定還給你，洗得乾乾淨淨的還給你。我不喜歡 Hello Kitty。」洛枳低垂著眼，冷淡地說。

盛淮南沒有說話，好像並沒有對她的態度感到詫異，他微微眯起眼睛，眉目間閃過一絲失望。

「為什麼。」他用的卻不是疑問句。

「一個圖案而已，哪有那麼多為什麼。」她搖搖頭。

「那你喜歡什麼？」盛淮南的口氣有點不悅。

「我喜歡什麼？」洛枳聽出了他的語氣，突然覺得非常不解和委屈。

洛枳，大雨天，你跑出來幹什麼？她忍住眼淚，笑了，歪著腦袋看著地上的水坑：「我小時候，爸爸給我買過一件綠色的畫著小青蛙的雨衣，雖然也很幼稚，不過我很喜歡。」

盛淮南終於有點疑惑地皺起眉。洛枳笑得更燦爛。

「更重要的是，我爸爸再也不能替我買雨衣了。」她直視他，慢慢不再笑。

他們就這樣在大雨天裡對視，對視很久。洛枳感覺到自己所有的力氣都賭在這一場莫名其妙的戰鬥裡了，一直看到盛淮南眼神一暗轉過頭去。

轉身，刷卡，進樓。

自扇耳光的感覺，不過如此。

她記得那兩個背影，粉色的 Hello Kitty，以及綠色的大眼睛小青蛙。

高三的四月，下午去學校領第二次模擬考的成績。她一不小心在校門口滑倒跌了一身泥，抬頭看見牽著手的一粉一綠。進門的時候，女孩子把雨衣脫下來塞到男孩子的手裡，甜甜地說——

「你幫我保管，這輩子都要帶在身邊。」

「為什麼？」

「這樣，」她笑得很美，又帶有幾分狡猾，「以後每一個雨天，你都能來接我。」

為什麼？他用前女友的雨衣來接她，冷冷地笑話她，為什麼？

然而最刺痛她的是當時盛淮南身上的那件大眼睛小青蛙的雨衣。

五歲那年的深冬，大雪紛飛。她在外婆家裡接到電話，爸爸說，洛洛，爸爸下班就去接你，外面雪下得太大了，路不好走，可能要晚點兒。不過你要乖，如果你乖乖待在家裡，爸爸就去給你買新雨衣，上次咱們在三百貨二樓看到的那件小青蛙的雨衣！

可是媽媽不讓。

咱們不聽媽媽的，冬天穿雨衣怎麼了？咱們就下雪天穿！

她捧著電話高興地叫，期待了一下午，站在外婆的廚房裡直轉圈，還打翻了水盆。

她沒有等到爸爸。

爸爸死了。

第32章 旁觀者的青春

那天下午她坐在書桌前，額前的幾縷頭髮被雨打溼，軟塌塌地貼在眼前，怎麼都撥不開。情緒在皮膚下游來游去，憤怒、委屈、不解、傷心，稍不注意就會浮上來，可是她沒有理會。洛枳翻開阿嘉莎・克莉絲蒂的自傳，一直看到晚上八點，然後開始做統計學的作業，然後洗衣服，然後打掃房間，然後關上燈睡覺，居然很快就睡著了，沒有做夢，第二天早上清清爽爽地去自習。

她經常為一些小細節感傷感慨感動，真的有大事發生的時候，反而無動於衷。就好像靈魂深處有另一個更強大的洛枳，平時潛伏起來，任由她占據身體，軟弱胡鬧，可是關鍵時刻二話不說會接管軀殼，統領靈魂，把那個敏感多愁的她晾在一邊。

看書到十一點半，眼睛有些疼，她洗漱完畢，躺在床上努力入睡。

可能是白天為了提高效率而喝了太多咖啡，洛枳睡不著，翻出 iPod shuffle 開始聽聽力，卻發現自己竟然只存儲了新概念 4 的課文，沒有其他可聽。

她不能聽新概念 4，聽了會發瘋。

百麗還沒有回來。她翻來覆去胡思亂想，忽然想起高二的尾巴，自己坐在臺階上來回地聽新概念 4 第一課卻怎麼也聽不懂的情景，莫名笑了起來，笑著笑著，不知怎麼就流眼淚了，然後一發不可收拾。

已經過了午夜十二點。她起身洗臉，換好衣服，戴上耳機，出門散步。

那場雨下了兩天一夜，傍晚才停。天氣已經格外冷。洛枳縮了縮脖子，往北面的商業區走，因為那裡還有明亮的燈光，雖然很多店鋪都已經關門，但幾家二十四小時營業的餐館裡仍然有人在高聲說笑。大街上偶爾有幾個行人匆匆穿過夜色，最熱鬧的卻是飛揚的垃圾。

走到千葉大廈前的時候，她抬頭看了一眼，映入眼簾的大幅廣告是白水晶。施華洛世奇。

她突然想起了葉展顏。

或者說，她從來沒有一刻忘記過葉展顏，甚至更甚於百麗把陳墨涵的照片放在錢包裡。那個被她潛意識隱藏起來，從來不在他面前提起，卻又留出一段小尾巴供自己小心翼翼地把玩的，盛淮南的前女友。

至於為什麼要避開，她也不知道。也許是出於憐憫自己，也許是出於心機。

她已經記不清動機。

那些陰暗動機慢慢地和它純潔的偽裝合為一體，每天都有一層薄膜扣在身體上面，時間越長，撕下來的時候就越疼。

自從分文理，洛枳就和葉展顏同班，然而幾乎沒有什麼交情。見面的時候也許會打個招呼，但也只是在避閃不及的時候回以禮貌的笑容。更多情況下，她會轉過頭去看牆上物理學家的畫像來避免那個招呼。她和葉展顏沒有什麼過節，這種迴避和冷淡不僅僅針對她一個人。她自認為和大多數人都一直相安無事。

相安無事，這句話說出來已經有些土氣了。

當時她沒有看過張愛玲的書，對這個女作家也聽聞甚少，所以無意中聽到葉展顏她們最愛的那句「現世安穩，歲月靜好」時，心中不免微微一震，嚮往得不得了。

只可惜後來才知道，在婚書上寫下這兩句的並非張愛玲，而是那個驚才絕豔的負心人。動盪歲月命運不堪，只留下不明真相的後人在QQ簽名裡用這個誓言一遍遍地晒著幸福。

洛枳從來都不在意別人是怎麼生活的，活得怎麼樣。但是不能不承認，葉展顏那樣青春而真誠的笑，每每都會讓她有些羨慕。有時候她也會想，很多年後，她會不會後悔自己年輕的時候沒有穿上漂亮衣服，梳著流行的髮式，站在陽光下那樣開心地笑？

不是不羨慕。那是另一種、更富有色彩的青春。

她經常對著主樓梯前的穿衣鏡照自己的樣子，並不是為了整理儀容。鏡子裡的女生微微蒼白，面容清秀，眼神淡定。也許是自戀，也許是自憐，也許這兩種感情根本沒有區別。她喜歡抱緊懷裡的考卷低下頭穿過長長的走廊，每當這時候就會沒來由地為自己感到驕傲。多年來，也只有這種沒來由的驕傲像影子一樣牽絆著她，好像這樣就不寂寞了，或者她的驕傲就來源於這份矜持的寂寞——她也不知道。

3月24日，上午第二堂課的課間。還沒有走到班級門口，她就聽見裡面的歡呼與掌聲。葉展顏正站在講臺前，被一群人簇擁著，小麥色的皮膚微微泛紅，漂亮的面孔上既有平時的張揚和自信，又帶了一點點羞澀，很特別的味道。

她繞到班級後門，走到第三排自己的位置上，掃視一下沸騰的教室，知道沒有機會搶占講臺發考卷了。坐下的時候看到同桌許七巧正在偷笑，還不時地用眼角看她，臉上明擺著寫了一行字：「問我吧，我知道很多內情。」

她把考卷擺好，微微笑了一下：「怎麼了？」

「了」字還沒有收尾，許七巧就急急地說：「三班的盛淮南跟她表白了。」

她愣了不到一秒鐘，繼續僵硬地微笑，擺正桌子上面的筆袋沒有說什麼。許七巧看了她好幾眼，她才發現自己的表現有些讓人惱火，這麼勁爆的新聞居然只給出這種反應，難怪許七巧有些不高興，這個把八卦事業當作生活重心的女生已經開始撇嘴了。很早她就知道許七巧不願意調到她身邊來坐，很簡單，因為她的漠不關心，而班主任恰恰就是利用這一點整治許七巧。

她識時務地追問：「用簡訊表白的？」

「你聽說了？你怎麼知道的？」

餘光所及的範圍內大家正在傳遞葉展顏的手機，而葉展顏正手忙腳亂地往回搶，焦急而幸福的目光盡收眼底。她聳聳肩，笑得臉部有些僵硬，說：「看這形勢就知道。」

「是啊，你猜猜盛淮南是怎麼說的？」

手機被傳到了她們附近，前排的女生轉頭把手機丟在了她的桌子上。葉展顏已經撲過來，許七巧眼疾手快把手機奪走了，而葉展顏則和洛枳從側面撞了個結結實實。

好像閉上眼睛，就能清晰地回憶起顴骨的腫痛。

大家一邊問「沒事吧沒事吧」，一邊還在哈哈大笑。她沒顧得上揉臉，趕忙對滿臉通紅的葉展顏說：「你還好吧？」

葉展顏搖搖頭，站直了大喊：「你們這群沒良心的，趕緊把老娘的手機拿來！」許七巧的啞嗓子幾乎同時響起來，「葉展顏葉展顏，盛淮南來電了」！

教室再一次沸騰了，葉展顏一把搶過手機奪門而逃，後面幾個男生大聲喊：「葉展顏，你可千萬別跟盛淮南說『他們欺負老娘』啊！」

盛淮南。她記得這個名字，當時這個人抱著皮球站在臺階上，夕陽從他的背後照射過來，在她的眼底鋪滿了溫暖的色澤。他笑得眼睛彎彎，對她說：「我叫盛淮南。」

高一，她再次聽到這個名字，時空錯位的違和感。

現在，這個名字再次脆生生地出現在她的耳邊。洛枳趴在桌子上，塞上耳機閉上眼，蘇格蘭風笛的聲音蓋過了外面的喧囂。

那張專輯的名字叫作《愛爾蘭畫眉》，天知道為什麼。

上課大約五分鐘後，葉展顏敲敲門走進教室，很多人在下面偷笑，英語老師瞪了葉展顏一眼也沒有說什麼。英語老師總是尖聲尖氣像煞有介事地說話，那堂課她的聲音卻格外弱，似乎沒有意識到教室下面暗湧的說笑聲。許七巧一直在和後桌的女生傳字條，洛枳卻很急躁地想要把那張專輯聽完。

一堂課過後再次下課，大家的熱情仍舊高漲，紛紛圍著葉展顏問東問西。洛枳低下頭，悄悄走上講臺開始寫字。

本來直接說就好了，但是不想在這個時候聲嘶力竭地喊「大家安靜」，更不想破壞了氣氛。煞風景是個大罪過，她不希望掃了大家的興。她把數學老師對月考考卷的處理要求悉數寫在黑板角落，寫完了後一轉身，發現一個男孩子正站在教室前門門口，那一刻只有她的位置可以看到他。

「請問你找人嗎？」她問。

「哦，麻煩你了，我找葉展顏。」男孩子有好看溫和的笑容和比笑容還讓人沉醉的聲音。她點點頭，對著教室中間的熱點喊：葉展顏！

本來她說話的聲音就不大，此時更是被教室的聲浪蓋過了。她喊了兩聲都沒有人理她，心裡狠狠地問候了一下大家的老媽，還是朝門口的男孩子溫柔地笑笑說「你稍等一下。」

她擠到葉展顏身邊，控制表情，努力做出神祕兮兮的樣子，對她說，門口有個帥哥找你。

不出所料大家又是一陣起哄，她和所有路人甲一樣謝幕，轉身回到黑板前一筆一畫地寫著數學老師絮嘮叨叨的囑咐。

如果有人真的關注她，真的想了解她，一定能看出，從來都是一副漠不關心的樣子的洛枳那天破天荒地在眾人面前表現了八卦兮兮的賊笑，一切的一切都彰顯了她的慌張和欲蓋彌彰，然而，沒有人發現。

她認認真真用力地寫著，沒有回頭，她相信門口一定聚滿了人，兩分鐘前只有她才看到的角度，現在人山人海。

他們在這所學校裡生活了三年，漸漸的，所有人的臉都開始變得熟悉，無論是在開水間還是在小賣部，哪怕說不出對方的名字和班級，在大街上看到時也會立刻意識到這個人曾經和自己在一所學校裡走走停停。

然而盛淮南在溜冰場認真地問她：「你是不是經常宅教室，我怎麼從來都沒見過你？」

我怎麼從來都沒見過你。
連她自己都懷疑自己究竟有沒有存在過。

第33章　施華洛世奇

洛枳對「純粹」二字的痴迷幾乎到了病態的地步。在校花和校草的故事風靡的時候，她仍然掩耳盜鈴，眼中只有盛淮南一個人，繼續寫著只和他有關的日記。

當然也並不能總是完全視而不見。躲不開的時候，她曾經看見過他們兩個幾次。

她很高興地看到，他們的戀愛不像那些張揚的學生一般，有機會就黏在一起卿卿我我。和大家一直私下猜想的相反，葉展顏很安靜，反倒是盛淮南的話很多。洛枳坐在偏僻的行政區頂層最後一級臺階上聽CD，看新概念4，他們兩個沒有注意到她。那兩個人坐在五、六層交接的樓梯中央，沒有牽手，沒有擁抱，看著一本數學書，盛淮南好像在絮絮地給葉展顏講什麼，洛枳沒有摘下耳機偷聽。

她一直坐到屁股發麻，他們還是不走，堵住她的路，她並不想驚嚇到他們，所以只好一直坐在那裡。巴哈的無伴奏大提琴組曲很好聽，新概念的課文反而蛻化成了一堆沒有意義的符號，飄在眼前，進不去大腦。

她索性闔上書，托腮安靜地坐著。餘光的範圍裡有兩個人，一粉一白，認真地鑽研著什麼，美好得不得了。洛枳發現自己並沒有覺得悲傷，反而很輕鬆，她對他們的愛情有種寬廣而溫柔的呵護，反過來也保護了她自己。

然而終於回到班級裡的時候，洛枳從後門看到許七巧等人圍住了葉展顏。她在人群中央大聲地說：「我老公教我數學了！」大家起哄問什麼什麼啊，葉展顏略一沉吟，笑嘻嘻地說——

奇變偶不變，符號看象限！

絕倒。大家笑，起哄，罵她惡搞。

葉展顏的炫耀和張揚，讓樓梯上兩個人低著頭溫柔美好的樣子在一瞬間崩碎。洛枳默默地坐回到座位上，喧鬧聲從右後方傳來，她低下頭擺弄那本厚厚的《語文基礎知識手冊》，翻來倒去地看，好像裡面藏著高考的祕密。

高考之後的那個夏天，班上的同學無論得意失意，都喜歡聚在一起一醉方休。洛枳只參加過一次，在角落看著他們呼朋喚友，「滿上滿上」的喊聲此起彼伏。醉醺醺的葉展顏忽然走過來坐到她身邊，大著舌頭說：「那個白痴這次居然沒有考第一。」

洛枳笑，說：「第三名，已經很厲害了，考試無常，理科的競爭向來很激烈。」

「你說他會不會扔下我？會不會愛上別人呢？北京那麼遠。」葉展顏一低頭，眼淚掉下來，肩膀聳動，一副楚楚可憐的樣子。

洛枳有點羨慕，葉展顏永遠不會被鬱悶和悲傷扼殺，她會痛快地發洩。

雖然她這副樣子還是讓洛枳覺得失望，這樣的葉展顏，看起來只是個小姑娘，沒有她平時見到的自信瀟脫。

「是福不是禍，是禍躲不過。感情這種東西說不準，你只能相信他。」洛枳淡淡地說。

原本只是想要安慰她一下，說些諸如「你對他來說是最特別的，距離不是問題」一類的話，然而也許是同學會中的她實在沉默得過了頭，一脫口，就是這樣殘酷的話。

又或許，她的忌妒和怨毒時刻不放棄尋找透氣的機會。

葉展顏愣了一下，然後含著眼淚笑。

「洛枳，他媽媽不喜歡我。」

她曾經聽到很多人安慰葉展顏：「他媽媽沒眼光，連你都看不上，讓他兒子打光棍去吧」——然而她只能苦笑。旁觀者不負責任的打抱不平，永遠只具有添亂的功效。

「愛屋及烏是世界上最荒謬的舉動，你和他媽媽都很愛他，但是沒有必要接受彼此。十年後，你們結婚的時候再考慮婆婆和兒媳婦的問題吧，好好享受現在的時光就可以了。葉展顏，不灑脫就不像你了。」

葉展顏很久都沒有說話。

「灑脫才像我嗎？」

「嗯。」洛枳有點不耐煩了，「我想，他也一定喜歡你灑脫大氣的樣子。振作點。」

葉展顏突然噗哧笑出來。

「怎麼了？」洛枳問。

「你怎麼知道他喜歡什麼？呵呵，算啦。嘿嘿，我知道啦，謝謝你。你看這個好不好看？」葉展顏忽然抹了一把眼淚咧開嘴笑，把一個墜子從領口拉出來。

美麗的白水晶，是一隻天鵝。

「他送我的——施華洛世奇的，好看嗎？不過，翅膀有一個地方磕破了，你看。其實最神奇的不是他送我天鵝，而是他和我爸在我過生日那天送給我一樣的東西！哈哈，你說，我是戴我爸那個好，還是戴他送的那個好？有時候真的覺得，雖然也有不如意的事情，日子還是特別幸福，是不是？」

洛枳有一瞬間的恍惚，身邊葉展顏綻開燦爛的笑臉，美麗的眼角甚至還有些沒擦乾淨的淚痕。她也笑起來，說：「嗯，是，開心點，你爸爸媽媽給你起這樣的名字，就是要你笑得燦爛些的。」

葉展顏突然轉過頭來看著她，慢慢地卻不笑了，那一雙眼睛好像看進洛枳的靈魂裡一樣，無禮而執拗。

洛枳愣住了，但也沒有迴避，只是坦然地看著她，不移動自己的目光，也沒有問她要做什麼。

「葉展顏，你能不能快點？就差你了，怎麼那麼磨蹭！」

「行，你真行。」葉展顏的聲音輕得幾不可聞，然而洛枳還是聽到了，彷彿幻覺。

她被叫走，繼續喝酒去了。洛枳很好奇，為什麼世界上所有的對話都是這樣，每當進行到快要進行不下去的時候，就會有人來救場？

所以這個世界上的故事層出不窮，一個比一個精彩，永遠不冷場。

她發現自己手腳冰涼。

那是洛枳對葉展顏最後的印象，她不明白對方為什麼這樣看著她。也許這將成為她人生中永遠的未解之謎。

洛枳離開同學會之後，坐車來到了商業區隆齡大廈一層化妝品和鐘錶首飾專櫃，她媽媽在這裡站周生生的專櫃。

她跑去看以前從來沒有留意過的施華洛世奇。

黑色的專櫃，閃亮的水晶。然而洛枳知道，真正美麗的不是水晶，而是背後的射燈。

就像她不忌妒葉展顏的美麗和透澈爽朗，她嘆息羨慕的是她背後的支撐。

射燈讓水晶晶瑩剔透光芒四射，而葉展顏成長為今天的樣子自然也有原因。

她轉回到原地找她媽媽。

「去哪逛啦？」下午四點，商場人很少，媽媽心情很好，摸著寶貝女兒的頭，笑得很開懷。

「賣水晶和琉璃的地方。」

「你不說我還忘了，這兩天商場打折，那邊有個賣水晶的店，還有一個是玉器店，幾個小丫頭都跟我挺熟的，好像還能比特價再便宜一點，你想不想要個什麼禮物？高考結束了還沒給你買過什麼。」

「算了，不想要。」她笑笑。

上大學後，盛淮南就一直在她心裡沉睡，彷彿被遺忘了一般。即使聽說了他和葉展顏分手，她也不曾蠢蠢欲動過。

她明明過得很好的，至少她以為是這樣。可為什麼會這樣不堪一擊？

盛淮南和學生會的學長推開燒烤店的門，三三兩兩地聊著天往學校走。

他忽然看見了一個穿著白色毛衣的女孩子，在風中高挑瘦削的背影很眼熟。

他跟學長說：「你們先走，我想起要給寢室同學帶點吃的回去，我回去再點幾串雞翅。」

那個女孩子仰著臉出神地看著千葉大廈，高空的射燈光散落在她臉上勾勒出柔和的線條，兩條晶亮的淚痕閃爍不止。

盛淮南站在她身後，也抬起頭，只能看見一堆亂糟糟的相機和化妝品廣告。

洛枳恍恍惚惚地走到學校幽暗的小路上，突然聽到背後有人一腳踏在了枯樹枝上發出聲音。

她沒有慌亂地回頭，而是繼續鎮定地走了兩步，突然拔腿開始跑，跑了一段距離才轉身看，發現路燈下的人影很熟悉。

是盛淮南。

第34章　告白

她狂跳的心慢慢平復，午夜的涼意讓她牙齒打架。路燈在盡頭傾斜虛假的橙色日光，把洛枳的影子驅趕到身前，拖得很長很長，伸展過窄窄的小路，輕輕地覆蓋在了盛淮南身上。

他們又開始毫無頭緒地對視，如同那個雨天。

記憶中，葉展顏那一刻的目光裡滿是不甘和怨毒，洛枳不懂。

而此刻，盛淮南的目光裡，滿是溫柔的憐憫和悲哀。

洛枳突然很想衝過去摀住他的眼睛——不要那樣憐憫地看著我。

她從小就害怕被憐憫，何況是被他。

「為什麼？」她問。

「我和學生會的幾個學長一起吃飯出來得很晚，無意中看到你，怕你一個女孩子獨自回來不安全，所以悄悄跟在你後面。」

我不是問這個。她搖搖頭，卻不想再追問，看盛淮南的樣子，即使她交代得清楚明白，答案也一定是一句明知故問的「什麼為什麼？」

「那真謝謝你了。」洛枳覺得又冷又疲憊，額頭發燙，不想再糾纏下去。

「能不能問你一個問題？」盛淮南的語氣不容拒絕。
「說吧。」
「你喜歡我，對嗎？」

洛枳抬起頭，不敢置信地看著對面的人。
「你還是不要撒謊比較好。」
「什麼意思？」她低聲問。
「沒什麼意思。你總還是有實話的，對不對？」
洛枳不知道是寒風還是憤怒讓自己發抖。
但是她沒有底氣。她的確撒了很多謊，只是她不知道他怎麼會發現。
擺在凳子橫檔上的肥肉，三根筷子，和所有的處心積慮。
「你到底想說什麼？」
「其實我們不應該繞彎子，如果你不喜歡我，也對我沒抱什麼希望和興趣，那麼，你不應該對我的態度這麼戒備，只要照實說就可以了。」
洛枳挺直了脊背：「所以你不用聽我說了，你都推理出來了。雖然答案未必合你的心意。」
「你……」
「我，」洛枳深吸一口氣，「我喜歡你，的確。」
她終於表白了，這句在她腦海中轉了許多年的「我喜歡你」，在北京初冬的深夜，被當事人用不耐煩的冷冽眼神逼問出來。
這句話說出口的時候，盛淮南的眼睛裡，卻是濃重的失望和不忍心。
「你應該猜得到啊，」洛枳冷笑，「我要是不喜歡你，你牽我的手的時候，我早就一巴掌扇過去了，為什麼我沒有？」
沉默了很久，盛淮南表情複雜地問：「你是……想做我的女朋友？」
洛枳沒有露出盛淮南想像中的表情，任何一種都沒有——驚訝也好，憤怒也好，不解也好，甚至欣喜，都沒有。
她微微蹙眉，眼睛裡積滿了悲傷。
什麼狗屁問題？他耍她，他居然這樣耍她。
她努力仰起臉，笑得很甜蜜。
「你想娶我嗎？」她問。
盛淮南顯然沒有反應過來：「我幹嘛要……」
他脫口而出，停在半空中定了定神：「為什麼問這個？」
「想，還是不想？」
「未來太遙遠了吧，這些都說不準的。」他不看她。
「我問你，是不是『想要』娶我，沒問你是不是一定能夠娶我。未來太遠，誰都說不準，重要的是你有沒有那份心。你的潛臺詞就是，既然我喜歡你，那就先跟我談戀愛試試，然後再考慮是不是轉正簽約？」

她笑嘻嘻的態度似乎激怒了盛淮南，他冷淡地一擺手：「OK，我不想跟你結婚，怎樣？」

洛枳還在笑，盛淮南認識她以來，她第一次笑得那麼恣意張狂。

「盛淮南，你知道嗎，偉大領袖毛主席曾經說過，所有不以結婚為目的的戀愛都是要流氓。」

臭流氓。

她說完，就搖搖晃晃地轉身離開。

聽到開門的聲音，百麗嚇了一跳坐起身來。走廊的柔和燈光打在洛枳的臉上，她滿臉淚痕，正好對上同樣淚流滿面的百麗的眼睛。

百麗驚訝地張大嘴，洛枳很少晚歸，更不用提哭泣了——但是她也沒有說什麼，躺下來，繼續一邊流淚一邊努力入睡，只聽見旁邊窸窸窣窣的聲響，漸漸模糊。

洛枳在適當的時機大病了一場。

回憶每到夜深人靜的時候總是鬧得很凶，本來那天晚上就因為受涼而感冒發燒，她卻同時又開始失眠。

洛枳把自己的作息時間切割得支離破碎，半夜睡不著就索性爬起來學習看書聽CD，白天卻照常上課。

百麗試著勸她不要這樣拚命學習，她只能笑笑說：「我白天已經睡過了啊，你見過誰能一直晚上不睡覺的？我真的睡過覺了。」

「可是你白天還照常上課，什麼時候睡覺啊？」

「有空閒時間就睡覺唄，睏了就睡，不睏就不睡囉。」

「洛枳……你是不是不開心？」

「是。我特別不開心。」

她乾脆地回答，臉上的冷漠卻讓百麗什麼都不敢問。

沒撐住幾天，就病倒了。洛枳昏昏沉沉地躺在床上，渾身酸軟，嗓子啞得說不出來話，左側臥右側臥仰臥俯臥通通呼吸困難。

她總夢見高中。醒來時，眼淚總是沾溼了枕巾。

原來人真的是會在夢中哭泣，哭到枕頭都晒不乾。

原本，她是說原本，那段時光，應該可以被淬鍊成美麗的故事，淹沒在黃岡題庫和成堆校內模擬卷的瑣碎片段中，只等年老的她平心靜氣地拼湊出多年前那個梳著馬尾的蒼白少女的模樣。她隱忍的暗戀，一半出於自卑，一半則完全是驕傲。那些默默地跟在男孩子背後，穿越走廊裡大片大片光陰交錯的晨曦——她原本可以擁有這樣一段剪輯得美好而完整的青春。

儘管她的故事不像表面上那麼美好單純，至少她對得起自己。那算不上開心，但也絕對純淨的一個人的愛情，至少可以在午夜夢迴的時候拿出來抱在懷裡，用旺盛的想像力和記憶力把它燒出幾分顏色，溫暖自身。

可是現在，那份執著而無害的暗戀好像被貪得無厭的導演製片人狗尾續貂，讓她不忍心去想這短短不到三個月的遭遇。沒有原因，沒有結果，一段感情就這樣被踐踏得破爛。

一想到就會疼到心口翻騰。

多好，她終於表白了。

不是氣喘吁吁滿面通紅地爬上六樓站到三班門口的少女洛枳。

她只是站在冷風中，面對對方不耐煩的眼神，有點悲壯無名地承認，是的，我的確喜歡你。

那不是表白，是招供。

她半夜醒來咳到快窒息，掙扎著爬起來去喝水，手腕一軟打翻在地上，嘩啦一聲，一地狼藉。

所謂覆水難收。

第35章　對不起

連著曠了三天的課，她終於在一個白天醒來，窗外雪白刺目，恍若隔世。

放在床上的手機突然振動起來，是媽媽打電話來。

「洛洛，這兩天好嗎？我看電視上說北京下雪了。冷不冷？」

「不冷。」

其實洛枳也不知道外面冷不冷，因為她一直沒有出門。張明瑞傳簡訊問她為什麼法導課沒去，她開玩笑說病得要死了，他居然說要來宿舍樓看她，在她百般推託下才終於作罷。晚上的時候，他卻打來說自己跑到嘉禾一品去買粥了，要送上來。洛枳嚇了一跳，只能求助於百麗，後果是下樓接應的江百麗後來逮到機會就笑得八卦兮兮的讓她招供。

這幾天，就是這樣過來的。

「你的嗓子怎麼了？這麼啞，感冒了？」

「有點。沒事，不嚴重，沒發燒，只是咳嗽。放心，我吃藥了。」

「你能好好吃藥就怪了。怪不得，我昨天晚上做夢，夢見你染頭髮導致過敏，嘴巴腫得和《功夫》裡的周星馳似的，都說不出話了。我心裡越想越不對勁，打電話問你好不好，果然是病了。」

「母女連心嘛，」洛枳大大咧咧地笑，沒想到嗓音像鴨子叫一樣難聽，「你總是太惦記我了，然後就做怪夢。別迷信，這東西不能信。不過我倒寧肯嘴巴腫起來，省得說話。」

「怎麼了？」

「沒。就是嗓子疼。」

「給那兩個孩子上課，是不是特別累？」

「不累，就是哄小孩。很簡單。兩個孩子也挺懂事的。」

她向朱顏請假，對方直接派司機給她送來了阿膠和盛在保溫杯裡的燕窩。

「怎麼可能不累，你淨糊弄我！」

洛枳突然很想咳嗽，趕緊閉嘴壓制住，放棄爭辯。

「我們這的一個同事，就是假期你見過的那個付姨，她要去北京送兒子——她託人在酒店給孩子找了工作。正好我讓她給你買了點吃的，還有件羽絨背心，你可以在宿舍穿。本來想讓你去火車站接她一下，把他們送上地鐵，正好也把東西拿回去。你病得這麼重，我看算了。」

「沒事，你把車次時間告訴我。就傳簡訊給我吧，省得我忘了。上班還行？」

她媽媽以前成天站櫃臺，去年檢查出來輕微靜脈曲張，經人介紹，去了塑膠模具廠食堂給員工做飯。洛枳聽著媽媽跟她講食堂裡的人事紛爭、是非曲直，也會發表幾句見解，有時候勸勸，有時候逗逗。

說起單位，媽媽話匣子打開，聊了很久才掛電話。

洛枳仍然記得，五歲那年，媽媽背著走不動路的她到處上訪，被人威脅後依舊剛強得讓人安心，一手摟著孩子，一手舉著菜刀，平靜地對一輕局的主任說，我天天背著它上班，我可以一直背著它，一直等到你們弄死我。

時光荏苒。她長大了，媽媽老了，也開始拿著電話絮絮地跟她講些雜七雜八的瑣事。她知道媽媽太寂寞，四十多歲的女人，沒有可以天天在一起不忌諱也不違心地講內心話的好朋友，也沒有丈夫。

洛枳面對的煩惱再多，畢竟還是有未來可以寄託的，她的寂寞大多數來自自戀和驕傲，當然也有矯情。她可以轉變心態輕易擺脫寂寞，也可以期待未來某一天某一個人能幫她解脫——可她媽媽的寂寞是實實在在的，是人生接近終結和定論的時候，回到家裡面對著簡陋空洞的牆壁的時候，呼吸中纏繞著無盡的淒涼。

每個星期的電話，從她彙報日常生活漸漸變成了媽媽像小學生一樣講自己的生活，而她則在另一邊應和著：嗯，嗯，對，怎麼回事，這個人怎麼這樣啊，別跟他一般見識……

洛枳捏著手機，笑容從甜美漸漸變得苦澀。

她仰起頭，把眼淚憋回去。最近她飆淚的指數直逼江百麗。

突然手機又振動起來。

「洛洛啊，我想來想去還是覺得有點不對勁，那個夢老在我眼前轉悠。你真沒事？有事別憋在心裡，說出來就好。」

洛枳憋著的眼淚終於還是打在了衣襟上。

「媽媽，真的沒事。」

媽媽，世界上原來真的有母女連心這麼回事。

「雅思準備得怎麼樣啦？」
「沒什麼問題。」
「哦……真的沒事，那我掛了啊。」
「媽，是你有事吧。」洛枳很輕鬆地說，笑出了聲。
「我夢見你爸了。」
她聽見窗外起風的聲音，樹枝上殘留的幾片乾枯的葉子雖然劇烈地抖動，卻仍然沒有掉下去——苟延殘喘至今，又有什麼用？
「媽媽，」洛枳聽見自己的聲音在顫抖，「你當初嫁給爸爸，沒有後悔過嗎？」
「沒有。」電話那邊的聲音聽到這個問題反倒平靜了很多。
「可是……」
「最初幾年，一家三口那麼快樂，雖然後來你爸不在了，我們熬過苦日子才熬到今天……當然現在的生活跟別人也比不了，可是最開始時的好日子我這輩子都會記得清清楚楚，不管我多麼恨那些人，這是兩回事。而且，沒有這些，也就沒有你。可能，我和你爸爸這輩子，就是為了迎接你。」
洛枳捧著電話，眼淚好像斷線的珠子，她摀住聽筒，不敢出聲。
「洛洛，說實話，你這麼小就能自食其力，我又心疼，又驕傲。你爸媽不是有本事的人，命也不好，但是老天爺把你給了我，我就沒有理由怨什麼了。但是，有些話一直沒跟你說。我不希望你負擔我的生活，你也不要覺得虧欠了我什麼。你的生活是你的生活，我知道你不可能不掛念我，但是，心不要太累。我有時候很埋怨我自己，我光顧著教育你要懂事要爭氣，結果把你變得太懂事、太小心翼翼了。

媽媽記掛你，不只是怕你出意外，也不是怕你生病。我老是在想，洛洛是不是不開心啊，是不是有壓力啊，是不是有心事啊？可是我知道，你一句也不會跟我說。」

她捏緊了手機，把頭深深地埋進抱枕中。

終於掙扎起床坐在椅子上，她用手攏住油膩的頭髮，呆呆望著窗外。已經12月中旬了，大地白茫茫一片。還有四天，她就要跑到北語去考雅思了。一不小心，手裡的劍橋真題就沾上了幾滴眼淚，乾了之後便皺皺巴巴地凸出來。洛枳盯著淚痕，莫名其妙地笑了一下，轉而又撇撇嘴。

她這場病，只是因為憋了一口氣在胸口，吐不出來。

對不起。

她對著牆壁上的鏡子說。短短的三個月時間在腦海中一閃而逝。

對不起。

我用了你珍藏的記憶去偽裝、表演、現寶、取悅於人。

百麗進門的時候，正好看見洛枳面無表情地俯身做題目。

「外面下雪了。」百麗說。

洛枳沒有回音。

百麗有點尷尬，又說：「過幾天考雅思吧？」

洛枳仍然沒有說話。

百麗仔細地看了看洛枳，發現她散下來的長髮裡藏著一根耳機線。她走過去一把拉住，扯下來：

「大小姐，下樓看看，下雪了！」

洛枳抬起頭，蒼白的臉上浮現出一個大大的笑容。

江百麗愕然地向後退了半步，這廝莫不是瘋了吧？

眼皮底下，洛枳鋪在桌上的演算紙上密密麻麻的都是中文。

「你不是在聽聽力？」

「聽歌，練字。」洛枳張開雙臂抱住百麗的腰，「江百麗，我真喜歡你。」

果然瘋了。百麗一巴掌拍在洛枳的腦門上。

第36章　其實我真的不想相信你

洛枳一天之內做完了兩本一共八套劍橋真題，頭昏腦漲，傍晚的時候穿好衣服打算去圖書館還書。許久不出門，邁出宿舍的一剎那竟然有點忐忑。

百麗在背後喊她：「多穿點，太陽下山了，你還發燒，外面冷。」

洛枳笑了：「太陽下山了？你這話說得真像村婦。」

百麗翻白眼：「你趕緊照照鏡子，喲喲，這笑得……蒼白孱弱，還有點勉強，楚楚可憐啊。」

洛枳依言照照鏡子。其實起床洗臉的時候她就看到了，自己一個星期瘦下去了一圈，下巴尖尖，臉色白得不像話。

沒出息。她扯扯嘴角。

「對了，你要是能下樓，今天晚上你自己去樓下接張明端吧，我估計他看到你一定特高興！」

「我給他傳簡訊，告訴他我病好了自己去吃飯，他今天不會來了。」

「什麼啊，切，」百麗撇撇嘴，突然小心翼翼地問，「洛枳，你和那個叫盛淮南的……你生病是因為他嗎？」

洛枳聽後僵了一下，然後仰起頭看天花板，認真而慢吞吞地說：「我覺得……主要還是溫度和病毒的原因吧……」

江百麗的抱枕直接飛向她的後腦勺。

出門瞬間，她聽見百麗幽幽地說，我們宿舍的風水太差。

她抱著書走出樓門沒幾步，竟意外地在小路上看到了盛淮南。洛枳一瞬間驚訝地抬起頭去看柿子樹的枝椏——沒有柿子，甚至沒有一片葉子。

盛淮南也隨著她的動作抬頭，只看到一片被枯枝分割得支離破碎的灰色天空。

「有……飛機？」他遲疑地問。

洛枳噗哧笑出聲，這樣的遇見和開場白，讓她一瞬間不禁懷疑之前連綿的秋雨和清冷的夜風，不過是她病中的一場夢。

「我上大學後其實很少見到你，但是我記得很清楚，剛剛開學的一天下午，我在這裡碰見你。那時候，我被柿子砸了。」

她略略失神，語氣平靜，目光穿過了盛淮南，卻怎麼也回不到幾個月前那個和風煦陽的下午。

他又帶著那種「原來你也不喜歡吃肥肉」的表情，笑得溫和，說：「那個女孩子是你啊。」

洛枳點點頭：「不好意思，我先走了。」

「洛枳，你……病好了嗎？」

她聞言愣了愣：「哦。」

盛淮南看她的眼神有隱忍的愧疚和溫柔，洛枳不解，晃晃腦袋不做考慮。

「外面冷，還是少出門比較好，把病徹底養好。」

「我是去圖書館還書。」她揚揚手裡的劍橋真題，「知道了，謝謝你。」

「你快考雅思了？」

「是，週六在北語。」

「嗓子這樣啞，考口語怎麼辦？」

「又不是考播音員，發音清楚就沒關係的。」

「那……好好加油。」盛淮南笑，略微有點尷尬的樣子。

洛枳忽然想起來，有些事情還沒有處理完畢。

「哦，對了，你現在有急事嗎？能不能等我一分鐘？正好碰見你，我還東西。」

「什麼？」

「雨衣啊。」洛枳的口氣裡什麼特別的意味都沒有。盛淮南揚起眉毛，深深地看著她，她也坦然地將目光迎上去：「你等等，我馬上下來。」

「把書放這裡，我幫你拿著吧，省得你抱著它再折騰一趟，跑慢點，小心逆風咳嗽。」

洛枳毫不掩飾地皺起眉頭看了他一眼，點頭說「謝謝」，把書放在盛淮南手裡，跑了幾步刷卡進門。

盛淮南翻著手裡的書，可是上面沒有洛枳的筆跡。零星幾頁有些歪歪扭扭的水筆字跡，一看就是以前某個借閱的男生的字。只有最後一頁摸上去凹凸不平，好像是被主人墊著寫字，筆觸太用力都印在書上了。他閒著沒事，就對著稀薄的光照努力辨認上面是什麼字，怎麼都看不出來。

朝女生宿舍樓門口張望了一下，他卸下背上的書包，掏出一支自動鉛筆，輕輕地在頁面上塗了幾下，凹進去的白色部分從鉛灰色的背景中浮現出來。

「混蛋」。

他張口結舌了半天，啞然失笑，乖乖地闔上了書。

洛枳走下來，遞給他一個半透明的袋子，隱約看得到裡面粉色的雨衣。

「洗好晾乾了。」

「謝謝你。」

「是我謝謝你。那我走了。」

「那天晚上，我問你關於喜不喜歡我的事情……」

她本來已經走出去一段距離，聽到後轉回頭，明明白白地看向他。

「嗯，我喜歡你，怎麼了？」她無法掩飾語氣中的激動和不耐煩。

盛淮南良久緩緩地說：「也許我錯了，對不起。」

「我真的忍不了了，」洛枳笑，「你第一次為張明瑞喜歡我道歉，第二次為高中不認識我道歉，第三次為我喜歡你道歉——你的是非觀真是特別啊。」

盛淮南沒有還口。

洛枳本想一走了之，可還是努力壓制住因為情緒激動而顫抖的雙肩，用平靜緩慢的語氣對他說：

「我不知道你之前對我做的事情是因為事出有因，還是純粹因為你心理變態。如果是事出有因，我本來想問問你為什麼，可是你連問都不問我一句就，就……」

她頓住，又勉強笑起來：「呵呵，說起來，其實你也沒對我怎麼樣，是吧？也沒說什麼太過分的話，沒打我沒罵我，只不過就是讓我覺得很難受，心裡很疼而已——只是一種感覺而已。」

洛枳說完，收起笑容，認真地看著他：「愛情也只是一種感覺而已。」

盛淮南動動嘴脣，想說什麼，最終還是沒有講。

「你好像不打算告訴我為什麼，我也不問了。我只說一句，我也許撒過謊，但這些謊言只是幫我維持一種錯覺和平衡而已，我從來，沒有，做過任何道德上有愧於人的事情，一件也沒有。」她一句一頓地說，像是被告的總結陳詞。

背後依稀聽到盛淮南輕聲地說：「其實我真的不想相信你。」

還完書才發覺餓得胃痛，她臨近六點鐘才奔進三食堂，可是已經錯過了麵包餅——晚上只烤一鍋，現在一個也不剩了。她只買了一碗粥，想了想，又賭氣似的買了水煮牛肉、辣子雞和麻辣燙，雖然嗓子還沒好，鼻子又堵塞，但是嘴巴裡一直沒味道。

她需要刺激。

剛坐下不久，就看見張明瑞與高采烈地端著盤子跑到她身邊坐下。

「你怎麼……」

「你不是說晚上自己吃飯嗎？我估計你會來買麵包餅，我排隊的時候沒看到你，後來就坐在那個窗口附近，等了半天也沒有，我看都要賣完了，怕你吃不到，就又折回去多買了兩個，不過現在都涼了。我叫師傅幫你去熱熱吧。」

洛枳張張嘴，話還沒說鼻子先酸了。

「謝謝你。」她埋進白粥熱騰騰的一片白霧中，不想讓他看到自己如此狼狽的表情，沒想到，下一秒鐘張明瑞伸出食指做出顫巍巍的樣子大叫起來：

「不是吧，洛枳，你怎麼成這副德行了？人比黃花瘦啊，嘖嘖，一個星期沒洗澡了吧？」

她抬頭惡狠狠地瞪了他一眼，夾了一口水煮牛肉塞進嘴裡，沒想到咬到花椒，舌頭麻得更是什麼都嚐不出來了。

「你大爺的。」她含混不清地說。

第37章　被偏愛的都有恃無恐

週六仍是漫天大雪，她很早就出門去等公車，車卻因為路況的原因遲遲不來，她趕緊伸手攔車，一路上暗暗祈禱不要遲到。

早上的校園行人很少，她進門後就沿著每隔十公尺處張貼的考場路線指示標往前走。一個穿紅色羽絨衣的女孩子跑過來搭訕，問她是不是也在找考場。兩個人結伴而行，不鹹不淡地聊幾句，呼出的白氣瞬間被迎面而來的漫天風雪裹挾著呼嘯而去。洛枳一瞬間恍惚覺得風把聲音也一起帶走了。

「我是學旅遊管理的，我們學校這個專業當年招生的時候收了好多錢，和愛爾蘭的一個什麼什麼大學——名字忘了，反正也沒名氣——聯合辦學，雅思一過6分我大四就能出去，念三年，直接把本科變成雙學位，研究生就是那個愛爾蘭大學的在讀了。不過我也得能過6分啊，我這都第四次了，上一次是5.5，差點沒把我後悔死了。我四級還沒過呢……」

不知是不是因為下雪，女孩子略微沙啞的嗓音在空曠的校園裡並沒有產生太大的響聲。

洛枳一邊心不在焉，一邊聽著女孩子抱怨自己爸媽多管閒事。

「這年頭，誰都知道出國沒有前幾年那麼容易唬人了。我這德行，加上那某某愛爾蘭大學，一看就是拿錢堆出來的，寫到簡歷上也沒人要。我跟我媽說，我畢業就回省，就在我爸開的洗浴中心當大廳經理，小破地方招聘大堂經理都說要碩士學歷，你說這不是有病嗎？……」

迎面跑來一個膚色黑亮的老外，短袖T恤加單薄的運動長褲，對著穿得厚厚實實的她們笑了笑，潔白的八顆牙，和臉形成了極為鮮明的對比。

「靠，你別說，這黑哥們兒還真帥。」

女孩剛說完，跑過去的老外突然回頭，響亮地用帶京腔的普通話回答：「一般一般，謝謝啊！」

洛枳失笑，身邊的女孩笑完後又回歸沮喪：「我的英語絕對趕不上他的漢語一半流利。」

分考場排隊的時候她們道別，洛枳朝她揮揮手說「加油」，女生大大咧咧地一笑，一副天不怕地不怕的樣子。

被偏愛的都有恃無恐。洛枳心生羨慕。

進了考場，洛枳依據指示調試好了無線耳麥，手指不安分地撥動事先已經被考官擺在桌上的專用鉛筆和橡皮，然後百無聊賴地趴在桌上等待。身邊的男人看樣子年齡不小了，正傾過身子笑嘻嘻地搭訕：「小妹妹，第幾次考啊？」

洛枳向來是外表和氣的人，也不免皺了眉說：「第一次考。」

「哦，沒事沒事，別擔心，一般第二次開始就能越考越好了。」

洛枳氣笑了。

監考的英國老太太語氣和藹笑容溫暖，然而當她看到一個女孩提前翻動了考卷的一剎那，立即拍桌大喝一聲「You！」尖厲嚴肅的嗓音把洛枳嚇得心臟都被戳了個窟窿，手一鬆，鉛筆就跌落在地。旁邊那位一回生二回熟的大叔幫她撿起來，笑嘻嘻地輕聲說：「答得挺快嘛。」

洛枳皺眉無視。

閱讀考試結束時，考官要求大家將試卷背面朝上放在桌子上，誰也不許動。身邊的男人卻不斷朝她使眼色，示意她把考卷翻過來讓他抄兩筆——她漠然地把頭轉到另一邊。

下午考口語的時候她是第三位考生，坐在門口靜等時遇到了前面走出來的考生。

「小心點，印度人。」那個沮喪的考生垂著肩膀扔下一句就走。

洛枳渙散的精神緊急集合。

果然是個皮膚很黑的印度籍女考官，然而對方一開口居然是漂亮的美音。洛枳著實吃了一驚，反而覺得像天降喜訊，整個人都亢奮起來。兩個人的語速都快得像辯論會了，但是交談得很愉快。

洛枳的嗓子本來已經恢復正常了，現在卻有些吃不消了，變得略略沙啞，說話之前總要清嗓子。

考官說，我還有最後一個問題：

「為什麼有時候記憶和事實有出入？」

洛枳張了張嘴巴，啞然失笑。

她低下頭默默地想了十幾秒，才揚起臉慢慢地說：「也許是某種自我保護吧。事實已經夠糟的了，何必在回憶的時候還要為難自己。」

很武斷而感性的回答，也缺乏邏輯。考官有幾秒鐘的愣神，然後給了她一個極其耀眼的燦爛笑容。

洛枳卻在那一刻沉重地嘆息。這樣清醒的白天，一切都如此真實，桌子，椅子，粗糙的觸感，暗淡的光澤——這樣的真實把她記憶中珍藏的一切映照得很荒謬。過往的一切究竟是真實，還是粉飾？

走出考場的時候已經是下午三點。雪不知道什麼時候停了，道路交通卻更加堵塞，她只能沿著馬路踩著新雪慢慢走。不一會兒，凜冽的寒風就將她的鼻尖凍得失去了知覺。

她忽然想起來考完試後還沒開機。螢幕剛剛亮起不久，手機就開始不斷地振動。洛陽，張明瑞，百麗，媽媽……很多人給她發來簡訊詢問考試情況，甚至還有許日清，想必是張明瑞告訴她的。洛枳覺得心裡很暖，一邊走一邊低著頭回覆。過了幾分鐘有電話打進來，是媽媽。

「洛洛，考完了？」

「剛出考場，你的電話真及時。」

「心電感應。」媽媽在電話另一邊笑，「怎麼樣？」

「挺好。」

「對了，你們耶誕節有沒有放假？」

「我們耶誕節放什麼假啊，你以為我在哈佛啊？」

「我上次跟你提到的那個付姨說，她有個親戚在鐵路局工作。你要是耶誕節前後回來，可以買站臺票上車後再補臥鋪的學生票，回北京的時候你和付姨他們一起，羽絨背心也不用她給你帶過去了，你正好可以把他們送上地鐵，聽明白了嗎？」

洛枳對這種囉唆的敘述只能沒脾氣地笑：「明白，明白。」

媽媽絮嘮叨叨地給她講具體如何找列車長，時間車次，又問她有沒有要緊的課程，說了很久才放下電話。

12月24日是星期六，洛枳計畫週五早上上車，翹掉政治課和體育課，週日晚上返校。

今年12月24日，是父親十五週年的祭日。

洛枳已經有點記不得出殯的場景了，從自己家裡到火葬場，一路遇到無數陌生的親戚。在冗長繁雜的儀式中，她都只顧著哭，只有一個阿姨負責照顧穿戴重孝的自己。

她只要哭就可以了，孩子的悲傷純淨而簡陋，只需要看到一個不會動、面色慘白、冰冷冷的爸爸，只需要聽到人家一句「爸爸永遠回不來了」，就能哭到昏天黑地，直到累了，平靜一會兒，休息一下，再被人提及幾句，再哭……

反正會有很多人蹲下抱著她說「苦命的孩子」。她可以一直哭下去。

但是不知怎麼，在阿姨懷抱中的她突然抬頭。葬禮那天也是下著大雪，比現在這一場還要大。

雪花是天空的碎片。

她睜大眼睛看著雪從無到有漸漸變大然後落到自己眼裡，凍住了眼淚。那樣的壓抑和盛大突然讓小小的洛枳不再抽噎，而是轉過身去看人群中的母親，嘴唇發白顫抖、正在砸一個泥盆卻幾次都砸不碎的失去力氣的母親。

她知道，艱難的日子才剛剛開始。

那一刻，悲傷加重，越過了孩童懵懂的悲傷和眼淚。

剛放下電話，手機又振動。

這次是盛淮南。

「雅思考完了？」

「嗯，挺好的。」

同樣的問候，來自別人，她就笑笑說「謝謝」，來自他，就會感動異常。人的心永遠都是偏的。

「一般別人就算是考得好也只會說一句『嗯，就那樣吧，還行』。你還真誠實。」盛淮南的聲音很明快。

「是嘛。」洛枳沒有鬥嘴爭辯的心情。

盛淮南停頓了一下，又問：「回學校了嗎？」

「正在路上。雪積得太厚，又堵車了，我走回去，還好北語離咱們學校不遠。」

「我去接你吧。」

「這裡堵車，能過來的只有直升機，你怎麼接？」

「呵，對啊。」盛淮南笑了，有點尷尬，很久都沒有說話。洛枳沒戴手套，手指很快就僵硬了，可是她沒有催促。

「冷嗎？」他問。

「嗯。」

「沒戴手套？」

「嗯。」

「那把電話掛了吧。你感冒還沒好吧？嗓子還是有點啞。把手放到口袋裡好好暖和一下。預祝你考出好成績。」

「謝謝你。」

洛枳把冰涼的手機放回書包裡。前面的十字路口混亂不堪，行人在車輛的夾縫中自如地穿梭。她愣愣地看了一會兒，然後低下頭繼續往前走。

被傷得再狠，只要對方問一句「疼不疼」，就能活過來。

迎面來的風吹走了她殘留在臉上的笑容。

第38章　開往冬天的列車

火車行進中一直很平穩，本來這樣聽著鐵軌的聲音躺在床上胡思亂想是很愜意的，可是下鋪的孩子一直吵鬧，讓洛枳很厭煩。

小孩一直在往地上吐口水，還把大家的鞋子踢得到處都是，在別人睡覺時大聲地喊一些外星人才聽得懂的話。

洛枳忽然想起高二時，女生們一起坐在體育館的看臺上等待期末考試，葉展顏和她的朋友忽然因為某個話題叫嚷起來。葉展顏叉著腰站起身，在熱烈地表達了對嬰兒的喜愛之情後皺皺眉頭說，我最討厭六七歲之後的小孩子——等我有了小孩，他一長到四歲我就掐死他。大家哄笑，說小心你剛掐死孩子，你們家盛淮南就掐死你。

洛枳承認，雖然有時候會暗暗笑她的偏激和幼稚，卻又不得不承認聽她講話很痛快，讓人有不自覺的親近感。

心裡偷偷閃過的大逆不道的念頭透過別人的嘴巴事不關己地冒出來，不是不愜意。

那個孩子又認真地往地毯上吐起了口水，吐完了，用含混不清的口齒，學著電視上肥皂劇主人公的口吻說，還好，我留下了自己的——痕、跡。

最後還特意把那兩個字加重拖長。

哪兒跟哪兒啊，洛枳笑得肚子都疼了，漲紅了臉卻不敢出聲。小孩子和小狗都一樣，到哪裡都要留下自己的痕跡。

轉念一想，誰不是這樣？渴望被別人肯定，也是想在他人的生命中刻下屬於自己的痕跡吧。被忽略和被遺忘都讓人難堪失望，有時恨不得像這個孩子一樣，用這種無聊的方式證明自己存在過。

天色漸晚，夕陽慵懶地照進車廂，快要到家了。

其實她並不是很想家。她的年紀距離真正的思鄉還很遠，雖說少年老成，可是對過去生活的懷念與悵惘依舊帶著青春的張揚標籤，只是偏偏要偽裝出一副深沉的樣子而已。

她還是嚮往遠方，還是不懂得深切的懷念。

她想家，只是像個孩子依戀媽媽。父親的面孔，其實早就模糊不清。

洛枳下床，坐到走道邊的椅子上，面向與火車行進相反的方向坐著，這樣看起來，火車像是在拚命追趕著自己丟失的時間。北京向北的平原上一片荒蕪，偶爾會看見一棵突兀的樹，孤零零地戳破無波的平靜。

這樣安靜的時刻，火車穿梭於現在與未來之間、北京和家鄉之間。她覺得第一次逃脫了自己所有的記憶。沒有回憶，沒有憧憬，沒有揣測，甚至沒有情緒。

洛枳突然想要大逆不道地不再背負她媽媽的後半生，也不想再記得上輩人這輩人的所謂恩怨，像個白痴一樣沒有責任、沒有驕傲、沒有尊嚴，讓這列火車就此脫軌在荒原中爆炸，火焰徹底把她吞噬燒個一乾二淨，或者永遠開下去，開出中國，穿越西伯利亞，衝進北極海，徹底埋葬凍結在冰川下。

列車猛地急剎，車廂劇烈晃動了一下，她驚喜地抬頭看著遙遠的天。

然後回歸正常的車速，一切平靜，只有車輪駛過一節節鐵軌接縫處產生的轟隆隆的響聲。

她想起不相干的初中物理題，窗外沒有里程指示牌，手中只有一個碼錶，如何估測火車時速？奧妙就在那有節奏的轟隆隆的聲音裡吧？

她看見，那個吵鬧的孩子終於睡著了。

第39章　破碎的湄公河

一下車，洛枳就看見媽媽圍著圍巾站在月臺上。她丟下行李箱，奔過去狠狠地抱了一下穿得像隻大熊的媽媽。媽媽的笑容變成生氣的皺眉——「洛洛，我說你多少遍了，火車站這麼亂，你怎麼能把行李箱原地一扔啊？你以為自己在外多年啊，還給我來什麼擁抱……」

洛枳厚著臉皮笑，和媽媽一起走過去撿起行李箱，穿過廣場去坐公車。

家鄉的地上有些泛黑的殘雪，不像北京剛剛銀裝素裹的樣子，風也要凜冽得多。

回到家發現，屋子裡並沒有想像中溫暖。

「今年暖氣燒得不好。明年開始分戶供暖就好多了，放心，」媽媽轉身進了主臥室，「我買了電暖風，現在就打開。」

洛枳的小房間還是沒什麼變化，一看就知道媽媽每天都會打掃得乾乾淨淨。她的房間沒什麼明顯性別特徵，床上沒有玩偶，桌椅都是白色，床單是藍灰條紋，唯一的色彩可能就是牆上的大幅《灌籃高手》海報，只可惜是陵南隊，白色的隊服，和牆壁一樣寡淡。

海報是小學時買的，時隔多年。她很少買這種東西。同齡的女孩子們喜歡三五成群地長時間擠在小店裡，買各式各樣好看的自動鉛筆、原子筆、水筆、橡皮、折幸運星的色紙條、折千紙鶴的正方形色紙、明星的大幅海報……她從來沒有買過。那天突然來了興致，從小攤上買回最喜歡的動畫海報後，就卷成一個紙筒悄悄放在桌邊，怕媽媽看到了會罵她。沒想到第二天早上醒來發現，海報已經被媽媽貼在了牆上。

這麼多年，雖然略有暗黃，但沒有卷邊或者破損。

媽媽把電暖風推過來，說：「你的屋子小，很快就能暖和。行李箱一會兒再打開收拾，先坐這暖和暖和。」

她和媽媽並排坐在床邊，拉著手笑。

「北京冷不冷？」

「比家這邊暖和多了。」

「是，咱們這裡這兩天降溫，風刮到臉上像刀子似的。我們下班回家的時候全都縮著脖子把臉藏在圍巾裡面，還是凍得夠嗆。宿舍裡暖氣燒得怎麼樣？」

「挺好的。宿舍屋子小，保溫也好。不過，我前兩天電話裡都告訴你了……」

「我再問一遍不行啊？！」

「行行行。」洛枳吐舌頭一笑。

笑完後她們忽然都不講話。洛枳抬眼去看結了厚厚冰花的玻璃。

「明天早上不用著急去得那麼早。十五週年，奶奶家的人應該也會去。他們應該都是趕著一大早去把骨灰請出來，咱們就十一點到吧，正好能避過去。見面都是尷尬。」

洛枳想起小姑姑一臉防賊的表情，苦笑一聲。

「行。從咱家坐車的話，九點半走就行了吧？」

「不用。我們模具廠食堂的送貨司機老陳說明天單位的車閒著，大冷天的，讓他送咱們去吧。」

「喲，公司車啊，」洛枳誇張地晃晃腦袋，「那好呀。」

「我給你熱菜去了。」

「嗯。」

洛枳自己一個人盯著電暖風通紅的電網發呆，剛剛腳凍得發麻，現在緩過來了，又癢又疼。

把骨灰盒從火葬場請出來，供上供品，燒紙——按照規矩，這些和出殯一樣都必須在中午之前完成，所以每天早上殯儀館都人滿為患。她和媽媽以前都提前一天去看爸爸，這次是十五週年，仍然還是要避開。

雖然奶奶已經去世，再也不會指著媽媽說「剋夫相」了。

吃完飯回到屋裡，她發現手機裡有一則未讀訊息。

「平安夜請你吃晚飯？」是張明瑞。

「我回家了。」洛枳回答。

「回家？是……回家嗎？」

「廢話。家裡有點事，必須回，抱歉，耶誕節快樂。」

「這樣啊……聖誕快樂！回家後正好能好好調養調養。」

洛枳每次想起張明瑞，就覺得很放鬆很溫暖。

好像洛陽。

想誰來誰，手機很快又振動了一下，這次是洛陽。

「我聽姑姑說，你回家了？」

「是啊，現在正在家裡。」

「回家真好啊。羨慕。」

洛枳愣了一下，羨慕什麼，羨慕她回家給爸爸上墳？

她笑笑，回覆：「等你結婚了要是還能這麼顧家，嫂子一定高興。」

她剛發送成功，這邊同時也進來了一則簡訊。

「在公司加班累死累活的，還是當學生好，總之羨慕死你了。」

洛枳知道，洛陽一定是也意識到了自己的失言，匆匆轉移話題加以胡亂解釋。

洛陽永遠在洛枳最需要的時間和地點出現，即使給她的都是沒有意義的「別難過，想開點」等廉價安慰，還經常說錯話、幫倒忙，但是洛枳可以將他的笨拙悉數蒐集網羅，安然接受。也許因為家人是不同的。

她再怎麼千瘡百孔、十惡不赦，在家人面前永遠都不會覺得羞恥和無地自容。

廚房裡傳來炒菜的聲音，洛枳坐在座位前覺得無聊，就抬頭去翻小書架，發現最顯眼的是一本不知為什麼沒有收起來的《五年高考三年模擬》。她突然想起丁水婧。如果自己也回去復讀了，是不是還能考到P大？

洛枳踮起腳抽出那本練習冊，想試著做一套地理題玩玩，然而練習冊太重，她一個不小心就脫手了，練習冊「啪」地砸下來，險些正中她的頭。

幾張紙從練習冊中掉了出來，跟在後面慢悠悠地飄落。

洛枳撿起來，發現是高二去緬甸參加活動時寫的日記。當時為了減輕行李重量，她並沒有帶著那本厚重的日記，所以只是隨手寫在了淩亂的紙片上。

然而為什麼不夾在日記裡，反而出現在練習冊中？她想不清楚。

皇宮裡遊客太多，照相都困難。我剛剛回到酒店，就看到2隊先下車的同學在大廳圍在一起嘰嘰喳喳地說什麼，走近了一問才知道是寫明信片。有當地人在酒店門口兜售好看的風景人物明信片，寫好後不用自己貼郵票，直接遞給前臺服務生就可以了。

我其實沒什麼必要寫明信片。給媽媽寫有些做作，我又記不清洛陽的地址，學校裡更是沒有多少親近的朋友。但是想了想，還是去買了一張。

我為他買了一張明信片。

湄公河的旖旎風光。河盡頭的天邊是傍晚的紅霞，在角落裡還有一彎清亮的月，我實在是很喜歡。本打算回到房間再細細琢磨怎麼寫，但是一衝動，決定立刻就寫。我也擠到桌子邊去，想了想，大筆一揮：

『這裡很美，我很高興能來到這裡，容許我炫耀一下。其實我很想念你，不只是當我在遠方。可是我不能說。』

有點矯情的一段話，寫完後手卻真的在顫抖。

只寫上地址，寄信人一欄保持空白，交給賓館的服務生。

就在他轉身離開的一瞬間，我下意識喊住他，然後說了一聲「sorry」就把明信片搶回來撕掉了。大家都知道我去了緬甸，明信片這種東西放在信箱裡，他們班級所有的人都看得見，明擺著跟自己過不去。

何況，他有女朋友，在別人眼裡，我這封信的道德意義就不僅僅是表白了。

明信片硬硬的碎片放在掌心，握起來有些扎手。

手裡是被我撕扯碎的湄公河。

我把它扔進垃圾桶，2隊的領隊看著我一個勁地眨眼睛，那是個很喜歡大笑的皮膚黑黑的女人。

我對她說：「It's for a boy. I miss him.」（「這是給一個男孩的。我想他。」）

「But why did you tear it up?」（「但為什麼你要撕了它呢？」）她瞪大眼睛。

我笑笑：「I made some spelling mistakes.」（「我有些地方拼錯了。」）

非常嚴重的拼寫錯誤。

「Don't be so nervous.」（「別這麼緊張。」）她大笑著說。

小心駛得萬年船。我怎麼能不緊張？

可是誰又能保證，有天滄海變桑田，我這艘小心翼翼的船，不經意間就會在時光裡擱淺呢。

洛枳看完，坐在桌邊傻笑了一陣。

她還記得高二，五月的那天傍晚，她被叫到校長室。

校長坐在實木辦公桌對面，教導主任江老師坐在桌邊，背後的窗外紅霞漫天。洛枳很放鬆地坐下，看向那個皮膚有些鬆弛、神情也很疲憊的女校長，禮貌地笑了笑。

「你笑起來很好看。」

校長的開場白讓她起了一身雞皮疙瘩。

「暫時不能告訴你我為什麼找你。不過，你得回答我一些問題，可以嗎？」

「好的。」她並不擔心這種故弄玄虛的場面。

「洛枳，文科班的，對吧？江主任推薦你過來的。本來我們想找的是男生，已經定好了幾個候選人，我個人很看好三班的盛淮南。不過，江主任說最好還是見見你。我也有點好奇。」

她本來懶散的心情緊急集合，一種莫名其妙的好勝心開始蒸騰，不論校長找她的目的是什麼，她都要勝過盛淮南。如果這是盛淮南很期待的一件事，那麼她要讓他知道，是誰奪走了他想要的東西。

這和當初在理科班的時候想要考學年第一一樣，是贏得他矚目的方式。她並不美麗張揚，也沒有讓人一見傾心的活潑性格，但是她希望自己身上總有讓他微微炫目的一面。

總該有一點吧？

更何況，她在想像中與他爭輸贏，已經爭過了整個童年和半個青春。都習慣了。

和校長的談話對她來說不是很困難。她對答如流，彬彬有禮，溫和可親，旁徵博引的同時也沒有忘記加上謙虛的笑容。

虛偽的表皮被時間和閱歷一層層疊加得越來越厚。

校長忽然笑了，說：「我決定不見盛淮南他們了，你是我面試的第一個學生，我覺得不會有人比你更出色，就是你了。」

洛枳愕然。原來，原來校長還沒有見盛淮南，原來盛淮南還不知道她贏了他。有點覺得沒意思。

作為學生大使出訪緬甸參加公益活動，行程卻安排得好像公費旅遊。她終於可以不需要考慮家裡的負擔，痛痛快快地出去玩了。

應該高興的。

緬甸旖旎的風光被拍成了照片封存，唯一沒有被拍下也是唯一被她銘記在心的，只不過是一條破碎的湄公河。

洛枳鑽進被窩，剛剛打開的棉被很涼，她把自己蜷成一小團，弄熱了一個區域就小心地伸展一下，進攻更大範圍。

臨睡前意外地收到了百麗的簡訊。

「我和他分手了。」

洛枳覺得有點不一樣。百麗和戈壁分手過很多次，但是從來沒有傳過簡訊給她。

「真的假的？」

「應該是真的。因為是他提出來的。」

這句話看得洛枳哭笑不得。

「不要喝酒不要胡鬧，晚上記得鎖門，下雪了很冷，出門散心不要走太遠，多穿衣服，小心著涼。」洛枳知道勸什麼都是廢話，只是囑咐她要小心。

「幸虧你不在，否則又被我吵死。」

「又？看來你挺有自知之明。對了，這次自己放音樂聽吧。」

「洛枳，謝謝你。」

「好好照顧自己。心結打不開無所謂，吃飽喝足穿暖是正道。」

洛枳嘆口氣，勸別人的時候，她倒是永遠心思透澈、看淡紅塵，拿得起放得下。承擔他人的痛苦的時候，我們都分外堅強。

第40章 憑什麼不恨

洛枳和媽媽到達殯儀館的時候，一向擁擠的停車場裡只有寥寥幾輛車。郊區比市內還要冷許多，北風刮過，彷彿細細的刀片一道道地切過臉龐。洛枳戴著手套，可是雙手仍然凍得失去了知覺。

停放骨灰的大樓裡已經空蕩蕩的了。大廳收發室的管理員正要出門，看到洛枳和媽媽有點驚訝，接過媽媽手裡的證件本和鑰匙看了一眼，說：「副本啊。」

管理員急著出門，考慮了一下，說：「反正沒人了，我要去吃飯，你們進去吧，還完骨灰後把小門幫我帶上就行。」

他說完就打開了走廊的門，朝媽媽點點頭，走了。

洛枳知道這裡沒什麼可以偷的東西，除了骨灰。

那棟大樓很古怪，比外面還要陰冷幾分。洛枳和媽媽上了三樓，找到了第五個房間，第四個架子，第六排第四列。小玻璃窗裡是暗紅色的骨灰盒，中間鑲嵌著爸爸年輕時的黑白照片。

爸爸很帥，帶著一股無產階級工人樂觀勃發的氣質。

玻璃窗一打開就啟動了裡面的小小電子答錄機，哀樂緩緩響起來。媽媽扶著梯子，洛枳站在上面，小心翼翼地把旁邊的陶瓷做的桃子、冰箱、洗衣機拿出來遞給媽媽。清理完畢後，她輕輕地把爸爸的骨灰盒捧出來。

殯儀館經過多年整治，已經將燒紙供奉的地方從外面的黃土野地移到了專門用來追悼的大院子裡面。一排燒紙專用的黃銅爐子沿著院子的圍牆鋪開，被煙燻得早就看不出原來的顏色了。

十一點半，平常擁在這裡憑藉給死人「念叨超生」來討生活的一群老婆子也不在。一陣陣北風把爐膛中殘餘的紙灰掃到洛枳的腳邊。

她用凍僵的手幫媽媽把水果、酒和爸爸的靈位、骨灰擺好，然後一起點燃紙錢。

熱氣迎面而來，微微溫暖了她凍得沒有表情的臉。

媽媽還是哭了。面色慘白，眼淚像斷線的珠子。

洛枳轉過頭去躲避媽媽的嘮叨：「給你送錢來了，那邊過得好不好？洛洛那年考上大學後，冬天就不能回來給你上墳了，今年特意回來看看你。你女兒能自己賺錢了，我現在這個工作比以前那個好多了，不用總站著，腿腳也好多了……」

洛枳的眼淚含在眼裡，就是不願意落下去。

其實，她怨父親。

他待媽媽好，待她也好，她和媽媽的生活到今天這個地步不是他的責任，可是，奶奶家的人心涼薄，以及他自己的死亡，仍然讓媽媽一生孤苦。

世態炎涼。一腔怨恨平攤到世間眾人的頭上，每個人得到的責問都輕得不如一聲嘆息。所以，洛枳乾脆把濃烈的恨意一分不減地都送給父親和奶奶家的人。曾經，也送給盛淮南過。

她考上大學那年，媽媽執意讓她去看看過世的外公外婆。她第一次抗拒她媽媽。她誰也不要看。

外公執拗古板，外婆勢利虛榮，兩個人都激烈反對媽媽嫁給爸爸——這其中自然有愛護女兒的考慮，但恐怕也摻雜了門當戶對和面子方面的心結。外公一生清廉守舊，不肯幫做普通電工的父親換工作，外婆則在母親婚後堅決與之斷絕關係。洛枳父親因事故去世，外公外婆退休病故，媽媽的幾個親兄弟姐妹只有洛陽的父親是個厚道人。骨肉至親，也不過如此。

至於奶奶一家，當年攀附媽媽家裡的地位未果，父親死後，冷臉大罵媽媽禍水剋夫命，把洛枳關在房中，卻把媽媽趕出家門。

奶奶家的老房子動遷，分房指標甚至包括老房子留下的板材、家具都被幾個姑姑和叔叔刮了個一乾二淨。

她憑什麼不恨？

紙都燒盡，一堆黑灰下面還有零星的火紅餘燼，偶爾迸出一絲火星。

媽媽在背後收拾靈位，洛枳拄著燒火棍，輕輕地開口問：

「如果你能收紙錢，那麼在天有靈，為什麼不幫我們？」

「我很早就想問你。」

媽媽嘴脣發白，有些要虛脫。

「我自己送回去。媽媽，你帶上東西先上車吧。」

「別，一起回去。你不害怕？」

「怕什麼？都是死人。」

洛枳神情冷漠，接過媽媽手裡的靈位和骨灰，把鑰匙放進口袋裡，轉身進了大樓。

樓梯間只有洛枳自己的腳步聲，回音空曠地來回碰撞。

她踩上梯子，把骨灰盒和靈位以及裝飾都擺好，放下窗子上的白色紗簾，然後關上。頓了頓，又打開。

「爸爸。」洛枳喚了一聲，眼淚突然掉下來。

「我錯了。當我什麼都沒說吧。你多保佑媽媽。」

她關上門，掏出鑰匙鎖好。

洛枳慢慢地往樓梯間走，側過頭，看到五號房間窗戶的角度剛好迎接射進來的正午陽光，光線中灰塵緩緩地飄浮，上下翻轉。

美得不像話。她失了魂一般走進去。

這個房間的玻璃櫃上都有紅色的小綢緞，把相鄰的兩個玻璃窗連起來。

都是死去的夫婦。去世後被兒女移到這個房間，骨灰並排放著，拿紅綢子連起來，中間貼一幅老夫婦的合影。

她站在玻璃窗前，一張一張地看過去。

以前的人多好，不管愛不愛，感情積累起來，照樣白頭不相離。

紅綢子一牽，生死都羈絆。就算無論如何都生不出愛情，至少在心裡烙下印記，永遠抹不掉。何況，情有獨鍾多半是小說裡作者的幻想，人心難測，這麼多年，世間不是也只出了一對梁祝化蝶？

屋子裡實在太冷了，她的腳在室外的時候就已經僵硬，一不小心左腳絆在右腳上，一個不穩跌倒了。冬天穿得多，摔得不是很疼，她正要爬起來，一轉頭忽然看見最下層的玻璃窗。

玻璃窗已經碎了很久，但是碎片都落在櫃子裡面，如果不注意根本看不出來，裡面落了很多灰，正中的合影也歪倒在一邊。洛枳鬼使神差地伸手把照片拉出來。

平常的老夫婦合影。但是老太太的臉一片混沌，鼻子、眼睛模模糊糊地都飄離了原位。

洛枳嚇得一抖，後背瞬間爬滿了汗，卻沒有把照片扔掉。

她小心翼翼地把照片塞回去，打著冷顫，掙扎著爬起來衝進陽光中，扶著窗臺大口喘氣。

突然褲袋裡的手機振動，她第一反應只感覺大腿上有東西在爬一樣，終於還是嚇得「啊」的一聲大叫起來。

哆哆嗦嗦地拿出手機。

「盛淮南來電」

「喂。」

「洛枳，沒來上課吧？剛才打電話給你，好幾次都不在服務區。傳的簡訊你收到沒？法導小考。我幫你答了。」

心在一瞬間安定下來。陽光照在她肩上，側臉被晒得稍稍有些暖意。

「小考是嗎？我沒有去，謝謝你了。」

「耶誕節大家都跟丟了魂一樣，張明瑞也沒來，我一個人寫了三份，手都抽筋了。」

盛淮南的聲音明快得有些做作。洛枳換了一隻手拿手機，往剛才那隻手上呵了一口氣，繼續重複：

「不好意思，真是謝謝你了。」

電話那邊沉默了一下。

「為什麼沒來上課？病還沒好嗎？」

「我回家了。」

「回家了？」

「是，家裡有點事。」

「你在哪說話啊，怎麼感覺這麼不清楚，好像信號不好。」

「我在……」洛枳話還沒說完，突然眼前的門口處閃進來一個女人，動作太快了，彷彿是在水上漂。洛枳嚇了一跳，尖叫起來，被對方惡狠狠的眼神把尖叫的尾巴狠狠斬斷，她啞在半空。

「洛枳？洛枳！」

那個女人居然穿了一條鮮紅的裙子，長度到膝蓋以下，因為裡面套著臃腫厚重的褲子而起了靜電，緊貼在腿上；上身用紫色花圍巾包裹著，只露出一張憔悴的臉。

「洛枳？！能聽到嗎？」

女人直愣愣地看了洛枳一會兒，就徑直走到左側的架子旁邊，找到一個小窗格，隔著玻璃朝裡面望，窗格的高度剛好能讓她抵上額頭。她就這樣背對著洛枳，開始絮嘮叨叨低聲默念著什麼。

「洛枳，你沒事吧？」

洛枳猛地回過神來：「我……沒事。」

「你在哪？」

「我在第一殯儀館，停放骨灰的大樓裡面。」

「那是……」

「我爸爸的忌日，今天。十五週年。現在我自己一個人把骨灰盒還回來鎖回櫃子裡。我以為整棟大樓裡只有我一個活人。你知道嗎，剛才我看到一張照片，合影裡的老太太沒有臉。不知道是不是魂魄順著打碎的玻璃窗飄出來了，說不定現在正看著我呢。呵呵。對了，你怕不怕鬼？其實我不害怕，不過這裡真的好詭異啊，到處都是紅綢子，可是為什麼那個老太太沒有臉呢……」

洛枳不知道為什麼說這些，聲音輕快明朗，卻停不下來，胡言亂語。

「洛枳！」

盛淮南的聲音很大，洛枳的耳膜震得一疼，終於清醒過來一點，停住不說了。

「對不起，我胡說八道了。」

「你……害怕嗎？」盛淮南溫柔地問。

那聲音安定關切，洛枳對著空氣感激地笑笑，忘了他看不見。

「死人哪裡有活人可怕。」洛枳笑。

她轉過頭，笑容就僵在了臉上。

那個女人緩緩地回頭看著她，然後從手裡拎著的布口袋裡慢慢抽出了一把黑亮的大剪刀。

「可是這裡有活人。」她喃喃道。

第41章　女巫來自舊時光

洛枳下意識地看了一眼門口，盤算著自己如果現在跑過去，會不會被她半路攔住。這次她真的害怕了，眼淚在眼眶裡轉。她知道，此刻迴避對方的目光方是明智之舉，可她就像中了邪一樣緊盯著人家看。

好像真的過了一個世紀那麼久，她緊張得脖子都痛了。

女人悠然地轉回去，拿起剪刀，「哢嚓」一下剪斷了兩個窗格之間相連的紅綢子，然後以剪刀背為武器，狠狠地砸碎了兩個隔間的玻璃，將裡面所有的供品擺設都取出來砸在地上。這才幽幽地笑了，把剪刀收回布包，緩緩地走向她。

洛枳注視著她，慢慢放下聽筒，沒有聽到裡面的人不斷地在呼叫她的名字。

「你是他女兒吧？」

滄桑沙啞，但是聲音極美。這句話的語氣並沒有一絲一毫的陰森感，反倒像個平常的長輩。如果忽略她詭異的著裝和過分衰老的體態，能看出她年輕的時候一定是個美人，有著讓人過目難忘的尖下顎和細長的鳳眼，只可惜被風霜侵蝕得難以看出本來面目了。

「你的眼睛跟你爸爸長得真像……」

女人說著，就伸出手去觸碰洛枳的臉。洛枳並沒有躲避，也許是因為完全驚呆了。本來就冰冷得麻木的臉頰被同樣冰冷的手掌覆上，只有一些遲鈍的觸感。

她突然收回手，洛枳的目光跟隨手垂下，看到她自然彎曲的五指全都泛紅發腫，有點不忍地偏開頭。

「我來的時候發現他的骨灰被人拿走了，就一直躲在最後一排櫃子的後面等，我看見是你進來送骨灰的。」

「你媽媽她還好嗎？我都不認識她，我原來還恨過她，我原來還咒你們是活該。是我糊塗啊。」

那女人緩慢低沉的美麗音色在房間裡飄浮著，滲進空氣中上上下下的浮塵。她只說了幾句，可洛枳覺得聲音徘徊了幾百年。

看到洛枳呆呆的樣子，她笑了，眼角深深的皺紋比眼睛眯起來的那條縫隙還要明顯。「你別害怕，我不是鬼。我要是鬼早就去投胎了，投個好人家，重新活一遍。」

她邊說邊往外走，那條紅色的裙子很快消失在門外。

洛枳呆了許久，才想起手中的電話。

「喂，你還在嗎？我沒事。」

她有點愧疚，卻不知道其實是自己輕得彷彿羽毛的一句話救活了電話另一邊的那個人。

「跟你說話的那個人，走了嗎？」

「走了。」

「你要是害怕就別掛電話。櫃子鎖好了嗎？鎖好了就往外走吧，別害怕，我在電話這邊呢，趕緊離開那裡吧，乖。」

她從那一幕中回過神來，聽到電話那端溫柔得好似哄孩子的語氣，突然嗚噓一聲，眼淚簌簌落下，說，好。

「剛才老頭剛一說交考卷，大家就都站起來了，全都在利用交考卷的混亂場面互相對答案。其實這次的題挺厚道的，大部分都是填空、選擇，只有一道大題。

「我的同學給了我幾張 Mr. Pizza 的優惠券，我記得那天你跟我說你挺喜歡吃金牌馬鈴薯。本來今天想請你吃的……」

盛淮南的聲音一直在洛枳耳邊響著，癢癢的。她快步走向門口，卻又停住了，轉頭去看剛剛被那個紅衣女人剪斷紅綢的兩個隔間。

那裡面兩位逝者的姓名看上去並不熟悉，然而玻璃櫃深處貼著的合照，讓洛枳訝然。是她的爺爺奶奶。

原來，她的爺爺奶奶的骨灰擺放在這裡。洛枳用空著的那隻手拿起紅綢，拇指摸索著斷掉的地方，若有所思。

「……我們也是上課上到一半才知道要小考的。老師在中間休息的時候說要測驗，還意味深長地朝我們好笑一聲，說想傳簡訊叫人的趕緊傳，要不直接打電話吧，咱們只休息十分鐘。」

「張明瑞那廝手機沒電打不通，人又不在宿舍，我找不到他。我又趕緊給你打電話，結果始終不在服務區。是不是殯儀館那邊離市區太遠，訊號不好啊？」

「洛枳，你在嗎？」

他婆婆媽媽起來也真是夠嘮叨的。洛枳知道，盛淮南是怕自己還在想剛才那一幕，所以努力說些瑣碎的事情讓她不再害怕。

「我在。我剛走出大樓。」聲音聽起來也不那麼空曠了。

「好了嗎？」

「走到陽光裡就不害怕了。」

「那就好。」

空無一人的大院，洛枳默默地站在門口，手機因為長時間通話有些發燙，反而溫暖了她的左耳。

「盛淮南？」

「嗯？」

「我們現在又要重新做『好朋友』了嗎？」

電話那端只是沉默。

「你還是不打算告訴我之前為什麼要做那些古怪的事情來整我嗎？為什麼突然消失，為什麼……然後簡簡單單地抹平，重新開始，大家還是好同學？」

盛淮南依然沒有回答。

「似乎是我在自己都不知情的條件下做了讓你很憤怒的事情呢，那麼你為什麼又打來電話做友好同窗呢？如果這是報復我的新手段，在你明知道我……我對你……總之如果這是另一種報復，我覺得你還是把天下太平收起來比較好。反反覆覆地耍人，這未免太狠了點。」

洛枳看到媽媽從停車場走過來，遠遠地招了個手。

「法導的小考……真的謝謝你。」

電話那邊終於有了回音：「從開始到現在，你都說三遍『謝謝』了。」

洛枳淡淡地笑了：「三遍『謝謝』和三遍『對不起』，彼此彼此，何況我的謝意比你的歉意單純得多。還沒吃午飯吧，趕緊去吧，我掛了。」

電話那邊有清晰可聞的喘息聲，好像還有話要說，洛枳卻在對方開口的瞬間按下了掛斷鍵。

「媽媽！」

「你一直都沒出來，嚇死我了。剛才看見一個像精神病似的女人從這個門出來往那邊一路小跑走了，我就趕緊過來看看你是不是出事了……」媽媽已經眼睛通紅，再說幾句就要哭出來了。

「我沒事，你別害怕。」

媽媽自從上車起就把她拉進懷裡摸著她的頭，好像小時候一直說的「摸摸毛嚇不著」。洛枳不好意思地看了坐在駕駛位上的陳叔叔一眼。

手機因為剛剛通話而產生的溫度仍未退去，她握在手裡，溫暖一點點傳遞到心裡，略略有些酸。

早上在車上，陳叔叔一直在和洛枳說話，問學校專業、北京的生活，又講了講認識洛枳媽媽的經過。然而中午返程的車上，三個人都沒有說話。

洛枳感覺陳叔叔喜歡媽媽。

她直覺他是個不錯的人，但是不打算多想。

那是媽媽自己的事情。她所需要做的只是在這一路上努力地表現出她也很喜歡陳叔叔。這樣的話，真的有那麼一天，媽媽就不會顧及她會不會不高興了。

冬天的陽光徒有光彩，透過車窗晒在臉上彷彿假的一般沒有一丁點溫度。洛枳的思緒一直纏繞在剛剛那個女人身上。當母親殷切地詢問是否撞上了那個精神病的時候，她堅定地搖了搖頭。

她當時完全被震撼傻了。剛才那個女人用右手捧著她的臉，衰老而美麗的眼睛裡發出了怎樣的光芒啊。她彷彿被施了蠱一樣定住，卻完全看不懂對方眼中流動的波濤。

她就像是從過去的時光穿越而來的女巫，照片裡時光定格的年輕英俊的父親，和眼前這個怪異不堪的紅裙女人，那一幕想起來總有說不出的契合感。好像身邊的媽媽、陳叔叔、窗外的陽光都是在時間長河裡向前流動的遙不可及的真實世界，洛枳卻因為自己的那雙眼睛而被她詛咒，停留在了凝固的時空中。

她隱瞞了媽媽，告訴自己，都是幻覺。

回到家裡，和媽媽吃完午飯，洛枳說，想去高中看看。

「這麼冷的天，往哪跑？！」

洛枳堅持，直到媽媽搖搖頭責怪道：「快去快回。」

第42章　講故事的人才是上帝

洛枳並不是很喜歡回高中。

她一直覺得學校是個很殘酷的地方，一座一座，安靜地佇立在荒涼的時間軸上，把青春固定在狹小的空間裡、苦澀的奮戰中，還要自欺欺人地說青春無悔、願賭服輸。明明處在最美好的年華，卻要聽信年長者的欺騙而把快樂與希望寄託於畢業和長大。它們張大嘴吞吐著一代又一代人，從不留戀過往，只是漠然地看著像洛枳這樣的可憐人回頭尋找記憶，卻提供不了一絲餘溫。

振華高中仍然開著門，雖然是週六，可高三還是要上課的。

她的班主任仍在高三帶班，所以她在收發室簽了個名說找齊老師，就直接被放進去了。

正是下午第一堂課。這屆學生穿的校服已經跟他們當時不一樣了，可是從開著的門往裡面看，裡面的學生年年相似。

桌子上堆積成山的練習冊、考卷、水瓶、零食，扔在地上或者掛在椅背上的書包，教室裡因為冬季許久不開窗而微微有些發霉的味道一路瀰漫到門口，然而裡面為了高考而奮鬥的孩子們並沒有異樣的感覺。

學校的分區清楚明白，把各個年級和行政區、實驗室等分別劃開。洛枳認真地走過每一個她曾經停留過的地方。好像有變化，又什麼都沒變。

走著走著，就被回憶淹沒。

一樓的那條走廊，如今仍然光影分明。她記得曾經走在她前面的人總是微昂著頭，背挺得很直，喜歡用左手拎著書包，右手插著口袋，走路時，後腦勺髮絲輕揚。

班級門口換了門牌和新的班標，卻仍然連門口的大理石地磚都看起來親切熟悉，他不記得她曾在這裡面對面地跟他說話。班上正在沸騰，只有她看到他站在門口，說：「同學，麻煩幫我找一下葉展顏」。

六樓的女廁所也換了新門板，和走廊牆壁的顏色不大搭調。當年她憋了一路表白，最後竟一頭撞進了這裡。

還有大廳欄杆對面的窗臺。

高三第一次模擬考試成績公布，3月24日，也是他和葉展顏一週年紀念。他仍然考了學年第一，不過已經不重要了，他通過了保送生考試，進了P大的生命科學學院；另一邊的葉展顏更是從來不為成績煩心。洛枳倒是考了文科的第一，然而她的總分數可憐巴巴的，和盛淮南相差了78分。

雖然文理不同，但她每次都會在相同的科目上和他暗暗比較一番，這次輸得真是徹底。

她抱著自己的一疊一模考卷穿過走廊，剛好經過窗臺邊。盛淮南與葉展顏並肩坐著，閒適而同情地看著滿走廊因為一模成績慘澹而痛哭的學生。這樣逍遙的兩個人。

她被深深刺痛了。

那種刺痛感現在依然真切，卻被時光鍍上了一層膜，一種怪異的隔閡感橫亙在中間。洛枳自嘲地笑了笑，透過窗子看到了操場上的旗杆。

她想起畢業典禮那天，她是文科第一，理科第一卻是另一個人。她和那個矮小的男孩子一起做畢業時的升旗手，眼角瞥到站在第一排的盛淮南和同學毫不在意地說笑，並沒有往主席臺上看——老師紛紛為發揮失常的他可惜，他卻不以為然。只是他永遠不知道，臺上的那個女生很想很想和他一起做升旗手。

很想很想。

另一個升旗手力氣太小，國歌都奏完了他們的國旗距離頂部還有一段距離。兩個人一著急就使勁往上拉，國旗就像小兔子一樣一蹦一蹦地升了上去，底下的畢業生們大笑。她紅了臉，看向盛淮南的方向。盛淮南也在笑，不過是指著旗杆，對著葉展顏，好像在說，你看。

你看。

盛淮南與她的牽絆太深，走到哪裡，就回憶到哪裡。如果真的把關於他的部分抽掉，那麼她走過的這一路就會立刻寡淡成黑白默片。

洛枳忽然覺得遺憾，為什麼沒有給別人講過自己的故事呢？

小時候那個故事姐姐的智慧，她現在才懂得。

她也一定會把自己的故事講得很好聽。實際生活中，時間控制束縛了她；而在故事裡，她是主人，控制著空間和時間四處飛馳，並且能把被日常瑣碎所掩埋的線索撿起來，重新梳理編排，發誓要把聽眾講到如痴如醉、淚眼滂沱。

然而只是想法而已。故事也許並不像她想像的那麼容易講——因為講著講著，就會憐憫起從前那個被困在時間裡眺望未來的自己，心裡很難過。

她的故事，無非就是暗戀，世界上最容易保全也最容易毀掉的感情。

暗戀和單戀還是有區別的。大街上，某女揪住某男的袖子大聲喊「我哪一點不好，你為什麼就是不能愛我？」——這些都是單戀，但並不能算作暗戀。她想，她對得起「暗戀」這兩個字。

至少曾經對得起。

曾經，她有著把祕密帶到墳墓裡去的決心。

似乎只要一閉上眼睛，她就能回憶起11月4日那天中午，她懷裡抱著全班的英語考卷穿過空無一人的辦公區走廊。她高一所在的班級是資優班，高分考入這所重點高中的資優生濟濟一堂，大家都很在意升上高中以來的第一次期中考試。那一次，英語成績是最後出來的，居然比語文成績都慢了半天。

每一科成績公布之後，大家都會自己核算一下總分，所以英語成績公布前，班上的同學基本上已經自行排出了前幾名的位次。她大致翻了翻考卷，發現英語成績也許會對排名產生逆轉的影響。想到在班裡翹首等待成績的同學們，心裡有了一點點淩駕一切、俯瞰眾生的得意。

實在是很變態。

陽光從左邊一排碩大的窗戶透進來，光線蒼白明亮，刺眼但是不溫暖，落在地面上，被窗櫺和牆壁切割成一段段的。她閉上眼睛，穿梭在光影交錯中，安靜地感受薄薄的眼皮外面交替出現的灰褐色和橙色。忽然想起，小時候課文裡總說「我們的學校有著寬敞明亮的大廳」，「寬敞明亮」真的是一個美好的詞，默念一下，會覺得心情都變好了。

就在這時候，前方語文辦公室的門開了，班主任探出頭來，正好遇到她，就揚了揚手裡的一疊紙說：「太巧了，我正要去找個學生幫忙，洛枳你過來一下。」

有時候她想，如果當時規規矩矩地大步向前而不是自我陶醉地磨磨蹭蹭，就不會遇見班主任。當然，她不打算把它冠以「命中注定」的名號。

同一所學校，總會有交集。何況，她奔著這所全省最好的高中衝過來，不也是有他的緣故在裡面嗎？

辦公室裡，一個老師正在高聲吹噓自己班裡的男孩子語文得了140分。班主任讓她把班級的總分排名複印六十份，為三天後的家長會做準備。她拿起單子正要走，老師又叫住她，說：「把這一份學年成績分布表也印一下吧。」

她接過來一看，是一張很大的表格，橫軸是班級序號，縱軸是分數段。第一排上面寫的是「880分及以上」——第一次考試總分是950，數語外各150分，物理化學歷史地理政治各100分。看了一下自己的分數，正好884分，可以上榜。她竊喜了一下，表面上卻克制住沒有情緒。

她一直都很能裝。

只有三個班級在這一欄出現了，她們二班上面寫的是「4」，一班上面寫的是「2」，三班上面寫的是「1」。下一欄就是「840～860」分，各個班級的人數陸續出現了。

她一邊轉身出門一邊對老師說：「我們班考得很不錯啊。」

老師微閉著眼睛很矜持地抿嘴一笑，在辦公室同人面前壓抑著喜悅，忽然不知怎麼睜開眼，大聲說

「你等一下。」

她拿出一支自來水筆，對洛枳說：「在表上寫幾個字再去複印。」

洛枳問：「寫什麼？」

她指了指三班第一行的位置，說：「就在這裡寫，盛淮南，921.5。」

第43章　因為執念，所以不見

她平靜地點點頭，接過筆，發現那一行的空間實在太小，於是把名字寫在了標題和表格之間，一筆一畫認真地寫。

盛，淮，南。

沒人告訴過她他的名字怎麼寫，但是她從小就知道。

他不是說過嗎，淮南是南方的一個區域，雖然他是北方男孩子。

老師驚異地揚揚眉毛：「咦，你怎麼知道是這麼寫啊？」

她笑，我也不知道，直覺吧。

低頭看了看，這個人的名字孤零零又很突兀地站在遠離大家的地方，安靜而寂寞。帶著驕傲的味道。

後來她回家的時候，不知為什麼去買了一本厚厚的很貴的本子，有著做過泛黃處理的質感紙張和內斂的灰黑色磨砂封面。她在橘色的檯燈下寫了高中的第一篇日記，用那種灰藍色的水筆一次次地寫這個名字，可是始終還原不了那種在辦公室裡握住筆桿故作鎮定的姿態。

她不知為什麼當時忍住了好奇沒有問關於這個人的資訊，也沒有故意在老師面前表現出對他的成績一絲一毫的讚美和驚訝，只是低下頭去，沒有表情地，認真努力地去寫他的名字，力透紙背。

成績單發下去的時候，大家在下面長嘆哀號的樣子在她意料之中，曾經各個初中的翹楚，收斂了自己的鋒芒，裝出一副自己很弱的樣子猛誇別人，見到成績也是做出天要塌了的悲壯模樣，大都是偽裝。

她坐回自己的座位，突然很想知道三班的同學看到了他的成績會不會大聲而誇張地拍著他的肩膀說「你小子太厲害了」？那麼，他是會得意地抿住嘴巴故作謙虛嚴肅，還是會笑笑說「偶然，偶然」？

她五歲遇見他，然後躍躍欲試了十一年，把他當作假想敵，卻在那一刻發現，距離好像真的是這樣大。別人眼裡無所不能的好學生洛枳，在第一次考試的時候意識到，優秀、卓越和完美並不是近義詞。之前，她也一直略略注意著會不會有盛淮南這個人的消息，曾經以為會成為同班同學，可是他升學考試馬失前蹄，成績只是剛剛過了振華的錄取線，並沒有進入資優班的資格。她曾經暗地裡驕傲了好一陣子，甚至媽媽在別人面前誇口的時候也覺得她很爭面子。

她比「他們家的孩子」要強，不是嗎？

沒想到，他的出場讓她有種自打耳光的難堪，甚至不敢想像媽媽來開家長會的時候，看到那張單子上面的三個大字和觸目驚心的成績，會是什麼想法。

但是，不這樣出場，就不是那個讓她執念十一年的人了。

洛枳的高中生活極其簡單乏味，日子不鹹不淡地過。上學，放學，永遠人滿為患的 122 公車，吃飯，學習，洗澡，繼續學習到頭髮乾透，然後睡覺。

但是從她寫下他名字的那一刻起，生活開始變得極有目的性。

期中考試後，她的同班同學都對這個人議論紛紛，她的座位靠著窗，倚在窗臺上發呆的時候能夠清楚地聽到後桌兩個女孩子嘰嘰喳喳地談論著他。現在洛枳已經想不起來那兩個女生陶醉而略有羞澀的樣子了，她仍然記得她們的聲音，甜膩刺耳，發出「盛淮南」這三個音節的時候，把結尾的「南」念得驕傲明朗，又那麼溫柔曖昧。

一旦第一次聽說了一個人的名字和事蹟，他從此就會頻繁地出現在你的生活中。對於洛枳來說，奇怪的是，他是她隔壁班的同學，她不停地聽到他的傳言，卻從開學到現在一直都沒有見過他。

她想，也許見過的，只是她不知道那是他，畢竟，誰會知道五歲的孩子長大了會是什麼樣子。然而那些女孩子都說，他很好看。如果她們沒有撒謊的話，洛枳相信自己應該是沒有見過他的，因為她在這所學校裡看到的大多數男孩子，都不怎麼樣。

期中考試之後的幾個星期，這個人的名字和消息都不再需要她刻意留心了，「盛淮南」三個字充斥於各式各樣的談話。

比如經過籃球場的時候聽到別人大聲喊「盯住盛淮南」，她卻心一慌轉過頭去故意不看球場。

比如後桌的女生說，語文年級小考盛淮南排他們班倒數第二，古詩詞一個空都沒填。代課的語文老師拎著考卷大聲問：「誰是盛淮南，還想不想考大學了？」

比如她的同桌午休時看完籃球聯賽決賽回來說，三班贏了，拿冠軍了，他們班同學把盛淮南拋到空中，可是落下來的時候沒接住。

比如新的一週她串組坐到門口附近，聽到一群男生喧譁著路過。一個女孩子大聲地喊著：「鄒晉、盛淮南，你們倆這週值日還這麼晚來！」

又比如她們班主任在提到這個名字的時候總會嘆一口氣，好像自己班期中考試總成績第一的風光都被三班那個學年第一給蓋過去了。

不知道從哪一刻起，洛枳的腦海中有了一個清晰的願望，或者說，短期理想。

她暫時不要見到這個人。

她很少走出教室，生怕一不小心就遇見了。期中考試一結束，她就開始瘋狂地學習，把書桌收拾得整潔有序，書包掛在椅子背後，書桌裡塞滿了練習冊，桌面上只有一個烏龜筆袋，善良無辜的眼睛亮亮的，看著她沉默地做題目，瀏海被她撥上去又垂下來，一遍又一遍。

高一的洛枳，在別人的眼裡是一個一天說不過五句話的女生，如果要形容，只有四個字：簡單乾淨。簡單乾淨的衣服，簡單乾淨的馬尾，簡單乾淨的表情，簡單乾淨的語氣。

一片空白。

然而，她的瘋狂努力並不是出於和偶像劇中的現代灰姑娘一樣的動機，為了和家世顯赫的男主角平等相待而努力閉關修練，一個月後一出場就豔驚四座……她還沒有見過他，談不上愛慕。

其實說到底，她是膽怯的。

那個美好的小男孩，一直是大方友好的，她清楚這一點。儘管漫長的時間裡她追逐著這一點幻象，把他當成假想敵，用不平、憤恨來驅趕著自己，但仍然沒有忘記那個無辜純良的笑容。她把自己包裹在濃濃的恨意裡面，因為仇恨比寬恕和愛要來得輕鬆直接，給她提供活下去的源源不斷的動力，每天早晨醒來，都有重要的使命感。

然而終於雄赳赳氣昂昂地考進了振華，跟這個人走在同一所校園裡，每天都有遇見的可能，她竟然有種荒唐的近鄉情怯的感覺。何況，這個人的名字風風光光地一出場，就把她這麼多年自以為是的努力和驕傲貶得一文不值。

很簡單，她怕了。

她不是沒有幻想的人。有的時候就是執著於某種場景和感覺，念念不忘。

所以她絕不會特意去探尋和遇見，她只是期盼，上天能再給她一個和五歲的時候一樣美麗的並非人為的際遇。比如，某天在隔壁班，在她完全不知情的時候，爆發出一陣驚呼——快來看哪盛淮南，這次考試這個女生的分數比你高，你認識她嗎？她是二班的。

然後在走廊裡面，別人就會指著她說就是她，洛枳。她回頭的時候，在一群男孩子中看見盛淮南，和她認識他的時候一樣乾淨好看的盛淮南。她會朝他笑笑，用她最好看、最驕傲也最平靜的笑容，然後轉身回到班裡面，把一顆心徹底地按到水底下去。算是一個告別，了結了一切。

這樣的幻想比偶像劇橋段還要白痴，自己想想都羞恥，卻的確是埋在她心底最熾烈的願望。

人總是需要一些儀式的，儀式給人莊重感和宿命感，給人信心。

開始和結束同樣要莊重而完美。

可是老天不會給她任何希望。

期中考試後的第三個星期，她就遇到了他。

第44章　情深說話未曾講

12月4日。

天氣已經很冷了。她穿得很多，像隻要過冬的熊。站在車站等車的時候，遇見了在隔壁班的一個小學同學。

同學說：「你等什麼車？」

她說：「122。」

同學剛要開口說什麼，身子卻轉過去盯著她的背後。她順勢回頭，耳朵邊已經傳來了同學小聲的尖叫：「天，盛淮南。」

其實她想趕緊轉頭不要看的，為了她心裡念念不忘的「初次遇見」。可是，那個人太顯眼，她甫一轉身，就不可能看不到他。

一個穿著白色運動外套、背著黑色NIKE書包的背影，高大清爽，落日餘暉淡淡暈染著他的左半身，右半身留在陰影中，好看得就像、就像……她發現自己的萬能類比法失去了效用。

如果人生有後悔藥，她希望那天陰天。無論是五歲還是十六歲，陽光都幫著他蠱惑人心。

然後，他轉過身來看站牌。

他長大了，小時候清秀的眉眼更加舒展精緻，長得那麼好看，恰好和她的幻想一模一樣——還有什麼比這個更可怕的事情嗎？

「他怎麼今天來坐公車呢？平時都是他家司機來接他的。天氣冷了，他們也很少出來打籃球，都沒機會見到，今天真是賺到了。」

她微笑地聽著同學說，一邊長久地注視著他。

三個男生、兩個女生走過來，其中一個男孩狠狠地拍了他的肩膀一下。他們說笑，偶爾一起動手整人。兩個女孩子都不跟盛淮南講話，只和另外的男生鬥嘴，然而眼神都在不經意間掛在他身上。

洛枳忽然想起那張表格上他的名字，站在遠離大家的地方，驕傲而孤單。

其實他看起來並不是的。至少，是受大家歡迎的，會在籃球比賽後被拋到空中的，會被很多人圍住的好脾氣、好人緣的少年。然而他眼睛中永遠保持的那點寂寞和疏遠，似乎並不是她的錯覺和想像。

收破爛的老頭騎著三輪車經過，他幾步追上去，把掉下來的一疊報紙放回車上，然後打算繼續回到人群中聊天。結果沒走兩步，報紙又掉下來了。周圍幾乎沒人動，他又跑起來追上車把報紙放上去，然而車身因為坑窪不平的路而顛簸了一下，報紙再次掉下來，細細的塑膠繩支撐不住，幾乎馬上就要散開了。

眼前的場景逗得洛枳幾乎要笑出來了。懊惱的盛淮南鍥而不捨，像個小學生一樣氣鼓鼓地抱起搖搖欲墜的一大疊廢報紙，狠狠地扔到車上——老頭感覺到了震動，回頭看了一眼，反應過來怎麼回事後，沙啞含混地說了一句：謝謝你啊小夥子。

他的白色運動外套沾上了不少灰，聽到老頭的道謝有點不好意思，搔搔後腦勺，笑了，眼睛彎得像月牙兒一樣，和小時候一樣，也和洛枳一樣，反而顯得比剛剛和那些同學在一起的時候要真誠快樂許多。

洛枳不知道為什麼突然有點慌亂，耳朵發燒，錯開一步往同學身後一躲。沒人注意到她的異樣。為什麼他不是一個傲慢自私、令人生厭的闊少爺？或者說，他為什麼不是醜醜的、邋遢的樣子？那樣事情會簡單很多。

他坐另一部公車先走了，洛枳繼續和同學不鹹不淡地隨意聊著，空虛的閒談掩蓋了心底深深的失落。

他的耀眼和美好，讓她在122停下的時候從車門玻璃上看到了自己的渺小和卑微。十一年孜孜不倦，原來那麼可笑。她單方面地羡慕，單方面地忌妒，單方面地挑戰，單方面地銘記。多麼卑微。

車門向兩側打開，正好把洛枳的鏡像從正中剖成兩半。

高一四次大考，盛淮南每一次都把學年第二名甩出很遠。

而洛枳高一時得到的最好成績就是學年第四名，雖然在一千多人的高手如雲的年級裡也算很值得驕傲了，但她只是收起了成績單，在學習的時候也不再憋著一口氣。

鄭文瑞曾經問她，憑什麼放棄，憑什麼要甘心。

洛枳那個時候就懂得，沒有憑什麼，只是不得不。要把日子過下去，除了接受，沒有別的辦法。要把日子過好，就要在接受的同時，把這份無奈的「不得不」美化成自己主動而明智的選擇，把被逼無奈的妥協幻化成人生大智慧，並且首先讓自己深信不疑。

他永遠不會知道，她在高一泯滅了所有恨意，沉默地接受了這份失敗。

那年的夏天，她填了學文科的志願表。

彷彿一種逃避。和田徑運動員比賽唱歌，和歌手比賽跑步，她只是選擇一種讓自己不要那麼難過的道路。

然而今天回頭看，她是慶幸的。幸虧他比自己強大那麼多，幸虧他在自己前方走，留下背影讓她不甘地追逐，否則，她可能會在贏得一個粗鄙的勝利後失去航標，失去所有的期盼和樂趣。

更重要的是，她發現自己每天都在想這個人。自從有了一張確切的臉，她的感情就在自己沒有注意到的時候悄悄轉化，轉化到讓她驚慌的地步。

她，喜歡上他了。

看到他會緊張，過後會傻笑。他參加數學聯賽得獎，她跟著高興；他們班在籃球聯賽中陷入苦戰，他屢屢突破受阻，她跟著心焦。她是個最最普通的女孩子，用最最普通的方式喜歡上了一個人。

這份喜歡，讓她人生中第一次關注一個「別人」的榮辱喜悲。

她變得更沉默。

高一的寒假，情人節。她點亮檯燈寫了一篇長長的日記。她用隱忍的方式享受折磨自己的快樂，從不縱容自己的好奇心和迷戀，這讓她覺得自己保持著一份那個年紀獨有的可笑的清高，好像這樣她的愛就能比後桌喋喋不休地念著他名字的女孩子的愛要更加高貴純潔似的。

聊以慰藉。

高二是個新的開始，她告訴自己。

校慶典禮上，他作為學生代表發言。

很多人在這種場合都捏著自己手裡的稿子聲情並茂也緊張兮兮地念，他卻始終那麼自如。恰巧作為值週生在主席臺下站崗的洛枳什麼也看不見，只是在聽到熟悉的開場白的時候，眼眶忽然紅了。

如果說曾經有那麼一絲懷疑，懷疑自己喜歡的只是這麼多年想像出來的泡影，那麼看著不遠處觀眾席上為他沸騰的人群，也早就篤定了自己的喜歡。他值得她的這份感情。

因為這份篤定的喜歡，她把自己從憤恨和忌妒中解脫出來。

他是無辜的、嶄新的、美好的。是會在籃球比賽結束後，別人都往教學樓撤退時幫著勞動委員把亂丟的礦泉水瓶收到垃圾袋中的溫柔少年；是過生日時被班上同學砸了一臉奶油蛋糕也笑嘻嘻地不生氣，卻在晚自習上課鈴打響的瞬間豎起食指讓大家噤聲回到班上的班長大人。他與洛枳那些瑣碎怨毒的前塵往事無關，超脫於盤根錯節的恩怨關係，雖然比起小時候多了幾分偽裝，那張笑臉卻仍然沒有絲毫裂痕。

她曾經以為他是遮擋著她成長道路的障礙和心魔，卻從來不知道，他也是她十幾年的人生中千里迢迢綿延不斷的一方陽光。

第45章　致我們終將腐朽的青春

洛枳曾經看過岩井俊二的《四月物語》，那個因為暗戀而努力學習，最終奇蹟般地考上了武藏野大學的女孩子，比她自己要單純幸福得多。如果她是懵懂平凡的，只把他當成堅持的目標和動力，那麼這份隱忍的暗戀可能會更加讓人唏噓。不過她不是。她有自己的驕傲和責任，那種「追趕他，變得和他一樣強大」的信念只是幫助她走得更有樂趣和動力而已。畢竟，想著他總比日復一日想著她媽媽背地裡哭泣的時候聳動的雙肩要輕鬆得多。

他就這樣自信地領先著，而她喜歡著、追逐著，學業、愛情兩不耽誤。

不過，即使什麼都不敢說，她仍然在尋求著某種契機讓自己能夠引起他的注意。

高一初夏的每天下午，只要一下課她就去操場上亂逛，就為了看看他會不會在操場上打球。可笑的是，她從來不敢明目張膽地往他們班打球的籃球架附近移動，反而專門避開，在遙遠的角落裡臉紅心跳，彷彿一種奇特的體育鍛鍊方式。

好像生怕走近一點點，全世界都會識破她的意圖，戳穿她的心思。

洛枳每次想起來，都會很驚訝，自己還真是純情得夠嗆。

她的文科班的語文老師同時也教三班，這一點讓她興奮又不安。洛枳知道自己唯一比他優秀的地方只有作文了，可是那些古板的題目、用爛了的論點論據、正反論證、排比比喻……她猜測他必然是不屑的，否則也不會出現那句著名的「誰是盛淮南，還想不想考大學了？」

所以，每次考試，她都認認真真地寫作文，花盡心思把那些死氣沉沉的俗套路數給花樣翻新，從思想境界到遣詞造句，讓文章既可以中規中矩得高分，讀起來又不令人生厭——這樣，語文老師拿著範文去三班念，或者學年裡把優秀作文印成範本發下去的時候，他看到的她的文章，必定不會是讓他嗤之以鼻的八股文。

然而，她那樣小心翼翼地寫，他竟然一篇都沒有看。

儘管他們從未相識，可是洛枳高中時最想要知道的一件事就是，他究竟認不認識自己？至少聽說過吧？那印象是什麼呢？有才華？勤奮？還是死氣沉沉的書呆子？他聽說過文科班學年第一是誰吧，看過她的作文吧，他喜不喜歡？

後來，在那所謂的第一次約會裡，她終於得到了答案。

那些作文，他都不曾看過，只是用來做演算紙。課堂上，語文老師朗讀著她的作文，他在臺下安然入睡。

張明瑞說，盛淮南「從來都沒有注意過你」。

回憶的時空中有許多小小的念想，像漂浮的氣泡，被真相的細針一個個戳破。

她走累了，就跳上行政區四樓的窗臺邊坐下，轉過身去看荒涼的操場。

她一直很喜歡這個窗臺，從高一開始就喜歡來這裡坐著想事情。寬大的邊緣可以讓她整個人都側身坐上去，抱著膝蓋愣愣地看一晚。可惜後來盛淮南和葉展顏不知怎麼總來霸占這裡，她常常走到附近才在昏暗的光線下辨認出兩個人影，只能遺憾地折返。

不知道算不算她和他某一方面可悲又可笑的默契。

洛枳定定地看向窗外。荒涼的操場上，落葉被風裹挾著轉圈，偶爾旁邊暴露黃土的足球場上還會捲起小型的沙暴，打在窗子上發出沙沙的響聲。

還是夜裡更漂亮，白天的一切都真實醜陋得讓人心驚。洛枳忽然醒悟，怪不得那天盛淮南帶自己去理科大樓平臺看夜景的時候，她覺得如此熟悉——振華的夜景，其實有著孿生的面孔。

被繁華市區包圍的淨土，被萬千璀璨燈火拱衛的黑洞。

高二下學期開學，盛淮南遇到了葉展顏。

洛枳從不間斷的日記空白了十天。

她難過的不是因為他有了女友，而是他的女友的個性和她天差地別。洛枳才恍然明白，無論如何積極表現，她都不是他的那杯茶。

在此之前，她原本以為青春可以停駐在那裡，他安然地前進，她愉悅地追趕，小心地收集著關於他的一切，甚至在了解他的某些小細節上，她比他本人還有信心。何況，他們之間的羈絆延續了這麼久，這種所謂緣分也許意味著什麼，小說裡不都是這麼寫的嗎？她的幻想不是毫無根據。

她在日記中寫：

我向來不自信，然而，不知為什麼，冥冥中我總是覺得，他和我總有一天是會在一起的，或者說，我們之前也一直都是在一起的。

事實證明，她還是不要太自信比較好。

曾經幾次，入夢前，她告訴自己，有一天要光明正大地把日記本攤開給他看，對他說，我看得出來你什麼時候是真的高興，什麼時候是禮貌，什麼時候是不耐煩。我覺得你很寂寞，我希望你能相信我，因為我……

洛枳很少有屬於那個年紀的女孩子的粉紅粉紅的小夢想，如果剛才那個「攤牌」算一個的話。

但是現在不需要了，葉展顏會懂得他的隱祕的喜怒哀樂。即使葉展顏不是很懂，也不必如洛枳一樣偷偷摸摸地觀察揣摩——他會主動告訴她。

算了，洛枳。

她把日記攤開在桌前，空白，然而沒有哭。

人的執念並不是想斬斷就斬得斷的，你可以盡情地發誓要忘記，但是過後只能徒勞地斥責自己的無能和出爾反爾。

洛枳再一次攤開日記本小心翼翼地往下寫的時候，她發現，假裝灑脫實在太累了。對自己誠實是一件很重要的事情，否則，她只有更孤單。

就像她曾經固執地告訴江百麗「不要在別人的故事裡做路人甲」一樣，她在自己的日記裡貫徹了這一點。三年的日記裡似乎只提到過一次葉展顏——那個雨天，一粉一綠的雨衣，他穿著的那件小青蛙，是她父親未能兌現的承諾，何其諷刺。種種情緒交織在一起，洛枳第一次在日記裡對他們的幸福表達了深深的羨慕。這種羨慕裡有著對自己生活的無限疲憊感。

這是唯一一次。洛枳把頭靠在冰涼的玻璃上，眼角看著自己模糊的影子，自嘲地笑了。

那本日記裡寫滿了他用三根筷子吃飯，他沒收到的撕碎的湄公河，他在著裝上的幾種固定搭配，高三P大招生會上他擠過她身邊時她聞到的洗衣粉與衣物柔軟劑的味道，以及，每天早上他穿了什麼衣服幾點出現在學校附近的轉角，他永遠左手拎著書包掛著白色耳機……即使重複，她也能寫出不一樣。

一個內容，一個名字，一個視角。

她的三年就是這麼過來的。

有時候純粹的描寫重複到乏味，這時她就會在日記裡祈禱許願，為自己的成績，為自己的未來，也為他的。

比如他去參加保送生考試的時候，她在日記裡很少女情懷地寫：

你只要和以前一樣發揮就沒問題了，不是嗎？而你從來不會緊張，我知道。

又比如高三第一次月考他莫名其妙地跌出了前三，她在日記裡笑話了他好一陣子，最後淡淡地總結道：

被大家這樣善意嘲笑和幸災樂禍，其實真的是因為你的強大讓我們心服口服。

她從他身上收穫了很多色彩，他卻從來沒有因為她的索取失去什麼，反而得到了很多理解和祝福。

只是可惜了那本日記。

高考前，學校徹底放假讓高三學生回家備考。兵荒馬亂的最後一天，大家都需要把很多東西一齊拿回家。洛枳拎著大包小裹擠公車的時候，突然很想問問盛淮南有沒有嘗試過這種感受。

她回到家清點東西才發現，自己的日記隨著一大疊考卷和一本《黃岡題庫》一起找不到了。

洛枳慌了神，想起自己把一大塑膠袋的廢舊考卷和做過的校內練習冊都扔進了班級後門的垃圾桶，當時收拾得太匆忙了，是不是把日記本也夾帶進去了？

洛枳心裡「咯噔」一聲，她踏過地上的幾袋子複習資料，飛奔出家門，在大馬路上揚手攔車，用自己最有氣勢的聲音說：「振華中學，求您快點！」

然而當她衝到班級門口的時候，只看到張敏在鎖門。

「張敏，那個，那個垃圾堆……都已經扔掉了嗎？」

張敏呆呆地看她：「對啊。」

洛枳幾次張開口都是以咳嗽收場：「那個，咳咳……」

「你別急，」張敏張著嘴巴想了一會兒，「主任說今天垃圾特別多，告訴我們別往廁所的大垃圾桶堆了，剛才掃除的同學一起把垃圾都抬到後操場的垃圾站了。所有班級的垃圾好像都在那裡，全都是考卷和演算紙什麼的，可壯觀啦！」

洛枳聽了，氣還沒喘勻，二話不說就朝後操場跑過去。

天幕已經變成了深藍色，光線越來越暗。她必須把紙張貼近自己才能看清上面寫的是什麼。洛枳站在垃圾山前，絕望地翻找著。儘管大部分是廢紙和舊書，但是幾次都不小心抓到髒東西：剩了半瓶卻沒有蓋蓋子的營養快線飲料，黏糊糊的香蕉皮……她忍住噁心，扒開所有口袋，透過裡面的資料判斷是不是自己班的垃圾。

「喂，洛枳，這裡！」

張敏不知道什麼時候跟過來了，指著一個黑色的大塑膠袋對她揮手。

洛枳奔過去，兩個人一起把垃圾袋徹底推倒。張敏絲毫不嫌棄地陪她一起翻，翻到一半才突然訕訕地笑起來：「對了，洛枳，你在找什麼啊？」

洛枳已經把三個袋子都翻遍了，日記本連影子都沒有。她抬起頭急急地問：「就這三個袋子嗎？還有嗎？」

張敏努力想了想：「不是我負責收垃圾，我記得好像不只三個袋子，但是我只找到這些。」

洛枳輕輕地坐下來，手上的營養快線已經乾透了，黏黏澀澀的，又沾上了油墨，變得黑呼呼的。她把雙手攤開在面前，面對龐大的垃圾山，苦澀地牽動著嘴角笑了一下。

「張敏，謝謝。我不找了。」

她告訴自己，找不到就算了吧，有些負擔，丟掉也好。馬上要高考了，她還要努力考去他的大學，只是一本日記而已，又不是真人，哭什麼。

對啊，哭什麼。她坐在地上，眼淚好像沒關好閘門，在她鼻子也不酸、心裡也不疼的情況下，彷彿眼睛裡出的冷汗，沒有預兆。

她總是覺得，那本日記就是回去的鑰匙。而現在她回不去了。

一地紛飛的考卷和演算紙，有的署名了，有的沒有，各色筆跡被主人們拋棄在這裡，掩埋了她的日記，也掩埋了她三年亦步亦趨的青春。它們會在明天被收走，和營養快線和香蕉皮和被咬了幾口的麵包一起腐爛發酵，成為一堆惡臭。

她趴在張敏的懷裡號啕大哭，而張敏什麼都沒有問，敞開她有些酸臭汗味的胸懷抱住洛枳，輕輕拍著她的背。

洛枳就這樣把她的青春遺棄在後操場，慢慢腐朽。

一路恍恍惚惚，她終於走到了終點，空曠的頂樓。

當年她坐在這裡背新概念4。

洛枳發現牆壁都被粉刷一新。邊邊角角都刷了個乾淨，自然也就找不到那句話了。

畢業典禮之後她獨自來到這裡，用原子筆在最角落的地方認認真真地寫著——

「洛枳愛盛淮南，誰也不知道。」

第46章 我們都是說謊精

洛枳正要走出大門口的時候，突然迎面遇到丁水婧。

丁水婧拎著一大袋子零食，披著白色羽絨衣，沒有拉拉鍊，露出裡面毛衣上巨大的流氓兔。她的頭髮長長了很多，零散地披在肩上，鼻尖凍得通紅。

洛枳啞然，丁水婧更是張大了嘴，一副不可置信的樣子。

「你為什麼在這？」丁水婧指著她問。

「家裡有點事，所以臨時回來一趟，順便過來看看……看看你。」

丁水婧臉上的笑容足以晒化南極冰山。

洛枳又心虛又愧疚。

撒謊不算本事，如果能自欺欺人就更完美了。

警衛並沒有攔住丁水婧，似乎已經對她自由出入習以為常。洛枳沒有問她為什麼在別人上課的時候跑出去買吃的——她在學習上從來不走尋常路，也不需要別人擔心。

兩個人走到大廳，坐到窗臺上。

「其實去操場上說話更方便，不過太冷了，」水婧說，「抱歉，你來看我，卻發現我蹺課。」

「沒什麼，你一直心裡有數。」洛枳微笑。

丁水婧輕哼：「論心裡有數，誰比得過你？」

洛枳一愣，她不明白為什麼話還沒說兩句，丁水婧就語氣不善。

沉默了一會兒，丁水婧低下頭說：「不好意思。」

洛枳迅速轉移了話題：「什麼時候去考美術專業課？」

「一月份。先考電影學院，然後是中央美院，再然後是北廣和清華美院。之前還有大連和上海的幾所學校，不過都在咱們本市設有考場，不需要特意過去。」

「按理說，你現在應該在畫室裡待著吧？我記得當年咱們班許七巧也要藝考，臨考試前一個月都不怎麼來上課了。」

「我很少過來，反正我只有這兩個地方可以待著，一個地方膩了就去另一個。再說，我要是不過來，今天怎麼碰得到你？」丁水婧眨眨眼。

洛枳咋舌，差點忘了自己撒的謊——她明知道這個時候丁水婧應該天天悶在畫室備考，居然還好意思說是來學校看人家。

丁水婧也沒難為她，轉頭繼續聊起這屆高三生的情況。

「文科被你獨霸天下的日子一去不返了。現在的文科學年第一是幾個女生輪流坐莊的，而且好像還鬥得雞飛狗跳的。」

「成績說話，有什麼需要鬥的？」

「任何一個領域都有鬥爭的潛力。你看皇上的後宮，每天都很無聊，皇上那個大嫖客寵上誰了拋棄誰了，誰懷孕了誰流產了，誰生了兒子誰生了女兒，不就這些事，人生短短幾十年，有什麼可鬥的？人家一群女人不是照樣鬥爭得不亦樂乎，還給幾百年後我們祖國的電視劇事業貢獻了那麼多活色生香的題材？」丁水婧笑得很嘲諷，「學生也一樣，預備黨員、模擬聯合國代表團、紐約大學短期交流，當然還有最重要的P大和T大的自主招生，各大高校的小語種名額，這一屆鬥得比後宮還精彩。比你坐鎮振華文科的時候有意思多了，你讓我們錯過了多少好戲。」

「也許吧。」

「咱們那時候，文科班唯一值得看的大戲就是葉展顏和盛淮南了……」她迅速地看了一眼洛枳，頓了頓，「不過，估計你也不關心。話說回來，咱們倆現在坐的窗臺，曾經是人家小倆口經常坐在一起聊天的地方呢。」

洛枳感覺到，丁水婧說完後再次飛快地看了自己一眼。

她低頭看了一眼屁股底下的大理石窗臺，笑笑：「是嗎？」

兩人沉默了一會兒，丁水婧忽然說：「再待一會兒就能吃晚飯了，去食堂？」

夕陽已經照在後背上了，洛枳回頭看了看，說：「我得回去了，你呢，去畫室還是教室？」

丁水婧並未因為她的拒絕而不悅：「教室吧，我總得把吃的送回去。」

「你既然更多時間泡在畫室，為什麼買這麼多吃的放在學校？」

「誰告訴你是我自己吃的？幫別人買的，估計我現在才回去，她們幾個已經餓死了。」

又有新朋友了呢，洛枳想。不論身處什麼樣的環境，丁水婧永遠呼風喚雨，從不孤單。

「那就祝你一月份各種考試順利吧。」

「謝啦。欸，對了，你……有男朋友了沒？」丁水婧笑著，但是表情有點緊張。

洛枳搖搖頭。

「喜歡的人也沒有？」

洛枳笑：「你是不是剛才一直憋著這句想八卦我啊？」

「別打岔，有沒有？喜歡的人？」

「沒有。」

「沒有？」

丁水婧的臉色一點一點地冷了下來，略微等待了一會兒，還是沒走。

「怎麼了？」洛枳問，倒是覺得她欲言又止的樣子有點眼熟。

「說兩句真心話會死嗎？你家人都是這個毛病嗎？是遺傳嗎？」

丁水婧撂下這句話轉身就跑了，很大的步子，腳步聲回蕩在大廳裡，漸漸地隨著伶俐的背影消失在轉角處。

洛枳第一次在和別人的對話中丈二和尚摸不著頭腦，在原地呆站了許久。

「我家人……怎麼了？」

晚上吃飯的時候，媽媽說已經幫他把行李收拾好了。

「反正你一月中旬就回來了，只剩下半個多月。行李箱基本上清空了，但還是帶回去吧，寒假方便往回拿東西。」

洛枳啃著排骨，點點頭。

過了一會兒，媽媽又說：「我怎麼老覺得你有心事。」

洛枳愣了一下，搖搖頭：「沒有啊。」

「沒有男朋友啊？」

洛枳笑：「沒有。我的心事就非得是這個啊？」

「其實……我剛才突然想起來，以前高三收拾你的桌子的時候，我看到了幾張紙。我沒偷看你的日記啊，先說明白。那張紙是自己掉出來的，從你的練習冊裡。我以為是演算紙，就看了一眼。發現是什麼內容之後，就沒看，給你塞回去了。大致是跟一個男生有關。」

洛枳把骨頭吐到桌子上的小垃圾盒裡。

「您沒看就知道跟男生有關，真神。當初您應該去學地質勘探，省得他們到處亂挖，您看一眼，就知道地底下埋著什麼。」

「我真沒看，」她媽媽倒是急了，「看一眼能看到很多關鍵字的。」

哎喲，還關鍵字呢……洛枳嘴角抽了幾下，無語。

「但是我一直相信你，我覺得你心裡有數，所以也沒囑咐你什麼，就把紙放回去了。」

「嗯。」

「那個男生後來考到哪去了？」

「我都想不起來你說的是什麼日記，哪個男生？還有這事？」

洛枳的神色看起來並不像撒謊。媽媽給她盛了一碗湯，不知道該怎麼把話題繼續。

「有要好的男同學，就跟媽說。」

「是。」洛枳噗哧一聲笑出來，「媽，你也是。」

媽媽愣了一下，直接上手掐起洛枳的耳朵。

「明天早上在火車站和付姨一家碰面。早點睡吧，睡覺前再想想有沒有什麼東西落下的。」

「嗯。媽，晚安。」

「睡吧。」

洛枳發現，媽媽的背影佝僂得越發厲害了。

她鼻子一酸：「媽。媽……你不怨爸爸和奶奶家嗎？……還有外公。」

媽媽笑笑，態度平常得好像她剛剛只是問了一下明天氣溫多少度一樣，轉身走過來給她重新塞好被角，笑著說：「我愛你爸爸，我對他和他家裡人好，也為你做了能做的一切，苦是苦，我沒有愧疚，也不怨。」

「洛洛，我一直覺得對不起你。你很爭氣，但我老是在擔心，是不是我在逼你？你什麼都不說，也沒有別的孩子那麼活潑，初中有一段時間連笑都不笑。我那時候老是背著你哭，我不知道怎麼辦，家裡負擔也重，我又怕耽誤了你，連哭的時候都覺得要是被你看見了，你肯定壓力更大、心事更多……你現在上大學不在家裡了，我一回家就在你這書桌這裡坐著想以前的事情，還是覺得，我要是怨你爸爸、奶奶和外公，也都是因為他們對不起你。」

媽媽說著，眼睛看著窗戶上厚厚的冰花，長長地嘆了一口氣：「我怨誰恨誰、過得高興不高興都無所謂，我只是希望你不要怨。他們都死了，你怨也無所謂。但是，你還年輕，心裡不難受嗎？我跟你爸爸感情深，你要是也有喜歡的男孩子，設身處地地想一想，應該能明白，我不可能有怨言，我一直都很高興。」

洛枳把頭埋進柔軟的枕頭，淚雨滂沱。

這才是愛吧。她真的太膚淺了，沉浸在自己的傷懷中，以為沉默著負擔了一切，其實從來都不夠坦蕩寬厚，總是計較著得失利弊。

她的愛和恨，其實最後都反射給了自己，所以才會傷得那麼深。

第47章　兒時的點點滴滴

洛枳討厭白天的火車。

如果是晚上的車，她現在可以爬到上鋪去睡覺或者看小說，而不是坐在下鋪的位置一遍遍用無聊的話來安慰眼前的阿姨。

付姨是個略胖的白皙女人，保養得很好。她的兒子長得和母親很像，是個清秀單薄的十八歲男孩，見到外人的時候會靦腆地抿嘴一笑。孩子的爸爸卻很矮，又瘦又黑，皮膚乾裂起皮，眼角的皺紋極深，雖然他很少笑，也能看得清楚。

非常不像一家人。洛枳想。

丈夫和兒子坐在通道的折疊椅子上，下鋪床上只有洛枳和付姨。付姨抓著她的手邊說邊掉眼淚，她在一旁陪著說些「放心吧，孩子出門闖蕩闖蕩也好，不能總在家裡」、「既然有親戚照應就更不用擔心了，很快會適應」等不需要大腦處理的廢話。

男孩子在職高學的是飯店管理，現在在北京東直門附近一家大飯店做前臺經理的表姐替他在那裡找了一份工作，所以夫婦倆一起送他進京。付姨的眼淚從開車到現在就沒有停過。她丈夫不知道是捨不得還是已經不耐煩了，勸都不勸她，只是自己黑著臉盯著窗外看。洛枳聽她嘮叨了一個小時，應和的話顛來倒去地說，終於詞窮了。

「這孩子就是不好好學習，當初念個職高就以為萬事大吉了。反正當時我們也沒有門路給他弄進重點高中，念普高的話還不如念職高，反正都考不上好大學。現在就業這麼難，三流大學乾脆不如不念。你看你多好，我跟他說了多少遍了，我們單位韓姐家有個高材生……」

洛枳覺得談話的方向有點不受控制，連忙岔開：「阿姨，你以前就認識我媽媽吧？」

「對啊，當時一起在一輕局上班的嘛，我倆在一個辦公室，結果她才待了一年半就……當時你爸爸……的事情實在出的不是時候。」

你是說，我爸爸死的不是時候？洛枳並沒有露出一絲異樣的表情。

「也怪你媽媽，鬧得太凶了。我們當時都勸她，你外公那邊即使不退休也無法起什麼作用，就暫時忍一忍，那個風頭過去再查，總要還你們一個公道的，可她怎麼都不聽啊。」

洛枳仍然沒有說話。

她對付姨是有印象的。當年付姨沒有幫過媽媽，但也沒有落井下石。

付姨覺得有點尷尬，於是繼續說：「不過，這個世道我是看明白了，不管怎麼黑怎麼不講理，老祖宗說的善有善報惡有惡報還是靈驗的。你看，你媽媽後半輩子就有你撐著了，多有後福的人！我們後來又在模具廠食堂遇見的時候，她跟我說起你，把我們都羨慕死了。」

洛枳苦笑，她的確是媽媽今後生活的唯一主線和希望所在了。

「而且，以前一輕局的那個處長，就是現在咱們第二大的……聽說有人要聯手動他了。估計也就是過了這個春節的事。你媽媽跟你說過了吧，有人來找過她，聽說當初廠裡改制時那批報廢老化器材的事情是挺關鍵的證據之一呢，人家讓你媽媽寫了資料，我覺得都這麼多年又把這事翻出來，連他老爺子的裙帶關係都不顧了，說明上面要整他的人一定有來頭，我估計這回能扳倒他，肯定有戲。你們也好好出出氣……」

洛枳腦子嗡地一下，茫然地看向付姨。她有很多話要問，動動嘴唇卻沒有問，因為潛意識裡她什麼都不想知道。

不知道，就不會有困惑和煩惱，不會為難。

「……這事現在還保密，我也被調查組的找到了，但是也就跟你說說，人家說了，不能走漏消息。反正我覺得快了。這就是古話說的：不是不報，時候未到。」

付姨還在不停地說著什麼，洛枳站起身從包裡拿出水，默默地喝。

這件事，她媽媽沒有告訴她。

為什麼？

北京站一如既往地人滿為患。洛枳把付姨一家三口帶進地鐵站，指著路線圖告訴他們如何換乘，然後目送他們坐上了跟自己方向相反的地鐵。

「有什麼需要幫忙的就找我，」她把自己的手機號告訴了付姨的兒子，「你方便的時候，我去東直門那裡看看你也好。」

她說完，付姨的眼淚又開始往下掉。再捨不得，孩子終究有他自己的路要走。

終於看到地鐵消失在黑洞洞的隧道裡面，洛枳深呼吸一口氣。

有人在背後拍了她一下。

她回頭發現，盛淮南正靠著月臺黃線邊的柱子笑著看她。

洛枳愕然，既沒打招呼也沒有笑。她還沉浸在付姨帶來的消息當中，忽然看到他出現在眼前，有種荒謬的不真實感。

「你見鬼啦？」他笑，臉色有點暗。

讓洛枳驚訝的是他的嗓音，似乎是重感冒，啞得不像話。

那聲音讓她恍惚，不知怎麼聽起來竟有些熟悉，亂麻般的記憶露出一個線頭，她努力伸出手去，卻無論如何都抓不住。

盛淮南笑了一會兒，看她不講話，覺得有點尷尬，於是清清嗓子說：「上次電話裡，你說過會坐這趟列車回來，我估計是週日。我今天晚上正好在崇文門附近跟學生會的幾個部長辦點事，結束了就順便過來看看能不能碰到你。沒想到你是和別人一起出來的，我不知道你是不是願意讓人家看到我，所以一直跟在你們後面。幸虧你把他們送走了，要不然我就要尾隨一路了。」

「在地鐵站遇到同學也沒什麼大不了的，他們看到也不會怎樣，你想多了。不過還是謝謝你。」洛枳淡然。

盛淮南不笑了。他想了想，一把接過她的行李箱說：「書包重嗎？我幫你背。」

洛枳抿緊了嘴脣，她白天在火車上心神俱疲，完全沒有心思跟他和和氣氣粉飾太平。她緊緊握著行李箱的拉桿不鬆手，說：「盛淮南，你到底要幹什麼？」

他的手僵在半空，然後慢慢垂下。

「我讓你討厭了，是不是？」

洛枳一愣，你他媽裝什麼蒜——話沒出口，行李箱就被奪走。盛淮南拖著它大步朝著出口方向走過去，邊走邊說：「現在搭地鐵的人太多了，坐計程車吧。」

洛枳幾步追過去，周圍有行人投來異樣的眼光，她突然覺得再拉扯就沒意思了，於是也低下頭，跟著他向外面走。

北京的風比家鄉的柔和許多，他們半天才攔下一輛計程車，風一直吹，她都沒有覺得冷。

兩個人一起坐進後排，在廣播DJ的港臺腔中一起沉默。車子穿梭在北京的夜景中，所經過的地方時而繁華美麗、時而落魄髒亂。這個城市在兩種極端中安然膨脹。

「後來……害怕嗎？沒做噩夢吧。」盛淮南開口的時候聲音艱澀，那種陌生又熟悉的感覺再次席捲了洛枳。

前一天晚上，也許是擔心殯儀館裡發生的事情，他曾傳簡訊給她，對她說好夢，洛枳並沒有回覆。

「不害怕了。謝謝你幫我答法導的考卷。」

「這是你說的第四遍了。」

洛枳沒有接話。

到學校的時候，計價器剛剛跳到62。洛枳掏出錢包，盛淮南按住她的手，什麼都沒說，只是淡淡地看了她一眼。於是她沒有爭辯，直接把錢包塞回口袋，順便抽出被他按住的手。

低下頭，想起歡樂谷的太陽神車，心裡居然仍然會疼。

「對了，今天是聖誕夜。你吃飯了嗎？」盛淮南站在宿舍門口問。

「我不餓。」洛枳笑得勉強，「謝謝你接我。你感冒了吧，病得很重對不對？外面冷，快回宿舍吧。」

盛淮南上前一步攔住她：「洛枳，是我太衝動，沒有考慮清楚前因後果就對你那樣的態度，我先道歉。」

他道歉的時候仍然這樣鎮定安然。

洛枳抬起頭，明明白白地盯著他的眼睛：「什麼前因，什麼後果，說清楚。」

「我暫時還不想說。」

「那你考慮吧，考慮清楚了前因後果，再考慮對策，在你做出最終的決定之前，我們就假裝不認識彼此吧。萬一你後來發現我果然罪大惡極，可是之前又跟我緩和了關係，又接送又吃飯的，後悔了就再甩我一耳光，假裝大家不是很熟——呵呵，您慢慢考慮，我又不著急，這輩子考慮不明白，就下輩子接著考慮。」

他吃驚地睜圓了眼睛，柔軟的睫毛在橙色燈光下有著毛茸茸的輪廓。

「好吧，」他輕輕放開了她的手腕，「我們找個地方聊聊吧。」

洛枳內心有些掙扎，低頭不語。

「陪我去樓頂吹吹風好嗎？自從那次帶你去過之後，就沒再去看過夜景。」

「你真的很喜歡那裡，感冒了還吹風。」洛枳笑笑。他的啞嗓子讓她有點心軟。

「高中晚自習的時候，我也喜歡到咱們行政樓的窗臺坐著看夜景。算是怪癖吧，不過我覺得這兩個地方挺像的……」

洛枳猛地抬頭。

似乎有什麼敲中了她的頭，瞬間一片清明。

「盛淮南，你高一的時候，是不是在行政區四樓的窗臺，遇見過一個人？」

他們在那裡說過話。那個她喜歡的、後來卻被他和葉展顏霸占了的四樓窗臺。

他們竟在那裡說過話。

回高中故地重遊和盛淮南的感冒碰巧發生在同一時間，洛枳腦海中的記憶碎片忽然拼接在一起，拼湊出了一段被她忽略的往事。

高中一年級第一個期中考試的前夕，晚自習的課間，洛枳因為複習得心煩溜到行政區，在漫長的走廊裡沿窗漫步。她時常會經過幾對黑暗中的情侶，悄悄地繞遠，畫個弧線，再走回到窗邊。

那時候她漫無邊際地想，如果將這一路不斷躲避的軌跡畫出來，會不會像兒童畫中呆板的海浪？

終於到了一扇相對安靜的窗前，她跳上去坐著，將半個身子都依靠在冰涼舒適的玻璃上。十月底北方霧重，行政區走廊漆黑一片，只有窗外遠處的商業區遙遙送來微弱的光線，濛濛照亮玻璃上一層薄薄的水氣，她就用指尖在上面默寫方程式。

但是無論如何係數都配不平。她惱了，抹掉，換一塊繼續寫，再抹掉……不一會兒半面窗都畫滿了。

旁邊傳來輕輕的笑聲。

她嚇了一跳，轉過頭，碩大窗臺的另一邊站著一個高個子男生，光線實在太暗，他又背對著窗子，看不清面目。

「不好意思，」男生的聲音很沙啞，似乎是重感冒，「我就是想說……你的硫化氫的分子式寫錯了……」

洛枳啞然，連忙改掉，轉過臉感激地一笑，忘了對方肯定看不清。

「我化學不好，」她笑著說，「只想著硫化氫是臭雞蛋味道，就加了個O。」

男孩的笑聲很粗，夾雜著咳嗽，看來病得不輕。

「借你半邊窗臺行嗎？我很喜歡站在高處看夜景，但是附近情侶太多了，沒有清靜的地方。」

她欣然同意。

他們沉默著一起觀賞很遠處高架橋上車燈串成的炫目珠鍊，直到不遠處一對情侶發出的聲音越來越大。

她的臉像火燒一樣，那個男孩也不自在地屢屢清嗓子。

「高中生就這麼勁爆。」他開口緩解尷尬的氣氛。

「有什麼稀奇，」她笑，「小學高年級就已經有戀愛的了。」

「小孩子懂什麼？」

「懂的懂的！」她突然來了興致，「其實小孩子之間自以為是的愛情才有趣呢。」

盛淮南的眼神一開始很迷茫，隨著洛枳的講述，突然明亮起來，一瞬間又暗下去。

「是你。」他的語氣裡有一絲洛枳聽不懂的遺憾。

「原來連續兩次跟我推薦《兒時的點點滴滴》的，是你。」

那個時候，洛枳突然有一種瘋狂的念頭，想要將自己小時候婚禮上認識的那位皇帝陛下的故事講給這個黑暗中素未謀面的陌生人——這麼多年，沒有人承擔過她回憶的重量，有時候她只是很想要找到一個樹洞，把一切安安穩穩地放進去，即便不合時宜。

然而終究還是膽怯，她想了想，壓抑住突如其來的放肆衝動，輕聲說：「你有沒有看過一部動畫片，叫《兒時的點點滴滴》？」

男孩似乎是搔了搔後腦勺：「迪士尼的嗎？」

「不是，」洛枳側過身子比劃著講，「裡面有一段情節是這樣的：五年級的小女主角在放學路上被一個暗戀她的男孩子攔住了。兩個人都很尷尬，男孩子紅著臉想了半天不知道怎麼表白。後來突然不知為什麼開口問了女孩子一個奇怪的問題。」

「什麼？」

「晴天、陰天、下雨天，你比較喜歡哪種？」

男孩劇烈地咳嗽了幾聲：「下雨天。」

「……我沒問你。」洛枳不好意思地踢了一下窗臺。

男生咳嗽得更劇烈了，不知道是不是在害羞。

「總之……」洛枳繼續，「女孩子想了想說，陰天。男生特別開心，笑得很燦爛說，我也是啊——

然後轉身就跑了。」

「完了？」

「完了。」

「很浪漫啊。」

「嗯？」洛枳不解。

男孩笑了：「所謂浪漫，就是沒有後來嘛。」

他們忽然一起沉默了。沉默中只剩下呼吸聲，窗臺兩端的距離，開始瀰漫起若有若無的曖昧。

洛枳的心沒來由地狂跳，她慌亂地說：「我回班上了。」

男生的聲音像是悶在水壺裡：「你……那……再見。」

她跑得太快，後面的人喊什麼，攪亂在她自己嗵嗵的腳步聲中。她聽不清，餘音迴蕩在空空的走廊裡，像是海浪聲久久不散。

「你最後問我什麼？」洛枳抬起頭。

盛淮南看向遠方的路燈，神情溫柔。

「我問，你叫什麼名字。」

第48章　你喜歡我喜歡你

他問她叫什麼名字。

洛枳愣愣地看著盛淮南，忽然紅了眼眶。

兩個星期後，期中考試成績公布，她在成績單上一筆一畫地寫下「盛淮南」三個字。這三個字長在陽光裡，站在離她很遠的地方。而那個黑暗陽臺上的小小插曲被她遺忘在腦後，轉身孤絕地陷入一場漫長無果的追隨之中。

如果她對他講了皇帝陛下的故事，會怎樣？

哪怕沒有講，如果她告訴了他自己的名字，又會怎樣。

追不回來的假設像冰錐扎進胸口，洛枳心痛得幾乎要窒息。

她閉上眼，努力克制住心中翻湧的情緒，頓了頓，問：「現在你告訴我吧，你為什麼這樣對我，那些前因後果是什麼。」

盛淮南反而看上去有些六神無主：「我改主意了，對不起，我……我現在不能說。」

「……你再說一遍？！」

她第一次失態，語氣都有些不對了，怒火卻無法控制。

「我現在不能告訴你。」盛淮南也第一次在她面前慌了，只會搖頭，一雙眼睛倉皇地盯著她，像個做了錯事卻咬死了不承認的小孩。

「你他媽這不是欺負人——」

她咬住舌頭，發著抖把脫口而出的髒話吞了回去，深吸 口氣，迅速地邁大步繞過他跑進了宿舍。

再多待一秒就會哭。

進了宿舍，才想起行李箱還在他手裡。洛枳長嘆一口氣，她媽媽的確有先見之明，在火車站就告訴過她，行李箱這個東西，真的不應該亂丟。

她還在恍神，對面宿舍的同學剛好敲門來借作業，不知道是不是平安夜單身太無聊，竟破天荒拉著洛枳聊了起來。

洛枳麻木地應和著，同時慢慢地整理著紛亂的思路。

付姨所說的每一句話仍然在耳邊縈繞著，震撼卻不真實；少年呼著白氣的粗啞嗓音卻近在咫尺，她不敢深思。一天之內經歷了太多，洛枳腦中一片混亂，彷彿有一列列火車轟鳴而過。

然而即便如此，亂糟糟的思緒中，那個在窗臺水氣上寫下的方程式還是浮現在眼前，每一筆的結尾都向下蔓延出一條淺淺的水線，漸漸地把眼前喋喋不休的女生的臉都遮住了。

她說晴天、陰天、下雨天，你喜歡哪種？

他說，下雨天。

洛枳的目光漸漸失焦，直到一隻手在眼前晃來晃去。

女生並沒有怪罪洛枳的心不在焉，只說不該拖著她講這麼久的話，謝謝她借自己作業，還留下一個繫著絲帶的平安果[10]送給她。

洛枳盯著桌上憑空出現的蘋果和遠去的作業，半天緩不過神兒。又在椅子上呆坐了一會兒，再次想起自己的行李箱。

她摸著手機，左思右想，還是打給了張明瑞，想問問他在不在宿舍。

電話剛剛接通時她聽到了其他男孩子大嗓門兒的起哄聲——「說，耶誕節到底和誰去798藝文特區？是不是許日清？」

張明瑞有些尷尬的聲音半晌才響起來：「喂，洛枳？」

她正在措辭，忽然聽到電話那邊門被摔上的巨響。

「怎麼了？」

「我也不知道，我這邊剛接通電話，盛淮南就提起行李箱摔門出去了。他在那邊打遊戲打得好好的，也不知道發什麼瘋……那箱子是你的吧？我在提手那個地方，看到了你以前沒摘掉的航班資訊什麼的，問他他也不搭理我……」

洛枳啞然，手機又振動了一下，顯示：呼叫等待，盛淮南來電。

她幾句話結束了和張明瑞的通話，接通了另一邊。

10 平安果：蘋果。在中國，平安夜有送蘋果以示祝福的習慣。

「我的行李箱在你那邊……睡衣和電腦都在裡面。」電話通了之後的沉默中，她先開口。

不知怎麼，她感覺到，電話另一邊的人是笑著的。

「五分鐘後你下樓吧，我現在過去。」

「不用了，」她的聲音僵著，「正好我室友回宿舍，經過樓下的時候能幫我拿上來。」

他呆了幾秒鐘：「那……那我怎麼知道哪個是她？」

「我會告訴她，認準了門口站的男生裡長得最帥的那個，就是你。」

有時候洛枳自己也不明白，為什麼她的憤怒和不滿總是帶著嬉皮笑臉的假面。

他不依不饒：「萬一認錯了呢？」

「你覺得這個時候拖著行李箱站在女生宿舍樓門口的男生可能被認錯嗎？」

她的語氣有點不好，不過盛淮南一向是個脾氣很好的人，至少在表面上，很懂得克制，也很會照顧場面。

她等著他說句和緩的話，給彼此臺階下。

「我不管，要不你自己來拿，要不你就別用電腦，別穿睡衣……」他停頓，語氣很衝，「光著睡算了。」

洛枳有點發懵，想都沒想就按了掛斷鍵。

下一秒鐘，她卻發現自己的嘴角止不住地上揚，似乎這個氣急敗壞的、一點都不像盛淮南的舉動，讓她突然摸到了彼此的心跳。

醜陋而罕見的那張臉或許才是真實的。

這時候又有人敲門，是樓上心理學系的同學邀請她們填寫調查問卷。她和對方交談了幾句，又坐下花了不到十分鐘填完，接受了一枝作為獎勵的塑膠玫瑰花。

然後江百麗拖著箱子突兀地出現在門口。

洛枳的第一個反應，是訝異地低頭看了自己仍然緊緊握在手中的手機，明明還有剛剛通話的餘溫。

「啊呀！你猜我在樓下碰見誰了？」

洛枳原本那股想要衝過去面對面捕捉盛淮南蠻不講理的臉孔的豪情，就這樣被那個行李箱撲滅了。

百麗將行李箱豎在屋子中央，坐到自己的座位前，唾沫橫飛地說：「我看到盛淮南站在那裡還覺得奇怪，以為是等你呢，轉念一想，咦，你們不是鬧翻了嗎？」

她沒在意洛枳的僵硬，繼續說：「我還愣著呢，是他自己走過來說『你是洛枳的室友吧』？那副樣子特別禮貌，又特親切，但我最煩這種人。」

百麗悠哉悠哉地晃著腿，咬了一口手中捧著的煎餅。

「他說你把行李箱落在他手裡了，託我帶上去。然後我就看了他一眼，說：『哦，謝謝您。』」

洛枳眼前忽然浮現出江百麗活靈活現的神情。

江百麗有意無意地告訴他，洛枳病還沒有好，之前幸虧有一個男生天天給她送飯——那種別有用心的埋怨和炫耀，暗含著打抱不平的姐妹義氣——洛枳默默地聽著，心慢慢地灰了下去。

「這人簡直變態，他聽著聽著就開始笑，好像特高興，心裡石頭落地似的，跟我說給你帶個好，好好保重。你說，他是不是腦子有病？」

洛枳微笑。

如果剛才盛淮南有過慌不擇言，那麼此刻百麗對她的每一句描述聽在他耳朵裡，都代表著萬分確定的捨不得和放不下。

她飄忽不定的心思終於又被他抓到了手裡，恐怕此刻他連心臟都跳得篤定。

有恃無恐的人最可惡。

她突然覺得冷。看著仍在義憤填膺的江百麗，洛枳不知道怎麼辦才好，心中湧起一種溫柔的無奈，只能走過去，俯身輕輕抱了抱她。

「呀，你幹什麼……」

「謝謝你，百麗。」她笑著說，順便把手機輕輕地放在桌上，再也沒有看過一眼。

它不會再響起了。她知道。

洛枳聽到一陣窸窸窣窣的聲音，混沌的夢境漸漸淡去，被課堂上的喧囂取代。她爬起來，迷濛地看向身邊。一個陌生的男生正在啃雞蛋餡餅，正是塑膠袋發出的細碎聲響將她喚醒。她穿著黑色連帽外套，一坐起來，碩大的帽子就蓋住了眼睛，帽簷上一圈絨毛把她溫柔地包圍了起來。

本學期最後一堂法導課。

趴在桌上睡覺時被壓迫的視神經慢慢恢復過來，她掀起帽子，從階梯教室的最後一排向前面望過去，渙散的視線漸漸向著一個方向聚焦。張明瑞在遙遠的第三排，正轉過身子站著和後排的人說些什麼，然而她最先注意到的是旁邊盛淮南的後腦勺。

她不是故意看的，眼睛卻習慣性地在茫茫人海中自動對焦到最熟悉的人。在背後亦步亦趨那麼多年，她閉上眼睛也許會模糊他的臉，卻能從一萬個人中認出他的背影。

這時候盛淮南也回過頭加入了張明瑞等人的談話，看上去有點心不在焉的樣子。他說了幾句，忽然環視全場，像是在找誰。

洛枳拿起水杯站起身，從後門走出去。

明亮的燈光，喧鬧的走廊，人群，一起組成了巨大的烘乾機。幾天前的夜晚，女生宿舍前的對峙，每一句話都溼漉漉地藏在心裡，此刻被曝晒得乾巴巴的，看不出曾經豐沛的原貌。她覺得自己像一把鏽掉的菜刀。

她排在接熱水的隊伍末端，盯著頭頂滅掉的節能燈發呆。

如她所料，耶誕節之後，盛淮南再沒有傳過任何簡訊。偶爾在校園裡遠遠看到他，依舊是和同學和樂樂的樣子，一切如常。

他的如常嘲諷著她的失常。然而，這一次洛枳沒有再感到不上不下的焦心。

她知道，他不會給出一個交代了。

也許他只想吊著她，所以每次都在她將要放棄的當口，送上恰到好處的溫柔，讓她無法割捨，讓他再次勝券在握。

他不愛她，不妨礙他想要讓她愛他。

真沒意思。洛枳回過神來，揉了揉有些發澀的雙眼，低頭擰開熱水龍頭。手背被水珠濺到，她打了個哆嗦。

第49章　只要得不到

乏味的課程在她的心不在焉中進入尾聲，教室又漸漸熱鬧起來。洛枳在筆記本上匆匆記下期末考試的時間地點和複習範圍，在教授宣布下課的瞬間抓起書包和大衣衝出後門。

今天是這一年的最後一天。之前朱顏問過她願不願意到自己家去住幾天，一起度過元旦假期。她原本要一口答應，沒想到百麗在幾天前神情落寞地問她：「洛枳，可不可以陪我去參加學生會的跨年酒會？」

她錯愕：「你什麼時候加入學生會了？」

不是一直作為編制外人員給戈壁跑腿的嗎？她把後半句吞進肚子裡。

「我是書友會的成員，他們這次的酒會也邀請了各個社團的負責人，總之去的人很多。」

「幹嘛要我陪？」

百麗低著頭，眼珠仍然四處亂轉。

「我聽說，陳墨涵要去。」

洛枳感到自己的雙肩不受控制地下沉：「你該不是要……」

「我不是去鬧，不是去給他們臉色看。人家要是會看我的臉色就不會甩了我。我只是好奇，我真的很好奇，他們在一起真的有多般配，我就是想看看，就是想看看……」

洛枳及時地止住了百麗話語中的哭腔：「行行行，你要是能控制住自己的情緒，我就陪你去。」

百麗急忙點點頭：「相信我。」

信你才怪。洛枳揉揉太陽穴，突然反應過來，學生會？那豈不是……她想要反悔，看見百麗瘦得尖尖的下巴，拒絕的話卻講不出口。

從百麗傳簡訊告知洛枳她分手的消息到現在，整整一個星期過去了。江百麗夜夜聽歌失眠，紅了眼眶，瘦了相思。曾經在戈壁偷看美女的時候氣憤地叫囂著要減肥大作戰，現在真的瘦下來，卻失去了意義。

最恐怖的是還要打起精神，虛弱又虛偽地對院裡一群打著譴責戈壁的旗號來幸災樂禍的八婆說，一切還好，還好。

人前裝歡。

再消沉，都要擺出笑臉。誰願意白白讓別人看笑話？

洛枳將給兩個孩子上課的時間提前，以便晚上早些回來陪百麗。站在東門口的冷風中等車時，她收到了洛陽的簡訊。

「你嫂子來北京了，明天一起吃飯吧。」

洛枳感到一股久違的暖流流過心間。

她在玄關處換拖鞋的時候覺得家中安靜得過分，總是在客廳轉來轉去嘟囔著誰也聽不大懂的英語的兩個菲傭沒有現身。洛枳曾經問過朱顏，為什麼一定要用菲律賓女傭，她們在北京理應不具備香港菲傭價廉物美的特性。

當時朱顏微笑著說，聽不懂中國話的最好，心裡踏實。

洛枳愣了一會兒，心領神會。

兩個孩子的課一上完，洛枳就被小丫頭拉進她的房間裡。Tiffany大病初癒後和朱顏一起去了香港，粉紅色的小衣櫥裡馬上掛滿了戰利品。洛枳坐在床上，看她一件一件地把新衣服秀出來。朱顏晚上要帶他們出席一個酒會，Tiffany萬分認真，於是她也很熱心地幫忙參謀到底是選擇小洋裝還是小旗袍。

終於選定了，Tiffany興高采烈地去洗澡。洛枳不經意地側過頭，看到朱顏默默地站在門口，正微笑地看著女兒的背影。

「你是什麼時候進來的？我都沒發現呢。」

「還真是好久沒看見你了。」朱顏笑著走過來，遞給她一杯茶。

「生了一場大病。」

「流感？」

「不知道，一半著涼一半心病吧。」

「怎麼了？」

洛枳笑著跟她講了自己的經歷，從第一次勉強算是約會的出遊，到盛淮南忽然的翻臉，雨天她被逼迫承認的表白，回家祭奠時的奇遇……直到行李箱的回歸。

以及窗臺邊遲到的那句「你叫什麼名字」。

「大概就是這個樣子，」她停頓了一會兒，笑說：「你可以理解為我被狠狠地耍了。」

朱顏沉默良久，往茶杯中加了一塊冰糖，攪拌著問：「那個男孩子，真的像你想像的那麼好嗎？」

洛枳看向朱顏，對方的眼裡滿是狡黠的笑意。她轉過臉，萬分認真地想了想，才慢慢地說：「我知道你想說什麼。」

「高中的時候我不了解他，但他的確是個不錯的人。一個各方面都值得被忌妒的人，能讓所有人都誇讚而不中傷他，這已經很難得了。後來憑我僅有的幾次和他面對面的接觸，我覺得，他的確是個招人喜歡的人。」

她嘆氣，眼睛有些酸：「至少招我的喜歡吧。」

朱顏若有所思地點點頭：「原來是這樣，他還真是平安地長大了。」

「你的口氣好奇怪，好像他原本應該死於非命一樣。」

朱顏不知為何有點尷尬，沉吟了一下，才繼續笑著說：「不，我，我是說，我也覺得他很難得。你曾經跟我說過他，你形容的那種略帶世故的早慧，往往會害了他，但是看起來，好像也沒有。」

「我倒真的希望他不是那麼好，這樣我可以盡早回頭是岸。」

「別找藉口了，」朱顏笑，「看不破就是看不破。我敢說，如果有一天你發現他很差勁，一定比現在還難受。」

她看向透著稀薄暮色的窗臺：「也許有一天你不再喜歡他，但不可以厭棄曾經喜歡他的你自己。畢竟他是你的全部青春，他如果很不堪，那你的青春就等於餵狗了。」

洛枳咧咧嘴：「簡直肉麻到家了。」

朱顏沒理會她，好像沉浸在了自己的思緒中。很長時間之後，她才直直地看過來：「你怎麼不去問他，到底是為什麼？」

「他不說，」洛枳低頭啜飲，露出了一點這個年紀的女孩子應有的惱羞成怒，「說了，我恐怕也不想聽了。」

「矯情。」

朱顏語氣軟軟的，卻讓洛枳紅了臉。她乾巴巴地接上一句：「隨緣而已。」

朱顏笑得越加讓她背後發毛。

「你之前也算是處心積慮了，又做導演，又做演員，埋了一路伏筆，現在又想假裝一無所知，聽從命運安排了？」

洛枳的茶匙磕在杯壁上，她狼狽地岔開話題：「對了，我今天怎麼沒看到你家的那兩個菲傭？」

朱顏欲言又止，下一秒鐘綻開一臉笑容，對著剛從洗手間跳出來的Tiffany。

百麗的奪命簡訊一則一則衝進手機，洛枳五點鐘氣喘吁吁地推開宿舍門，看到的卻是她穿著睡衣盤腿坐在床上舉著手機的樣子。

「你怎麼還穿著睡衣？」

「我不知道穿什麼。」

「這是什麼規格的酒會？如果要求穿禮服，恐怕我就進不去了。」

「不用穿得特別正式，穿球鞋也可以進門。」

「那你為難什麼？不必太費心想這些，你沒辦法跟陳墨涵鬥豔。」

「我知道。」百麗沒有反駁。

洛枳詫異地抬頭看了她一眼。今天的江百麗平靜得有點反常，她迎上洛枳疑惑的目光，微微一笑，蒼白脫塵。

「我不會是看到聖母馬利瑪麗亞了吧……你別那樣笑行嗎？」

「對不起，我剛才突然想到，其實今天晚上盛淮南也參加這個酒會。我不知道你想不想見到他……」

洛枳咧嘴一笑：「這有什麼好躲避的，我們之間又沒有什麼。」

然後在嘴角無法抗拒地下垂之前，趕緊轉過身假裝去整理書櫃上的複習資料。

雖然百麗對於他們之間的故事知道得不多，但是她每天喊著「洛枳加油」，朝夕相處，眼角、眉梢總能讀出點故事，洛枳不知道怎麼掩飾。

她聽到背後江百麗下床的聲音，伴著一句幽幽的「如果我當初也和你一樣，把一切都爛在肚裡，靜悄悄的就好了。你喜歡別人也都是悄悄的，不被任何人知道，失敗了都不丟臉」。

洛枳聞言一頭撞在櫃子上：「這有什麼丟臉的——等一下，我哪裡失敗了？」

想要嘴硬一次，卻發現嬉皮笑臉的樣子怎麼也擺不出來。

她把《瑪麗．斯圖亞特傳》抽出來又放進去不知道第幾遍，始終找不到一個合適的位置，最後終於放棄，往桌上隨便一扔，一屁股坐了上去，轉過身，語氣冰冷地說：「對，我是挺失敗的，我就是看準了自己有一天會很慘，當初才不像你一樣，搞得滿世界都知道。」

百麗正站在寢室中央，脫睡衣脫到一半，胸罩帶子還掛在肩上，冷不防被洛枳嚇到，驚慌失措地跌坐到下鋪的床上。

她第一次聽到洛枳用這樣的語氣講話。摻著碎冰，卻透著一股邪火。

兩個人都沉默了。

江百麗剛想開口說「對不起」，就看到洛枳臉上浮現出的誇張笑容。

「快點換衣服吧，」洛枳頓了頓，又特意用很有精神的語氣說道，「我突然想起來，《傲慢與偏見》裡面好像說過，『將感情埋藏得太深有時是件壞事。如果一個女人掩飾了對自己所愛的男子的感情，她也許就失去了得到他的機會。』所以，名著都證明了你才是對的，要熱烈表達。」

江百麗笑起來：「讀書人說話就是一套一套的。」

轉眼，臉卻又垮下去：「……那為什麼我還是沒得到他？」

尷尬卻默契地無言對望之後，洛枳笑出聲，江百麗則乖乖地爬起來，說：「我穿你的衣服好嗎？咱們身材差不多。」

洛枳指指衣櫃，說：「自己挑吧。你不是一直說，我的衣服都是寡居的人才穿的嗎？」

百麗從衣服堆中抬起頭，一本正經：「我的確在寡居。」

洛枳淺笑，抬眼去看窗外飄起的清雪。

她曾經以為，她會這樣沉默，怕的並不是丟臉，在意的也不是得到與否，只是不想被誤解。她的那份感情裡有著太多的曲折，不足為外人道也，思維直通到底的旁觀者只會將她婉轉的心思戳得鮮血淋漓。

直到那天，她提起那時候的陽臺，他說：「我問，你叫什麼名字。」

洛枳才忽然明白，那種忽然爬滿心房的痛楚和不甘，就叫作得不到。

說出來，吞下去，萬眾矚目的追求，或者不為人知的愛戀，並沒有哪種更加高明，也沒有哪種更為高貴。

只要得不到，就一樣百爪撓心，痛得不差分毫。

第50章　山雨欲來

最後，她們都穿著最簡單的休閒白襯衫和牛仔褲。

「像不像雙胞胎？」百麗一邊紮馬尾一邊看著門上的穿衣鏡微笑。

「我不要跟你像雙胞胎。」洛枳斬釘截鐵地回答，立即將橡皮筋取了下來，讓頭髮散散地披著直垂到腰間。

兩個人一邊走出宿舍一邊披上外衣，剛推開門就被風揚起的雪花迎面截擊。雪越下越大，像天空碎裂的縫隙掉下的粉末，大片大片滲透進路燈橙色的光芒裡。

學生會的酒會在交流中心的大樓二樓。百麗頻頻看錶，拖著洛枳快步抄近路，走上了直通北門的石子路。路邊灌木很久沒有被修剪過，枝蔓橫生，偶爾掠過洛枳的外套，搖一搖，抖落一地清雪。七拐八拐之後，交流中心的大樓現出蹤影，二樓一排窗戶燈火通明，有人影晃動。

洛枳看了一眼表情嚴肅到彷彿赴死一般的百麗，竟有些企盼這次老天能給她一個慘烈到不能收拾的結局，以便徹底清醒過來。

雖然她自己的結局慘烈得不輸毫釐。洛枳的人生經歷了一個巨大的斷層，她發著燒啞著嗓子從懸崖底下爬上來，喘口氣，還是要向前走的。即使面具已經被盛淮南戳爛了，躲起來重新塗一層油彩，也要繼續撐下去。

如果一場病一場傷心能把她直接渡到彼岸多好。要不成佛，要不成魔，而不是尷尬軟弱地站在中間。對那個人，喜歡依舊是喜歡的；對自己，不能觸及的仍然無法觸及。

洛枳恍惚中抬起頭，竟然看到推著嶄新的越野自行車跟自己相向而行的鄭文瑞。鄭文瑞穿著深紫色的羽絨衣，把自己包裹得嚴嚴實實，整張臉藏在圍巾後，只露出一雙細長的眼睛，呼吸的白氣從圍巾上方漏出來，彷彿裡面著了火。

洛枳和她眼神交會，微微點點頭笑了一下，就拉著江百麗讓到一邊想讓她先通過。上次見到鄭文瑞，正是洛枳和盛淮南那個夢幻的約會的結尾，這個女人怨毒地把自己的自行車踹得嘩啦啦亂響，像個下蠱的女巫——如果是真的，那麼她成功了。

然而等了半天，鄭文瑞並沒有經過她們身邊。洛枳低垂的視線注意到停在自己腳尖前的車輪，驚訝地抬起頭，正好和鄭文瑞詭異的笑容相對。

那張有些浮腫的白臉從圍巾後一點點顯露出來，努了努下巴將大紅色圍巾的邊緣壓住。洛枳只注意到她歪著的嘴巴輕輕開啟。

「呵呵。」

是嘲笑。嚴重而明顯的嘲笑。鄭文瑞笑完就神采奕奕地轉頭走遠，越野自行車在石子路上咕嚕咕嚕響得輕快。

洛枳還在疑惑不解，倒是身邊的百麗很直率地大聲說：「精神病啊！剛從六院[11]放出來過年啊？」

洛枳搖搖頭拉著江百麗繼續前行，她忽然驚呼一聲：「我知道了，我剛才怎麼沒想起來，是她！」

還沒走遠的越野自行車停了一下，然後很快地拐過她們身後的彎路消失在灌木之後。

「是她，32樓鋼鐵人。」

什麼？洛枳迷茫地看向非常興奮的百麗。

「這個女生是學電腦的，住32樓。你知道，32樓全是理工科的女生——哎，不說這個，反正就是某天晚上，也就是一兩個月之前吧，大半夜的，忽然樓下草坪裡出現一個女生，拿著不知道哪弄來的榔頭，使勁地砸著一輛破自行車，邊砸邊號啕大哭，聲勢那叫一個浩大哦。她把自行車完全砸變形了，連輪胎和鏈條都被扯出來扔得滿草坪都是，整個金剛大力神。本來大家還能接著看一會兒熱鬧的，結果有男生不知趣，居然拿著DV跑到近處來拍，把人家嚇得嗚嗚哭著跑了，但還是被認出來了，照片都上BBS了。我剛才懵了，沒認出來，但就是她，沒錯。」

洛枳突然覺得，鄭文瑞根本就是把那輛自行車當成是她來砸——這個想法讓她有點不寒而慄。她緊了緊外套，說：「別提這些了，快走吧。」

百麗和她挽著手，意猶未盡地繼續說著八卦，那副眉飛色舞的樣子讓洛枳恍惚好像回到了幾個月前。

幾個月前，百麗沒有分手，她也沒有遇見盛淮南。

11 六院：北京大學第六醫院（北京大學精神衛生研究所、北京大學精神衛生學院），身心精神科專門醫院。

而鄭文瑞，也發誓不再重複高中時的鬧劇。

現在一切都朝著反方向前進了。

百麗託社團裡的熟人要了一張邀請函給洛枳用，進門之後直奔二樓。樓梯口有許多學生打著手機忙碌地進進出出，穿著黑色小禮服的女孩子急匆匆地擠過洛枳的身邊，蜜桃味道香水的氣息鑽進她鼻子裡。香水的主人已經踩著金色高跟鞋跑遠，在大理石地面上碰撞出好聽的聲音。

洛枳朝百麗攤手：「我們打扮得……好像是太隨意了點。」

她發現百麗根本沒有理她，目光早已越過了門口的眾人。

璀璨的水晶吊燈下，一個穿著雪白露背小洋裝，頭髮盤得無懈可擊的女孩子正背對她們站著，而她面前的人，正是穿著深灰色西裝笑得猶如三月春風的戈壁。

百麗定定地看著，沒有一絲表情。

會場布置得有點古怪。穹頂光彩四溢的水晶吊燈周圍，竟然纏繞了一圈又一圈小學聯歡迎會常見的玻璃紙彩帶；壁燈上掛著彩色氣球，門口兩側牆上還各貼一個倒著的「福」字；會場靠門的前半部分是類似多功能廳小舞臺的區域，似乎晚上會有表演；再往裡延伸就能看到四列長桌，上面擺滿了飲料和食物，是酒會的主要區域；整個大廳的最內部竟是半圓形的座位區，眾多座位拱衛著兩個圓桌，每桌十五六個座位。

洛枳在心中對這種中西合璧的風格嘀咕了半天，正要伸手去拉百麗，轉頭才發現在自己觀察會場的時候，江百麗已經不見了。

她往牆角退了退，擔心擋住在會場中央穿梭來回的忙碌幹部，忽然聽到背後不遠處一個男孩子有些沙啞的聲音喊著：「戈部長找您！」她聽到這個姓就下意識回頭。不遠處，盛淮南背對著小幹部，聞聲苦惱地咧咧嘴，用手背擦了擦額頭。

然後才側過臉，面對著小幹部笑得很像盛淮南該有的樣了：「知道了。我一會兒去找他。」

洛枳靠在柱子邊，突然笑了。這一明一暗，不情願的社交，人前的面具，讓她突然覺得他很可愛。

並不是出於傾慕的原因覺得他可愛。洛枳想起自己高中時也常常能觀察到他這種人前人後的反差，每每意識到她或許比別人更了解他，心裡就會有一種複雜的欣慰。然而此刻，她暫時放下了混沌糾結的感情，抽身而出，彷彿旁觀的路人無意中捕捉到了意趣盎然的街景。

只是個比其他男生成熟點、好看點的毛頭小夥子而已。她想——朱顏也一定會這樣說。

可她喜歡這個毛頭小夥子。

洛枳趕緊打住了這個念頭。她可不希望自己真的變成江日麗靈魂的雙胞胎。

那對情侶站在會場中央。今天的戈壁風光無限。江百麗曾經提到過，前陣子學生會鬧過什麼風波，他恰好站在勝利的那一方。這次，他又帶來了一個天仙般的新女友，傳聞中的青梅竹馬修成正果。雙喜臨門讓戈壁臉上的招牌闊少笑容看起來比平日真誠許多。

洛枳看到盛淮南走過去，從背後拍拍戈壁。陳墨涵像職業模特一樣站得很優雅，朝盛淮南微微一笑，明豔照人。

他們寒暄來寒暄去，似乎終於沒話講了。這時候戈壁掃視了一眼大廳，笑了一下打算起新話題，突然看著遠處臉色一變。儘管他很快恢復了正常，但陳墨涵還是注意到了，也朝著大廳的角落看過去，轉頭回來的時候笑得更燦爛，燦爛到有點幸災樂禍的意味。

洛枳也順著他們的眼光望過去。在戈壁背後幾公尺遠的窗臺邊，江百麗正側著身子看風景，假裝沒看到自己周圍種種幸災樂禍的目光。她這時候才理解了江百麗坐在宿舍床上遲遲不下來時內心的糾結。以一個被甩的著名前女友的身份參與這個再也與她無關的學生會內部活動，需要鼓起怎樣的勇氣。

她打算從後半場繞過去陪陪她，避開這幾個人的視野。剛走到一半就衝過來幾個風風火火的男生，勉強搬著一堆線路纏繞的音響設備往舞臺的方向走，將她攔在了半路。她耐心地等這幾個人過去了，再抬頭時，窗臺邊已經沒有人了。

洛枳訝異地睜大了眼睛，有點不知所措。長髮因為靜電的緣故都貼在後背上，很難受。她將雙手背過去，幾下就鬆鬆地將頭髮盤在了腦後，忽然感覺到脖子被一根涼涼的指頭擦過，她一個顫抖轉過身。

是盛淮南，右手食指纏繞著她的脖子上搭著的一縷長長的頭髮，隨著她的轉身，迅速地從他的指縫中溜走了。

「你……你落下一束頭髮。」盛淮南尷尬地說。

「哦。」她垂下眼，把頭髮解開，雙手扭到背後重新綁起來。正巧這時小幹部又在遠處喊盛淮南，他一邊答應著一邊對她說：「沒想到今天你會過來。一會兒他們安排有表演和遊戲，今天晚上好好玩，結束之後，我把剩下的事情處理完，想跟你談談。」

洛枳思考了幾秒鐘，慢慢地說：「你去忙吧。至於結束後，」她眼睛忽然看到了大門口的江百麗：「有沒有機會聊天，要看情況。」

盛淮南停住腳步，愣了愣，了然地笑。

「好吧，你們……你們別太過了。」

他輕快地轉身走遠，留下洛枳一個人。

鬧哄哄了好一陣子，觀眾才陸陸續續進入座位區，臺上的兩張圓桌也坐滿了老師和學生。P大學生會有三個委員會，各設主席和會長，每個委員會還有一堆頭銜和級別，盛淮南是執行委員會十五個部長之一；而戈壁所在的是團委，獨立於學生會之外，更是一個臃腫龐大的機構。

洛枳坐在角落，旁觀他們龐大的全家福，對江百麗說：「我想起了我們小學的大隊部，那是我參與過的最後一個權力中心。」

百麗只是笑，不講話，認真地看著舞臺上的兩個主持人。

「你能不能把你那聖母般的微笑抹下去？你讓我覺得我已經升天了。」

百麗從宿舍出發時還是說說笑笑的，現在卻像個失聲的布偶，好像暴風雨前的平靜。如果不是自己親眼看著她換衣服和整理手包，洛枳可能都會懷疑她偷藏了一瓶濃硫酸等待潑人，或者在腰上纏了一圈炸藥包準備同歸於盡。

酒會的開場和中國所有的大會一樣漫長。主持人的插科打諢永遠以冷場結尾，洛枳漸漸對臺上明知白痴卻不得已為之的一對漂亮男女有了一絲同情。開場流程包括了學生會主席新年致辭，團委書記新年致辭，副校長新年致辭，黨委書記新年致辭，學生會監督委員會年度工作總結報告……洛枳打了個哈欠，眼睛半睜半閉的時候看到了盛淮南，站在舞臺後方一群部長的中間，鶴立雞群，此刻也在打哈欠。

他們看到了彼此還未合攏的嘴，盛淮南笑起來，而洛枳沒有。她默默地看著他，一雙眼睛寒星一般閃亮冷清。

全場暗下來，只留下舞臺上斑斕的燈光，文藝表演開始了。

演出看得洛枳昏昏欲睡，底下有校長、書記坐鎮，場上的氣氛更是虛假。學生的演出少有精彩紛呈的情況，真正吸引人的原因只有一個：臺上表演的是自己的朋友或敵人，而你正等著他們出彩或者出醜。身邊唯一能說得上話的江百麗靜謐沉迷得彷彿已經到達波羅蜜，洛枳的目光巡遍昏暗的全場，戈壁不在，陳墨涵也不在……盛淮南也不在。

她悄悄戴上耳機，用碎髮微微遮掩住，開始聽從網上下載的《暮蟬悲鳴時》的篇末獨白。其實耳機裡的女人在嘰裡呱啦說些什麼，她完全聽不懂，只是那種感覺很好，清冷的女聲把她與周圍隔絕開。

也和之前發生的一切都隔絕開。

又是一年了。她想。

燈光忽然大亮，同學們紛紛站起來朝長桌子上的自助餐走過去，圓桌上面的長官也開始動筷子吃東西。百麗擺擺手對她說：「我去洗手間，你吃東西吧，一會兒我回來找你。」

洛枳點點頭，站起身揉揉發麻的屁股，快步走到餐桌旁。

身邊的很多華服美女都不敢吃得太快，更何況總有精神抖擻的人在別人吃東西的時候來搭訕——比如此刻她身邊的大一小姑娘，一邊應付著話癆的師兄，一邊小心翼翼地想把炸雞翅吃得優雅得體。洛枳同情地輕嘆一聲，裝了一杯檸檬茶，往盤子裡放了八九塊點心。

轉身的時候差點撞到人，洛枳小心地扶住盤子，幸好只有檸檬茶灑了一點在地毯上，並不嚴重。她在確定點心都安然無恙之後才站定，也不抬頭看眼前人是誰，就說了一句「實在對不起」，打算繞過對方往座位區走。那個人卻微微往旁邊挪了一步，擋住了她。

她隱隱約約感覺到對方說了什麼，但是音樂聲音太大，沒有聽清楚，何況現在騰不出手來摘耳機，只能茫然地抬起頭望向對方。

很有稜角的一個男人，左手挽著西裝外套，穿著亮灰色的襯衫，看起來大約三十出頭的樣子，臉上掛著笑。

「我說你吃得很認真。」他又說了一遍，洛枳這次聽見了，咧嘴笑了笑，繼續前進。和男人擦身而過的時候，對方竟然伸出手撩起了她左耳邊遮蓋住側臉的幾縷頭髮，看到耳機時，露出一副原來如此的表情。

洛枳皺眉往旁邊挪了一步，頭髮從他的手心滑出來。

她回到座位上慢慢地把蛋糕都吃完，一小口一小口喝著溫熱的檸檬茶，有點想要離開了，可是江百麗仍然不見蹤影。

竟然去了整整半小時洗手間。

圓桌上的長官們不知什麼時候都撤退了，他們一離開，底下的學生就活躍多了，時不時有集體哄笑怪叫出現。她急著找百麗，巡視的目光又撞到那個男人身上。對方正在和戈壁聊天，兩個人各執一杯紅酒，侃侃而談，那個場景看起來非常非常的……國產電視劇。不知哪裡有點彆扭。

男人好像背後長眼睛了一樣，隔著這麼遠也感應到了她的目光，轉過頭微笑著舉起手裡的酒杯示意了一下。如果是戈壁做這個舉動，她可能早就笑噴了，但是這個人舉手投足都極其自然，算得上氣度不凡。

男人的年齡果然不是白長的，戈壁本來就比一般男生要成熟些，在此人面前也只是個愣頭青。洛枳這樣想著，立刻閃身混入人群中，餘光看到戈壁正在疑惑地尋找剛才被致意的人。

洛枳走出會場的門，跑到女洗手間門口喊了兩聲「百麗」的名字。

「江百麗？」一扇門被推開，洛枳低頭看到一雙銀色高跟鞋，水鑽裡盛著晶瑩的燈光。

陳墨涵的聲音很甜，但是沒有什麼特點，她全副武裝，笑得滴水不漏，好像發布會上的女明星。洛枳有些惋惜，似乎還是照片中長髮飛揚的少女更靈動一些。

洛枳假裝沒見過陳墨涵，朝她點點頭：「對，我在找她。」

「你是誰？」

「我是她的室友。你知道她在哪嗎？」

「你去戈壁附近找吧。」陳墨涵笑起來，嘴角含著的都是得意。她打開酒紅色手袋，拿出化妝包開始對著鏡子刷睫毛膏。洛枳站在背後，看著鏡子裡面左側臉右側臉比對個不停的陳墨涵，由衷地覺得江百麗說話不是一般的沒水準。眼前的這個女人，無論如何都不可能是江百麗故事中那個不落凡俗的美人——倒不是說美人不能化妝，她只是無法容忍陳墨涵眼角、眉梢的浮躁和戾氣。

洛枳臉上浮現出一絲笑容。陳墨涵倒是個敏感的人，冷下臉轉身看她：「你笑什麼？」

洛枳瞪著無辜的眼睛問：「你讓我去隔壁附近找，可隔壁是男廁啊！你在男廁看見她了？」

洛枳說完就轉身跑出殺機四伏的洗手間。

她剛剛重新回到座位上，就看見盛淮南走進門。洛枳所處的位置很隱蔽，她掛著耳機，把手肘拄在膝蓋上，雙手托腮，目光卻穿過額前細碎的劉海，緊緊追隨著他。

盛淮南在人海中仍然那麼惹人注意，卻跟戈壁不同：他是和善內斂的，左右逢源但又不失於油滑。朱顏說得沒錯，不管她如何委屈不甘，都不曾因此而否定過盛淮南一絲一毫，在她自己心裡，他就是完美的、萬能的，即使會有背對人群笑容苦惱的片刻，也只是讓他在她心中更加真實而吸引人，何況她從來不懷疑他下一秒鐘就能從容地扮演起焦點。她甚至從來不需要考慮一下這完美背後是否有什麼艱辛苦楚，彷彿天生鑄就。就好像大家仰望太陽，沒有人會多想一下它為什麼發光，又會不會有一天燃盡。

洛枳微笑著，不知怎麼，想起了穿著明黃色吊帶裙的、活像村姑的自己。

「你們這個年紀，非要穿成這個樣子，學著大人辦酒會，真是有意思。」洛枳聽到有人說話，摘下耳機，看到自己右邊隔位坐著的又是那個陌生男人，不覺呆住了。

「沒聽到我說什麼吧？我再說一遍，這種場合中最吸引人目光的其實並不是那種女孩子。」他說著，嘴巴朝門口方向努了努，指向正在戈壁身邊巧笑倩兮的陳墨涵。

洛枳不知道是否應該禮貌地接一句話。

「真正讓人注意的是你這樣的女孩，打扮得很簡單，看起來格格不入，好像有自己的世界。」

我想吐。洛枳忍耐著不讓自己說出這三個字。

可是不得不承認，這個男人還是有本事將這種活像從劣質言情小說裡摘錄出來的話說得不那麼噁心。

洛枳再三想了想，還是硬著頭皮笑了笑，忍耐著嗆回去的衝動，重新戴上耳機。

長官走光了之後，會場中的人群組成開始分化。大一小幹部們都在自助餐桌附近徘徊，大二以上的核心骨幹則聚攏到那兩個碩大的圓桌周圍，八卦、聊天、拚酒。洛枳聽不大清楚他們在說什麼，只是看到戈壁不停地被灌，陳墨涵並不攔著。戈壁幾杯酒下去紅光滿面，周圍人似乎開始八卦他的新戀情，陳墨涵時常做出不好意思的樣子低下頭，而戈壁除了笑還是笑，一杯一杯來者不拒。桌邊有幾個上躥下跳的男孩子，其中一個總是不自覺地把目光斜向陳墨涵的胸部。

洛枳皺起眉。

終於抱得美人歸。戈壁的笑容，並不是當初江百麗跟她吹噓的那種「男孩子般單純喜悅的笑容」。只不過是再普通不過的得意，甚至說不上哪裡有些苦澀。

那點單純的喜悅，估計也是江百麗這個小說愛好者的幻覺。洛枳長嘆一口氣，右耳的耳機突然被人拔出去。

「你在聽什麼？」

那個男人居然還沒走。洛枳像看怪物一樣看著他把耳機塞進自己的耳朵認真地聽了一會兒，又拔出來，自來熟地朝她笑：「原來你喜歡 Daniel Powter（丹尼爾・帕德），我也是。這首歌是他 2005 年寫給可口可樂的廣告主題曲。」

洛枳愣了半天，終於想起拉住耳機的線把它拉回來，問：「你是誰？」

「你終於有興趣知道我是誰了。」男人的笑容成竹在胸，彷彿在對洛枳說，假裝清高是沒有意義的。

「顧總。」

洛枳抬頭，毫無意外地看見了盛淮南。

第51章 Drama Queen（舞會皇后）

那個被他叫作顧總的男人閒適地往後靠，一隻胳膊搭在椅背上，挑著眉頭不說話，只是淺笑著點點頭，在等盛淮南自我介紹。

盛淮南卻沒有再說什麼，在這個顧總面前，他比戈壁略微鎮定大方，可依然像一隻背毛豎起的大貓。他徑直走到洛枳和這位顧總的中間坐下，伸手取下她的右耳機：「在聽什麼？」

態度那樣親暱自然，洛枳一分心，垂下頭。

「我也喜歡這首歌，以前跑步的時候總是用iPod touch重複播放，直到聽得噁心，再聽見前奏就想吐。不過，你沒和我說過你也喜歡它。」

洛枳默默無語地盯著他，他突然湊近，在她耳畔輕輕地說：「拜託，我在幫你脫身。那個人是新年晚會的贊助商，家族企業的闊少。我不知道長官都走了，他為什麼現在還留在這。」

「所以呢，」他的氣息噴在她耳邊，讓她起了一身雞皮疙瘩，有些異樣的感覺，往旁邊躲了躲，結果他反而湊得更近，「所以，你要是不想成為被包養的女大學生，就離他遠一點。」

洛枳失笑：「你見過包養我這種姿色的女大學生的富翁嗎？滿場的美女，結果就挑上我？」

她說話的時候聲音很小，側過臉努力不讓身邊的那位顧總聽到。

「他？……看中了你的氣質也說不定。」

「白痴。」

「誰知道呢，也許他看上你，就是他白痴的最好證據。」

「我是說你。」洛枳一把奪過他手裡的耳機，賭氣地按了幾下螢幕換成隨機播放。

盛淮南沒有惱，囂張地一笑，像個得勝的十歲男孩，眼光若有若無地看過右邊的那位顧總，示威一般地伸長左臂，把手從她背後繞過去，搭在了她的左肩上。

洛枳身子一僵。肩上溫暖的觸覺讓她心口先是一軟，轉而升騰起濃重的怨怒和悲傷。她緩緩抬起左手，抓著他的手背挪走，然後按下停止鍵。耳機裡，Scarlet's Walk（斯嘉麗之路）現場版在開篇的那個尖厲的高音處戛然而止。

「你——」

她的話沒說完，注意力忽然被酒桌那邊吸引過去了。

一個火紅的身影出現在酒桌邊，充滿敵意地瞥了一眼陳墨涵，然後一臉假笑地高聲對戈壁說：「你們喝酒怎麼都不叫我啊，上次我們不是還說喝酒的話誰都拚不過江百麗嗎？戈壁，你記不記得當初你跟我們拚酒的時候，你家江百麗超級護著你，以一敵五那叫一個壯烈。江百麗去哪了？今天她不應該不在啊？」

喧嘩的酒桌霎時一片寂靜，陳墨涵的臉色彷彿剛從地窖裡爬上來一樣冷。而戈壁低著頭看不清表情，並沒有反駁，不知道是不是已經喝多了。紅衣女生帶著笑容環視全場，突然又一次大叫起來：「江百麗，過來啊，你不是最能護短的嗎？你家男人又被灌了！」

洛枳這才看見，不知道什麼時候，百麗已經默默地坐在角落裡了。看客們表情各異，卻都默契地抱著胳膊看熱鬧，誰都不講話。

更有趣的是，洛枳看到那位顧總臉上的表情堪稱精彩——他先是迅速地順著紅衣女生的目光回頭看了一眼右後方的江百麗，又扭過頭來看洛枳，神色驚訝而尷尬，彷彿剛剛得知兒子不是自己親生的一樣。

江百麗緩緩站起來，表情平靜安詳，彷彿真的是拉斐爾畫中走下來的聖母，一步一步從陰影步入光線下的酒桌，朝著紅衣女生勉強地一笑，蒼白而隱忍，左眼一眨，一滴眼淚恰好落下，被所有人明明白白地看到眼裡，然後輕聲說：「我不是他的女朋友了。」

戈壁就在這個時候抬起頭，洛枳驚訝地看到，他的眼睛紅紅的，臉上居然有淚。

百麗溫柔地抿嘴一笑，拿起他面前的酒杯，仰頭一口喝下，這幾天她暴瘦下來，揚起的下顎連著脖頸，形成了一道很美的曲線。

「不能喝就少喝點，我知道你高興，但還是身體要緊。」

百麗說完，就留下石化的眾人朝會場的出口走過去。白襯衫勾勒出她乾巴巴的可憐背影，此刻看起來，倒是決絕乾脆。

這一幕真真叫絕，要說之前沒有走場排練，洛枳都不敢信。不過耍帥永遠是需要別人來善後的，洛枳立即站起身越過顧總，走到百麗剛剛坐著的位置上，拿起她遺留下來的藍色羽絨衣，朝著門口奔過去。而盛淮南則默契地拎起洛枳位子上毛茸茸的白色外套，跟了上去。

江百麗剛走出交流中心的大門就被洛枳追上。

「行了，布幕都落下來了，也該穿上外套了。我早就說過，你很有cosplay的天賦，簡直是瑪麗亞下凡。」

百麗接過衣服穿上，朝洛枳笑，笑著笑著就撲到她懷裡哭起來。

好了，終於落入凡間成肉身了。洛枳一顆心回歸原有的位置。

「你這招真狠。」洛枳輕拍著她的後背，輕輕地說。

即使曾經江百麗的善妒和戈壁的花心盡人皆知，但是今天之後，江百麗算是把聖母形象普及到了每個人——包括戈壁——的心中。一個星期前戈壁提出分手，她不哭不鬧，甚至在不知道他們分手消息的小幹部找到她幫忙時仍然不遺餘力，這讓戈壁大為震撼。今天戈壁紅紅的眼睛告訴洛枳，其實他還是有點愧疚之心的。江百麗胡鬧了這麼久，也終於算是扳回一局。

「我才不是聖母瑪麗亞，」百麗含著眼淚朝洛枳惡狠狠地一笑，「我不會甘休的，我管他愛誰。總之，我絕對絕對不會讓他們好過！」

她放開洛枳，指著她背後拎著外套的盛淮南大聲說：「洛枳是好女孩，你要是敢對不起她，咱們就走著瞧！」然後瀟灑地大步離開。

她還是當聖母比較有前途，洛枳想。她硬著頭皮轉過身朝盛淮南尷尬地半鞠躬，說：「對不起，她精神不大正常，你大人大量，就當笑話聽吧，不過……我的確算個好女孩。」

冷笑話一般的收場之後，她打算奪過他手裡的外套徹底逃離這場酒會，沒想到盛淮南不鬆手。洛枳揪著帽子，他扯著衣角，兩個人一時僵持不下。

洛枳抬頭，看到盛淮南沒有笑容的臉。他還穿著襯衫，領帶已經鬆開，呼吸間白氣繚繞，耳朵和鼻尖凍得有些紅。

「進屋行嗎？有點冷。」

他用空著的那只手搔搔後腦勺，人畜無害的笑容讓洛枳愣了一下，手略略一鬆，立即被對方抓到破綻抽走了外套。洛枳上前一步去搶，他順勢扭過胳膊將外套藏到背後。她撲了個空，沒站穩，一鼻子撞上了他的胸口。

鼻子很酸，她疼得眼淚一下子湧出來，淚眼模糊地抬頭，根本看不清他的臉。

「盛淮南，你是不是想玩死我？」

第52章 平衡木

洛枳已經說不清流淚到底是因為疼痛還是別的。下一秒鐘，她就被他拉進懷裡，臉頰貼在領帶上，絲滑的觸感並不溫暖，甚至比她自己的眼淚還要涼。他用抓著外套的那隻手按住她的後背，另一隻手則按在她腦後，輕輕地擁緊，像在給一隻小動物順毛。

「我……對不起。」

他的聲音從上方傳來，洛枳一下子清醒過來，努力掙脫了幾下都掙脫不開。

「我原來只以為你的是非觀很特別，總為奇怪的事情道歉。沒想到，你道歉的方式更特別。」

他並沒有回答她的冷嘲熱諷，輕輕地放開她，卻抓住了她的手腕。

「別凍壞了，進去說吧。」他由不得她抵抗，強硬地牽著她走進門。

洛枳一直低頭沉默地跟在後面走，一路收穫了無數的「天哪！你們……」。盛淮南是用什麼表情來面對他的那些驚訝而八卦的同學的，她一點也不想知道，只是低著頭，努力讓長髮多遮擋住自己的臉。

然而，會場的場景讓她暫時忘記了自己的處境。

桌子被掀翻了。大部分人都擠在自助餐區竊竊私語，一片狼藉的桌邊只有那個紅衣女孩站在那裡。

盛淮南轉頭去問門口的一個小幹部，出了什麼事。

「學長你可是不知道，剛才真嚇死我了。我們正在這邊玩果凍拼圖，就突然聽見一聲巨響，盤子和碗碎了一地。大家全都愣住了，後來……」女孩子手撫在胸口一個勁地喘氣，突然被身邊的男孩打斷了：「是戈壁部長的女朋友和劉靜學姐吵起來了。劉靜學姐把桌子掀了。」

洛枳感激地看了那個男孩一眼。

盛淮南用力地捏了她的手一下，說：「你不許跑，等著我。」

他說完就快步走到人群中去了，仍然緊緊握著洛枳的外套，像綁著關鍵的人質。

洛枳認命了一樣靠在牆上等待看戲，注意力漸漸被身邊人的竊竊私語吸引過去。那個囉唆的女孩子小聲對旁邊人說：「喂，是不是因為團委老師們都走了才沒人出來勸架的啊？」

洛枳看到盛淮南和三個男生兩個女生走到「風暴區」。女孩子們跑過去安撫那個叫劉靜的紅衣女孩，另外幾個男生則把醉倒在椅子上面的戈壁架起來。盛淮南拍了拍陳墨涵的肩膀，示意她離開這裡。洛枳才注意到，陳墨涵的小洋裝上面有一塊清晰的棕紅色汙漬，不知道是不是被潑上了紅酒。

陳墨涵突然嗚嗚哭起來，委屈地跳起來撲到盛淮南懷裡。盛淮南大吃一驚，倒退一步，然後迅速側頭看了一眼洛枳，眼神裡第一次充滿了無措。

洛枳原本驚訝地張著嘴，看到他慌張地朝自己的方向看過來，反倒噗哧一聲笑出來。她加大了笑容，囂張地直視著狼狽不堪的盛淮南。

哈哈哈——這是她對今晚所有事情的評價。

盛淮南攤開並舉高雙手，彷彿籃球比賽中努力向裁判證明自己沒有小動作一般，洛枳的外套慢慢滑進他的臂彎。陳墨涵剛撲進他懷裡的時候，他的手不小心碰到了她後背上裸露的皮膚，這讓他頭皮發麻，僵在原地被動地嗅著她帶來的香水味，而遠處的洛枳正幸災樂禍地笑得開懷。

盛淮南皺了皺眉，輕聲說：「那個，同學，你平靜點。這裡這麼多人，你肯定也不希望讓自己和戈壁難堪。」

陳墨涵哭得聳動的雙肩停住了，然後慢慢從他懷裡撤出來。她用手輕輕擋在眼前，做出擦眼淚的樣子。然而盛淮南透過她的睫毛膏清晰地看到，她根本就沒哭。

這時候，他聽到一聲輕笑，原來學生會主席早就歪著嘴笑嘻嘻地站在一邊。

盛淮南終是看不過去，走進人群對主席說：「您看怎麼辦？不管怎麼樣，傳出去也不好聽。」主席才像夢遊醒來一般懶洋洋地對他說：「找幾個人，趕緊把劉靜和戈壁還有他那個天仙女朋友給我弄走！」

周圍的其他幹部也大夢初醒一般挪動起來收拾殘局。主席收起笑容，大聲說：「時間也不早了，今天的跨年就先到這裡吧。文藝部所有的人都留下，把東西收一下然後結算。其他同學早點回去休息吧，大家新年快樂啊。」

剛剛築成堤岸一般與事發現場保持距離的人群瞬間分解，洛枳的視線被紛亂的人影擋住。她尋思著自己是不是也該走了，捏了捏單薄的襯衫，皺皺眉，只好就近找了個座位坐下去，省得給別人礙事。

從被他拉進懷裡的那一刻到現在，她狂跳的心就沒有平息過。洛枳將手腕輕輕按在胸口，輕輕閉上眼睛。

但是咚咚的心跳聲沒有淹沒理智。

你看，又來了，又要重來一遍了。她深呼吸，努力告誡自己，洛枳，如果你長了腦子……你知道應該……你知道……

如果你長了腦子，洛枳。

沒有人可以耍你，除非你自己樂意。不要讓這個閉環再來一遍。

她正在目光渙散地想著心事，眼前卻被陰影遮蔽。盛淮南竟然沒幾分鐘就從打掃戰場中抽身，笑著對她說：「走吧。」

「你不需要留下來幫忙嗎？」

「幫個鬼啊？！」盛淮南低聲牢騷，洛枳驀然就看到兩小時前那張背對著小幹部兀自抱怨的臉，大大方方地出現在自己眼前。

洛枳終於拿回了自己的外套，連忙穿好，一邊的盛淮南也披上了羽絨衣。外面的雪已經停了，由於氣溫並不是很低，所以只積了不大厚的一層。洛枳認真地在沒人踩過的地方烙上自己的腳印。

「我覺得你絕對有處女情結，你看你，連看書都一定要新書，還喜歡踩沒人踩過的雪地。」

洛枳笑笑：「對了，剛剛……」

其實她也不知道應該問什麼，畢竟對學生會的情況一無所知。盛淮南聳了聳肩膀，寬慰她：「沒什麼大事，就是幾派之間鬥來鬥去而已，小家子氣，很無聊。」

「會波及你？」

他意外地揚起眉，不知道是體會到了什麼，立刻笑得很開心。

「別擔心，不會的，我平衡得了，反正只是混著玩玩而已。」

話語中不自覺地帶上了幾分得意和囂張。洛枳聽在心裡覺得發癢，這樣的盛淮南恐怕並不多見，滴水不漏的人絕少表露出內心真正自負的一面。

這是否證明瞭她對他來說還算是特別？

洛枳控制不住地這樣想，又更加控制不住地狠狠自嘲——都到這份上了，還在猜測自己的地位。暗戀成了一種習慣，卑微已經根植到了骨子裡，刮骨療毒都抹不乾淨。

「其實，」他安靜了一會兒才開口，「前陣子還是有點煩心的……因為學生會的事情。」

她不言語，靜等他往下說。

「不過最煩心的其實是別人都覺得我應該煩心，」他看著前方，自嘲地笑，「雖然我和戈壁跟著的上級學長之間關係不好，但我們兩個還是不錯的。出事之後，他幾次主動提出陪我借酒消愁，可我沒有愁，所以哭笑不得，不得不躲著他。」

洛枳在盛淮南平靜的敘述中，大致摸清了情況。學生會這個新年過得不太平。新年晚會的贊助本來已經由盛淮南的外聯部搞定，可是十二月中旬的緊要關頭，那家電子出口公司突然反悔。公司對學生會的解釋是簽協定的主管離職，協定並未通過公司流程審核，無法生效。

不生效，自然就不給錢。

所有人都心知肚明，真正的原因在學生會主席身上。名義上，贊助都是依照既定程序，由盛淮南的外聯部拉進來，實際上都是主席親自接洽安排。現在一下子撤走，盛淮南就成了千夫所指——作為替罪羊，他總不能把這些放不上檯面的東西打成報告交給團委老師，何況對方可能比自己還了解情況。

黑鍋只能繼續背著。

P大的學生會主席一職是個肥差，面子無上光榮，又包攬巨大利益。無論是出去找工作還是保送研究生，有這個頭銜基本上等於手到擒來，同時利用職權之便，主席會捏著一些重要的校園項目的命脈，外快和回扣十分豐厚，所以每年選舉的時候，各派爭鬥都暗潮湧動。

每年都有近三分之一的大一新生爭先恐後地衝進學生會當個小幹部，跑腿、搬東西、發傳單——儘管大二能夠熬成部長的人數寥寥。想要在學生會混下去，能力和毅力固然重要，但更重要的是前任部長或更高層的提攜指派。半學期過後，大部分三分鐘熱血的小幹部退部的退部、翹班的翹班；留下來的幾個人中，只有一個能成為部長，其他人只能被友情封為副部——這個頭銜自然就沒有什麼意思了，所以往往也是一走了之。不過學生會不缺人手，每年都有大批小幹部擁進來，比「副部長」們要聽話得多，也好騙得多。大二的部長們在下學期參選主席團，其中能有四五個幸運兒在大三成為副主席，而大四的學生會主席就要從這四五個副主席中產生。

金字塔一樣的層級。

這個世界，向上爬永遠不是一件容易的事，除非有人托著你往上跳。比如現任學生會主席，成績一塌糊塗，就讀於冷門調劑專業，但是家世背景讓他和團委一些老師保持了良好的關係，選舉前給眾多選民砸的銀子、請的飯局也最多。然而就在新年前，主席在南方某省招生辦的父親被雙規[12]，調查與處理的過程中，也順帶扯出提供贊助經費的幾個公司的財務糾葛，讓這些贊助商避之不及。

12 雙規：中國政府機關一種特殊的調查手段。

眼看新年籌辦的幾個活動都擱在了那裡，團委的幾個老師心急如焚，既不敢繼續用他，也不敢貿然動他。現任主席就這樣被冷凍了起來，像個傀儡皇帝。

戈壁卻在這時找來了那個家族企業的贊助臨危頂上——戈壁所追隨的那一派副主席小團體本來就和現任主席明爭暗鬥，此舉更是狠狠地甩了傀儡皇帝一巴掌。因此今天場面亂成這個樣子，主席愣是站在一旁看熱鬧，也不出來鎮場面。戈壁是今天挑大梁的人物，他上頭的那些老師很巧合地都不在場，讓這個丟臉的局面持續的時間長一秒，主席就更快樂一分。

盛淮南長長地呼出一口白氣。

「煩死了。一檔子破事，一個個還都像煞有介事的。下學期選舉結束我就不幹了。」

他有些孩子氣的口吻讓洛枳微笑起來，可面對這長長的、淡淡的訴苦，她實在不知道如何給予回饋。她自然是相信他說自己能夠擺平，原本她也知道，盛淮南無意於此。

所以，也只能笑一笑。

忽然又飄起雪來。盛淮南和她遠離了燈火通明的交流中心，走上了洛枳來時的那條小石子路。很長一段時間兩個人都不講話，滿世界只剩下簌簌的雪落和嘎吱嘎吱的腳步聲。

「你……還喜歡我嗎？」

洛枳剛重重踏進雪中，聽到他的話，立刻停住腳步，好像被掐起後脖頸的貓咪，釘在原地。整個世界唯一在動的只有他們兩個呼吸產生的白氣，來勢洶洶，然後很快變淡消散。

從學生會的話題忽然跳到這裡，她一下子有點發懵，感覺到背後盛淮南在走近，連忙往前跨了一步，卻被他拉住了手。

「我這算不算耍流氓？」他舉起她的手貼到唇邊輕輕地吻了一下，然後握緊了貼在他的胸口。洛枳像瞪火星人一樣瞪他，他終於忍不住笑出聲來。

「如果我想要你的話，那這就不算耍流氓了，對不對？」

盛淮南看著仍然石化的洛枳和她亮得嚇人的眼睛，決定不再拐彎抹角了。

「洛枳，」他笑得胸有成竹，「我……」

「別！」

洛枳的喊聲驚落了枝頭的新雪。

第53章　真相有什麼所謂

他的話被攔腰截斷，面前的女孩尖叫一聲，他第一次看到她這麼失態。然而她大喊之後，又不說話了，只是定定地看著他，祥林嫂[13]一般，只有眼珠間或在轉，勉強證明她是個活物。

「我……」她冒出個單字，頓了頓，又笑起來，「放心，我就當自己什麼都沒聽到。剛才就當什麼都沒發生。」

「什麼都沒發生？」

「你，你慢慢考慮一個月，如果還沒變卦，再過來跟我說……說你剛才想說的話吧，三思。」

這似乎就是她剛才考慮許久的結果了。

盛淮南有些賭氣了：「我用不著考慮。」

「不不不，你冷靜點，要考慮，一定要考慮，」她用力抽出手，一個勁地邊擺手邊往後退，「我剛才算了一下，你基本一個月變卦一次，我不知道你是不是也每個月都有那麼特殊的幾天，但我覺得你還是應該考慮一下，我怕了你了……」

13 祥林嫂：魯迅的短篇小說《祝福》中的人物，一生命運坎坷。如今被用來形容神情木訥、精神不振、自怨自艾的人。

「你才每個月都有那麼特殊的幾天……」盛淮南被她氣紅了臉。

「我的確每個月都有那麼特殊的幾天啊。」她繼續笑，可是他分明看得出她的笑容像糨糊貼上去的，顫顫地，快掉下來了。他甚至已經能窺見笑容下是怎樣的悲哀和恐懼。

盛淮南上前一步去拉她，她就更往後退。他看到了她眼睛裡明顯的惶惑——她應該是真的怕他了。

他垂下手，勉強地笑了一下：「對不起。」

洛枳不再躲，也沒有像以前一樣調侃或者嘲諷他的「對不起」，只是站在原地低下頭，腳尖輕輕地摩擦著雪地，劃出一道道傷痕。

「我不是好了傷疤忘了疼的人。」她的聲音很輕，不像她從前說過的任何一句話，即使在被他逼到憤怒的時候，她也可以平靜地開著玩笑反諷他，從未如現在一般對他示弱。

「你可以上一秒熱情，下一秒就連一則簡訊都不傳，消失好多天，拒人於千里之外，再見面的時候仍然一副別來無恙好久不見的樣子，我受不了，」她苦笑，「但是我早就知道，你吃準了我喜歡你，你勾勾手，我就不計前嫌，配合你演好朋友。」

還演得天衣無縫，甘之如飴。

「你太自以為是了，盛淮南。」

聲音輕輕的，每個字卻都像是在指控。

不知道是不是因為熱情被一桶冷水潑下，那句被她打斷而沒出口的話像吞不下去的饅頭，梗在胸口，憋得盛淮南越發難受。他也不再假笑，帶著一點點不悅，說：「你不會以為我之前的行為都是精神錯亂吧。」

感受到了他話裡的情緒，洛枳斂去悲傷的神情，揚起臉反脣相譏：「你是不是覺得，自己都不問前塵了，我現在應該三呼萬歲啊？」

他越來越難堪，面子也有些掛不住。

「今天把話說明白吧。我到底做錯什麼了，你又勉為其難原諒我什麼了？省得你開了天大的恩，我還不領情。」

她背著手看他。

盛淮南臉上忽然閃過一絲乏力。剛剛講述學生會那樣大的一個爛攤子時，他的臉上都不曾出現這樣的無奈與疲憊。

「我一直不說的原因是，如果我能用自己的力量證明你是無辜的，那麼事情的原委你都不必知道。雖然我不能說了解你，但至少清楚，你絕不會低姿態地去解釋或者辯白。我指責你，你洗清罪責，可是這個過程之後，自尊和感情都傷到了。我……我很珍惜我們之前的……」

他沒有說下去，懊惱了一番中心詞，又抬起眼，用一種苦惱的目光看著洛枳。

她一瞬心軟，幾乎要被這番說辭打動了，鼻尖落上點清雪，絲絲涇意讓她驀然想起那個雨天。

「你如果真的珍惜，之前就不會那樣對我了，感情已經傷了，自尊也戳爛了，我們也回不到以前的狀態，你還有什麼不好說？」

盛淮南愣了。

「呵呵，是啊，」他有點破罐子破摔地笑了，背靠大樹輕鬆地站著，晃了晃腦袋說，「我都搞砸了，是吧？」

洛枳不置可否。

「所以，有人和我說，你從高中時就開始暗……暗戀我，這是真的嗎？」

洛枳沒想到他第一句就問這個，肩膀微微抖動了一下，目光躲閃。

「你說重點。」

「你先回答我……這是不是真的。」盛淮南有些臉紅。

「是不是又怎樣？」

「你以前連喜歡我都承認了，為什麼要在這個問題上拉鋸？」

洛枳苦笑，伸手緊了緊衣領：「不是的。這不一樣。」

「因為我高中有女朋友？」盛淮南浮現出了然的神色。

洛枳聞言，啼笑皆非：「這兩件事情之間有什麼關係？」

「那為什麼不回答？」

她又沉默下去，眼裡波光閃爍。盛淮南剛要開口說話，卻看到洛枳轉過臉，好像有顆眼淚掉下來。他很訝異，下意識地伸出手想幫她擦掉，手剛一碰到她的臉就被推開。

「說重點。」她的聲音突然變得很冷。

他收回手，苦笑：「那你是不是因為……因為暗戀我而一直……忌妒葉展顏？」

洛枳並沒有如他想像中一樣驚慌失措或者無辜地瞪大眼睛。從他開始問那個關於暗戀的問題開始，她回答問題的速度就變得很慢，每說一句話都要想很久，彷彿在思考應答的對策一般，盛淮南的失望之情溢於言表。

「我沒有。」她依舊低著頭，慢慢地，語氣平靜。

「你沒有？」

「我沒有。」

「那麼……羨慕呢？如果你認為忌妒是帶著惡意的話，那麼羨慕——」

「羨慕也許有一點，」她忽然仰頭去看遠處交流中心縹緲的燈火，「但並非因為她是你的女朋友。」

她的緩慢回答不是因為杜撰謊言，而恰恰是在努力坦誠。盛淮南似乎是明白了這一點，於是也放輕了聲音問，像在哄小孩子講話：「那你羨慕什麼？」

洛枳像個任性的小孩子一樣地笑了，說：「水晶很明亮，是因為折射了光。我羨慕背後的射燈。」

洛枳看到盛淮南的眼神裡布滿疑雲，竟然有些諒解。她不知道他為什麼對這些細枝末節那麼感興趣，是拖延著不想說出那些指控，還是不知不覺偏離了軌道，突然來了興致想要了解她？

了解？洛枳笑容慘澹。其實他們之間，好像一直有千山萬水阻隔著，他沒注意到，而洛枳明明白白都看在眼裡，在那輛搖晃的小三輪車上，他認真許諾的時候，她卻轉過臉，感動之餘，彷彿早就升騰起了悲傷的預感。

承諾唯一的用途就是有朝一日用來對著自己抽耳光。

「好冷，你快說吧。」

「對不起，我磨磨蹭蹭，只是突然覺得對你直說……很難為情。」

「連我是不是暗戀你都好意思問了，還有什麼難為情的？」

盛淮南一怔。

「我……和葉展顏分手之後，」他有些艱難地說，「她是不是在大一寒假尾巴，也就是快開學前找到你，跟你哭訴了我們分手的原因，然後讓你幫忙將一封重要的信和一個白水晶的天鵝吊墜一併在開學之後帶給我？而你並沒有。你反而告訴她，信我看都沒看就和吊墜一起扔進了垃圾桶。是嗎？」

洛枳半晌才想起，自己本應第一時間猛地抬頭，用一臉驚訝無辜甚至憤怒至極的表情望著他。然而，她的姿勢和表情都紋絲不動，安靜地低著頭，情緒越來越平靜。

「難道是……真的？」

洛枳抬起頭：「就是這麼一件事？」

「你覺得這是小事？」

「你的意思是說，我從中作梗，破壞了你們兩個？」

「是。」

「你是什麼時候知道的？」

「……在我們溜冰那天的半夜。」

洛枳歪頭想了想，笑了：「哦，所以第二天約好了去看 Tiffany 他們，你放我鴿子。」

盛淮南有點不自在，沒有接話：「是有證人這樣告訴我的。」

「證人？」她忍住笑意，「誰？」

「洛枳，我只是想聽你說一句，到底有還是沒有。」

「誰？」

「我不能告訴你……」

「誰？」她微笑著，平淡寬和。

盛淮南努力用平靜的語氣對她說：「其實誰說的你不必知道……」

「我最後問你一句，誰？」

「好吧，」盛淮南聳聳肩，「她說她叫丁水婧。」

洛枳的目光好像平靜無波的湖面，深得望不見底。

「我知道了。那麼，你已經向葉展顏求證過了吧？」洛枳自顧自點點頭，然後轉身就要離開。盛淮南上前幾步拉住她：「就這樣？」

「那應該怎麼樣？我應該淚流滿面地說，你聽我解釋，事情不是這樣的，真的不是這樣的，你一定要相信我……嗯？」

她的嘴角上揚，笑容諷刺。

「可是我為什麼要解釋？你難道不知道無罪推定嗎？」她邊說邊打著手勢，「誰指控，誰舉證。簡訊也好，通話紀錄也好，沒有任何拿得出手的證據，我為什麼要跟你在這件事情上面廢話？嘴巴一張一閉，什麼樣的故事都可以編得出來，子虛烏有的事情如何駁斥？我問你，葉展顏高中時的好友列表裡，有我這樣一個人嗎？這麼重要的東西，為什麼費盡心機由我轉交？她有我的手機號碼嗎？因為她是你的女朋友，你們班上一起考上P大的幾個男生和她關係都不錯，為什麼不交給自己的好哥們兒，而要將信交給我？」

洛枳的每句話都擲地有聲，她甩開他的手繼續往前走。

「我能不能知道，為什麼你一開始不肯回答我關於……關於暗戀的事情？」

洛枳已經走出了一段距離，聽了他的問題又轉過身來。這個問題是她不能提的死穴，她全身因為剛剛的辯駁而聚攏的怒氣轉瞬消散，眼裡又開始流動著洶湧的情緒。

「暗戀這件事，也是丁水婧說的？」

「是……她們都這樣說。」

洛枳半瞇著眼，目光迷離，穿過他飄到了很遠的地方。

「那……聽說的時候，你開心嗎？」

盛淮南動了動唇。他開心嗎？

真正「重點」的部分從一開始就被他們忽視了，兜來轉去，他只是執著於一個關於暗戀的答案，而她，關心的竟是這件事。

「如果不是聽說你因為暗戀做了後面的這些事，我想我會開心的。」

洛枳靜默了片刻，忽然問道：「你為什麼要帶葉展顏的雨衣來接我？」

「你果然知道是葉展顏的雨衣。」

「很多人都知道那件粉色雨衣。葉展顏很喜歡在班級炫耀你們的事情，事無巨細，」洛枳抬起下巴，嘴角有微微上揚的弧線，目光裡竟然有了幾分挑釁的意味，「我知道一件雨衣也有罪？」

盛淮南愣住了：「她很喜歡講這些嗎？」

「你不知道嗎？」洛枳笑，並沒有繼續這個話題，「於是葉展顏那件雨衣是你用來報復我的？替她出氣？還真是不問青紅皂白。」

「我……太衝動了。但也不是報復，不是為了她。我也說不清。她們都說，你很能偽裝，但是這件雨衣能試出你真正的樣子。」

你真正的樣子。洛枳幾乎要放聲大笑。

「其實就算是報復，也沒什麼不對。你應該立刻相信葉展顏的。」

洛枳淡淡地說，那份事不關己的明事理，讓盛淮南很難堪。

「所以你什麼都沒有做錯，我理解的。如果是我的男朋友或者我的媽媽告訴我這樣的事情，我也會無條件相信他們說的。你能來問問我，我已經很感謝你了。」

「洛枳，這跟親疏沒有關係。」

「死無對證的事情，怎麼與親疏無關？」

她擺擺手，留下了一個極其善解人意的笑容。

洛枳前進的時候，每一步都在雪地上留下咯吱咯吱的聲音，毛茸茸的外套讓她的背影看起來像童話中尋找歸途的小動物。

盛淮南突然大腦一片空白。

「洛枳！」他脫口而出，「其實如果你說一句，你什麼都沒做過，我也許……我也許就能信任你。」

「我什麼都沒做過。」

洛枳扭過身子，淡淡地說。盛淮南措手不及，熱血沸騰的一句挽留竟然被她的一句話澆滅。

「所以你信嗎？我現在說了呀，」她笑起來，「你不信。如果信任我，就不需要我說什麼，也不需要費心求證，因為你的心會告訴你，這種事情，我不屑做。

盛淮南突然厭惡起自己。他明明是討伐的一方，明明是質問的一方，為什麼現在看起來卻像一個胡攪蠻纏、胡言亂語的小孩子？

「你高中……怎麼會喜歡上我的？」他忽然豁出去了，揪住自己想知道的問題，糾纏不休。

真相如何，他已經不再關心了。他只是很想問她，如果她真的喜歡他這麼多年——那麼她到底喜歡他什麼？他們都不認識彼此，她為什麼喜歡他？而她如果真的喜歡，為什麼緊緊地抱著自己的回憶，卻對真正的他這樣抗拒？似乎這段感情為他所知曉，對她來說不是值得歡喜的，而是莫大的屈辱和悲哀。

她只是停頓了一下，沒有回頭，也沒有回答，就跨步繼續向前走。

「你說，如果這一切都沒有發生，當年在窗臺前，你沒有逃跑，我們是不是……」

盛淮南話沒說完，忽然眼前一黑，額頭冰涼一片。他嚇了一跳，扶住旁邊的矮松，不明就裡地拂掉正中腦門的雪球。

模模糊糊的視野中，洛枳還保持著投擲的姿態，似乎用了很大力氣，可惜新雪鬆軟，完全不能傳達她的怒火。

「你……」

「……有時候，」洛枳低著頭，聲音微微顫抖，克制著洶湧的情緒，「有時候，我覺得和你說什麼都沒用，真恨不得痛扁你一頓。」

她覺得自己好像馬上就要哭出來，連忙收斂了表情，轉過頭大步離開。

盛淮南的心情一點點平靜，僵硬的後背肌肉慢慢鬆弛下來，搖搖頭抖落髮絲上的雪，把垂在身體兩側都有些凍僵的手輕輕插回羽絨衣的口袋。

眼前的女孩子，背影不復當初的單薄孤寂。她微揚著頭，每一步都走得踏實有力，步伐舒展而明快。盛淮南低頭時忽然發現羽絨衣的拉鍊上掛了一根長長的頭髮，一半絞在拉鍊中，一半隨著風輕輕地飄。他伸手去拉，卻怎麼也拉不出來。

第54章　失之東隅

凌晨三點，江百麗小心翼翼地扭動門把手，躡手躡腳地走進門，看到洛枳抱膝坐在下鋪的床上，隨身聽螢幕閃著光芒，照亮了她的臉龐。

「還不睡？」

「你去哪了？」洛枳的聲音完全沒有睡意，「我打你的手機，你一直關機。」

百麗不好意思地笑，然後慢吞吞地說：「手機沒電了。我……和一個新認識的朋友一起出去玩了。」

「新認識的朋友？玩到凌晨三點？」洛枳乾脆關掉了隨身聽：「你瘋了吧？！」

「真的……很投緣。」

「男生吧？」

「是男的……不是男生。」

「……大……叔？」

「也不是大叔……他今年三十一歲了……他不是壞人。」

最後一句話讓洛枳翻了個大大的白眼，儘管她知道百麗看不到。

「下次這種事情小心點，你真以為自己小白護體天下無敵啊。」

百麗咯咯地笑起來：「洛枳，你越來越多話了。你是擔心我才一直等到現在的嗎？」

洛枳的嘴角彎起來，聲音還是平板的：「我失眠，跟你沒關係。快睡覺吧。」

百麗洗漱換衣服，折騰了半天終於爬到床上。洛枳沒有猜錯，江百麗有了桃花，一定不可能安分睡著。她在上鋪挺屍[14]五分鐘，突然一個翻身，對下鋪的洛枳小聲說：「你睡了沒？」

「要自白就趕快。」

百麗傻呼呼地笑起來：「你知道嗎？其實他是……他是學校今年的贊助商。剛剛也參加那個酒會來著。」

「哦，那是看到你腦袋上面的聖母光圈，然後注意到你了？」

「別胡扯。我們沒有提今天晚上的事情，我覺得他應該沒看到我和他們……」

「他姓顧吧？」洛枳毫不遲疑地打斷她。

那麼恭喜你，你的聖母光輝他從頭沐浴到尾。她最終還是忍著沒說。

「我真沒想到，他後來和你……這男人有宗教情結嗎？」

洛枳很努力地想要讓自己的語氣平靜點——本來男人在會場上鍥而不捨地跟她搭訕已經不可思議了，現在居然又看上了江百麗——她居然真的和江百麗成了雙胞胎姐妹花？

實在非常傷自尊。

14 挺屍：多為貶抑詞。原意為屍體直直地躺著，用來形容睡覺。

「你認識他？！」百麗激動地拍著欄杆。
「你先別管，你跟我說，你們是怎麼認識的？」
江百麗輕輕地躺回到床上，許久沒說話，只是幽幽地嘆了一口氣。
靠。洛枳在心裡默默地說。
「如果沒有他，我的鼻涕就要凍成冰錐了。」江百麗的開場白足以說明，她之前的猶豫不決並非做作，實在是出於少女的羞澀。
江百麗正在小路上默默地走，邊走邊怨念為什麼沒有帶包面紙出來。止不住的眼淚可以用袖子擦，但是鼻涕怎麼辦？冷風吹在臉上，淚痕雖然很快就乾了，卻使皮膚彷彿黏住了一樣，緊繃繃的，做個表情都困難。
她正在躊躇到底是不是要拿袖子擦擦鼻涕，突然背後冇個男人的聲音傳過來：「同學，麻煩問一下，這條路是通往那個皇家園林的嗎？」
「什麼皇家園林？這條路肯定不是，你要是不走出學校圍牆，哪條路也到不了頤和園。」她不敢回頭，掛著鼻涕回頭一定不會有好事發生。
「不是頤和園……聽說你們學校東南有一片挺漂亮的保護建築，原來是皇家園林的，有假山有湖……」
「那邊。」她伸出左手胡亂一指，仍然不回頭。
背後的男聲沉寂了一會兒，笑了起來——笑聲倒真是好聽。「你怎麼始終不回頭啊，我該不是撞到無臉鬼了吧。」

江百麗忍耐得青筋直暴，還是沒了底氣，小心翼翼地問：「那個……你有面紙嗎？」

男人走近一步，輕輕地碰了碰她的胳膊。她接過來才看到，是一條淺灰色手帕，質感極好。她猜到價錢一定不菲，雖然logo她不認識，但是好東西摸都摸得出來。

無論如何，她很絕望。

「那個……你有沒有……面紙？我說面紙，一塊錢一包的心相印！這個就不用了……」你要不趕緊滾，要不給我面紙，我挺不住了！江百麗在心裡哀號，一邊顫巍巍地以一種極為扭曲的姿勢，把手帕朝背後的男人遞過去。

「沒有。別磨蹭了，手帕送給你了。」

男人的聲音帶著笑意，雖然有點捉弄的意味，但仍是善意的。她狠了狠心，展開手帕，先裝模作樣地抹了抹淚痕，然後極快地擦了鼻涕，努力做到一點聲音都沒有，緊接著迅速地把手帕放進口袋裡，回頭朝對方討好地一笑。

立時僵在那裡。

橙色路燈下，黑色大衣包裹著的帥氣男子，眉眼間有種穩重豁達的氣質，正朝她綻開一臉洞悉一切、促狹又善良的笑容。

江百麗突然想起很久之前那輛把小混混兒都趕跑的黑色轎車，和那個裝酷的少年。也是這樣的橙色路燈，也是在她狼狽的時候，也是這樣的黑色身影。她哇地哭出來，蹲在地上抱住雙腿。這次，真的是無法收場。

她不是聖母也不是復仇女神。她只是普通的江百麗，普通到那個男孩子對她說「分手吧」的時候，她既沒有辦法淡然地掉頭走開，也沒有能力帥氣地揚手甩一巴掌解氣。想要高姿態一點，最終還是沒出息地溼了眼眶，問他為什麼。他不提陳墨涵，只說對不起，只說沒有為什麼。而她偏偏只執著於一個問題，為什麼。

他無奈道：「你真想知道，我現在就編一個給你好了。」

連理由都不肯給一個。

那個男人蹲到她身邊輕輕地拍著她的肩膀，帶著無可奈何的口吻說：「不就是擦鼻涕嗎？一點都不丟臉。」

「我被甩了，」她哽噎著說，「我也不知道到底哪個更丟臉。其實最丟臉的好像是，全世界都知道我特別愛他。」

他就這樣溫柔地拍著她，溫柔地說：「全世界知道什麼啊？一天只有二十四小時，沒有人願意分神來看你。所以你也不要把自己的時間都用在看你前男友身上。」

他陪她慢慢地走著。江百麗很不好意思地把那條擦過鼻涕的手帕又掏出來用，但是這次沒有迴避他。

「你是誰？」她的鼻子堵了，發出的聲音像感冒了一樣。

「我叫顧止燁，是你們學生會今年的贊助商派出的代表，來參加今天晚上的酒會的。」

「我叫江百麗，」她高興地說，「現在讀大二，在經濟學院。剛才我也在那個酒會裡面啊。」

「那太好了，能不能陪我找回剛才開酒會的地方？我的車停在那。我覺得氣氛無聊，自己出來逛的，結果迷路了，你們學校的路七拐八拐的讓人糊塗。還好碰到你。」

她笑著說「沒問題」。他的車停在交流中心的大樓後院。她看著他走向一輛奧迪。她分不清什麼A6、A8的，她只知道那是四個圈，只知道那是戈壁出現在她眼前時坐的車。該死的眼淚，手帕已經被她揉得皺巴巴的了。

他打開車門的時候抬手看了一眼錶，說：「你要是不想回去，反正距離新年還有差不多三小時呢，我們一起去喝一杯好不好？」

江百麗想對洛枳發誓，她當時的確是考慮了一下的——可是他笑得像個大男孩，舉起雙手投降一般對她說：「我不是壞人，也不是怪叔叔。」

她立刻堅定地點了點頭，生怕點頭點得晚人家說她矯情。

其實她去的並不是酒吧。他突然改變了主意，說酒吧太亂了不適合她，問她有沒有什麼想去的地方。她想了半天才說，你看哈根達斯怎麼樣？說完又覺得大冬天的自己怎麼這麼犯二，恨不得把舌頭咬下來。她希望他否決，又怕他笑她。

沒想到，顧止燁毫不在意地笑笑說，走吧。

走吧。

百麗很感激他的態度。戈壁總是對她冷嘲熱諷的，好像她說什麼都不對。所以，她覺得顧止燁說「走吧」的時候簡直太淡定、太男人了。其實她也不知道應該跟他聊什麼，只是在他面前她很安心，他比她大很多，早就褪去了戈壁他們那樣的男孩子身上的焦躁和尖銳，懂得分辨紳士和軟弱、霸氣和裝酷之間的區別。

「平常除了學習之外，都喜歡做什麼？」

百麗努力地想了一下自己能稱得上業餘愛好的行為，得到的結論很沮喪：「線上看小說，BBS潛水，看韓劇，我還喜歡上天涯八卦……」

沒想到，顧止燁並沒有笑，反而繼續津津有味地問：「喜歡看什麼小說？」

百麗更窘迫，她很希望自己能喜歡上點什麼××流派的代表作，或者××屆諾貝爾文學獎獲獎者的早期作品一類的。和這樣一個溫文的男人面對面坐著，是應該談論一下這種話題的吧？但是，她還是決定說實話。

「言情小說。尤其是臺灣的早期小言。」

當初一直在陳墨涵面前掩藏著怕為她所不屑的那句話，終於還是光明正大地講了出來。說了又怎樣，她想，有品味沒品味難道是你說了算？

她以為他會滿臉迷惑地問她那是什麼，沒想到，他皺著眉頭苦惱地長嘆一口氣。

「就是那種小開本的言情小說吧？封面花花綠綠的？」

她點頭。

「我也覺得挺好玩的，怎麼辦，你會不會笑話我？一個三十一歲的大男人？」

他愁眉苦臉的樣子誇張得好像演戲，卻很可愛。百麗啞口無言了半天，只能輕輕地說：「其實……你喜歡看這個，是有點變態……」

她的坦白逗得他一笑。

「我大學時有個女朋友很喜歡這些東西。我一直懷疑這種口袋書有什麼讓人著迷的，看封面就覺得頭疼。那時候我工作壓力很大，別人聽起來是家族企業，好像我是個闊少，只需要到夜店燒錢就行了——甚至連我當時的女友也這樣想。其實，煩心事很多，錢再多也不是我的，而我父親對我要求非常高，其他幾個叔叔也都在爭……」他停下來，喝了一口水，看向她。

「離題了，說這些幹什麼？總之，我那個小女友總是傻呼呼的，捧本書窩在沙發角落，一會兒哭一會兒笑的。她一點都不漂亮，身材也是胖胖的，但是我很喜歡她的單純天真。只不過，久而久之，這種單純讓我覺得是在養女兒，她絲毫沒有去工作或者成長起來的打算，只想靠著我這棵樹。何況那時候我也沒錢，連棵樹都不是。我累了。」

「後來分手了。她有二十幾本書落在我家。我不知道是不是你說的什麼臺灣小言。很久之後有一天，我突然想起她——那時候我接觸的女人都是……不說也罷。總之我很懷念她，所以就隨便拿起一本書來看。書其實挺有意思的，沒那麼多鉤心鬥角，比現實生活誇張了許多，的確也就哄哄女孩子。不過更重要的是，我在那裡看到了我那個普通又單純的小女朋友。」

百麗長長地嘆了一口氣：「對不起，我不會安慰別人。」

「幹嘛要安慰我？」他笑，目光放遠，整個人沉浸在回憶中。

百麗笑起來：「要是我室友在就好了，她特別毒舌，不過說話挺有道理的，雖然冷了點，但是是好心人。」

「你室友？」

「嗯，其實今天晚上，她是陪我去參加的酒會。我本來是去砸前男友的場子的。」

她的後半句讓他笑噴了出來：「砸你們學生會的場子？好歹我也是贊助商之一啊，後來你砸了沒？」

「沒有。」她搖搖頭。

那時候她還不知道自己竟然無心導演了一齣借刀殺人，最後成功地砸了場子。

「我以前是典型的沒大腦，只會三板斧——哭，鬧，說分手。今天……洛枳說我終於學得聰明點了，但是我不喜歡這樣。我覺得我變了。」

百麗咧嘴想笑，可嘴角是向下的，她及時收住。她在會場外漫無目的地晃蕩了半小時，一直在告訴自己，愛情不是無私奉獻嗎，不是成全嗎，不是只要他過得好就好嗎，那她又何必這樣？即使他學生會的「仕途」有她陪著往上爬，但是那段灰頭土臉的日子過去了，站在頂峰一覽眾山小跟他並肩的不該是面黃肌瘦、姿色平庸的糟糠妻——你看你看，會場中那一對璧人，她幹什麼討債一樣耿耿於懷？她是不是太自私了？

可是她真的有點恨。她覺得已經被掏空了。她已經給了他一切，想要再白手起家，已經不可能了。

然後她就遇到了劉靜——劉靜怎麼會放過這樣一個打擊她的機會？戈壁利用過劉靜，江百麗在又哭又鬧之後得到了戈壁的賠罪和回心轉意，而曖昧過的劉靜在學生會拉票結束之後就被戈壁當作棄子了。面對咄咄逼人又不冷靜的劉靜，江百麗有生以來第一次有了智商。她裝作一副楚楚可憐的樣子，成功地把火力引向了會場中的陳墨涵，但是在最後仍然輕輕地對她說：「我可跟你不一樣，即使和他新女友相比，他還是更心疼我的，誰讓我對他那麼好？」

劉靜終於怒了。江百麗沒有猜錯，劉靜想要利用自己來打擊陳墨涵，既讓百麗難堪，又讓陳墨涵沒面子——學生會誰不認識戈壁和江百麗？戈壁還是要往上爬的，而劉靜已經漸漸被邊緣化，一個大二的副部長，別人不在乎她，她自然也不在乎別人，鬧一場又怎樣？

江百麗要的恰恰就是這樣的場面。她要所有人知道戈壁辜負她，也要所有人——包括戈壁在內，都知道她江百麗曾經對戈壁全心全意，如今仍然以德報怨。她的這番行為，旁人看起來固然覺得愚不可及，但是論同情分，一定飆高。

最最重要的是，她最終的籌碼是，她相信，戈壁還有良心，戈壁也不是完全不愛她。即使不愛，她陪他走過的時光，也沒有通通餵了狗。

「後來……後來留了聯繫方式，他送我回來的。」

「心裡很爽吧。」洛枳懶洋洋地說。

「在路上撿了一個新朋友，這麼投緣，我當然……」

「喂，三十一歲正是有魅力的時候，既青春又成熟，溫柔多金，帥氣體貼，你居然用『新朋友』來概括，真能扯。」

「別鬧了。對了，他還說下次叫上你一起吃飯呢。」

算了吧。洛枳想起晚上跟她的耳機過不去的男人，就頭皮發麻。

「其實……如果他真的不錯的話，我覺得你……」洛枳遲疑地開口，卻落不下結尾。

上鋪的百麗對洛枳的省略號良久不言，最後重重地翻了個身。

「他是個好人。可是我愛戈壁。」

洛枳語塞，第一次覺得江百麗酸不溜丟的愛情宣言讓她沒有嘲諷的勇氣。

江百麗剛剛在盥洗室裡細心輕柔地洗乾淨了那條灰色的手帕，把它掛在床邊的欄杆上，洗衣粉的清香悠悠傳到枕邊。這兩個人都曾經在路燈下站著，同樣的場景，並不能同樣心動。世界上的確是有「非你不可」這種事情的，即使把所有的男人都拉到橙色路燈下擺同一個pose，她也只愛一個不知道好在哪裡的戈壁。

「對了，洛枳，那個盛淮南……」

百麗開口，遲遲沒有聽到回音，有些訝異，探出頭去看向下鋪。洛枳正在翻手機，螢幕的白光映照到她的臉上，毫無表情。

隔了很久，洛枳才輕輕地開口說：「睡吧。」

窗外又飄起清雪。她們都以為對方已經入睡，卻在淚眼模糊的那一刻聽到另一聲啜泣。

高寶書版集團
gobooks.com.tw

YH 002
暗戀．橘生淮南〈上〉

作　　者　八月長安
責任編輯　林子鈺
封面設計　謝佳穎
內頁排版　賴姵均
企　　劃　鍾惠鈞

發 行 人　朱凱蕾
出　　版　英屬維京群島商高寶國際有限公司台灣分公司
　　　　　Global Group Holdings, Ltd.
地　　址　台北市內湖區洲子街88號3樓
網　　址　gobooks.com.tw
電　　話　(02) 27992788
電　　郵　readers@gobooks.com.tw（讀者服務部）
　　　　　pr@gobooks.com.tw（公關諮詢部）
傳　　真　出版部(02) 27990909　行銷部 (02) 27993088
郵政劃撥　19394552
戶　　名　英屬維京群島商高寶國際有限公司台灣分公司
發　　行　英屬維京群島商高寶國際有限公司台灣分公司
初　　版　2019年 9 月

本書中文繁體版由北京知書文化傳媒有限公司授權
高寶書版集團在港、澳、台、新加坡、馬來西亞地區獨家出版發行。

國家圖書館出版品預行編目(CIP)資料

暗戀．橘生淮南〈上〉／八月長安著;
-- 初版. -- 臺北市：高寶國際出版：高寶國際發行, 2019.09
　面；　公分. --

ISBN 978-986-361-732-7(平裝)

857.7　　108011941